LOBO ROJO

LOBO ROJO

RACHEL VINCENT

Cualquier forma de reproducción, distribución, comunicación pública o transformación de esta obra solo puede ser realizada con la autorización de sus titulares, salvo excepción prevista por la ley. Diríjase a CEDRO si necesita reproducir algún fragmento de esta obra. www.conlicencia.com - Tels.: 91 702 19 70 / 93 272 04 47

Editado por HarperCollins Ibérica, S. A.
Avenida de Burgos, 8B - Planta 18
28036 Madrid

Lobo rojo
Título original: Red Wolf
© 2021 Rachel Vincent
© 2023, para esta edición HarperCollins Ibérica, S. A.
Publicado por HarperCollins Publishers LLC, New York, U.S.A.
Traducción: María Teresa Solana/Grafia Editores s.a. de c.v.

Todos los derechos están reservados, incluidos los de reproducción total o parcial en cualquier formato o soporte.
Esta edición ha sido publicada con autorización de HarperCollins Publishers LLC, New York, U.S.A.
Esta es una obra de ficción. Nombres, caracteres, lugares y situaciones son producto de la imaginación del autor o son utilizados ficticiamente, y cualquier parecido con personas, vivas o muertas, establecimientos comerciales, hechos o situaciones son pura coincidencia.

Diseño de cubierta: Alice Wang
Arte de cubierta: © 2021 Rachel Vincent

ISBN: 978-84-10021-13-6
Depósito legal: M-28937-2023

Para Jennifer Lynn Barnes, quien me hizo recordar lo divertido que puede ser volver a nuestras raíces.

1

El oscuro bosque gimió, un sonido profundo e inquietante que era más que el crujir de las ramas de los árboles. Me volví y la cesta se balanceó en el hueco de mi codo derecho mientras miraba la extensión boscosa que rodeaba gran parte de Oakvale. Mi aliento flotó frente a mi cara como una pequeña nube. Siempre hacía frío cerca de los bosques, incluso en lo más cálido del verano, pero en un claro día de invierno como hoy, el mero hecho de mirar hacia la oscuridad sobrenatural era suficiente para hacer que un escalofrío me recorriera la espalda.

A mi derecha una antorcha crepitó; la llama parpadeaba en lo más alto de un poste que estaba clavado en el fondo del suelo congelado. Más allá, a unos pocos metros, brillaba otra antorcha, y más allá, otra. Había cientos de ellas formando un anillo alrededor de la aldea, un halo de luz protector que el vigilante del pueblo mantenía encendido a todas horas. En todas las estaciones.

Porque los bosques estaban llenos de monstruos, y los monstruos temían la luz.

Mi reparto a la cabaña Bertrand no había requerido que me acercara al bosque. Sin embargo, de regreso a casa me sentí arrastrada hacia los árboles y caminé por el perímetro exterior del pueblo, más allá de los pastizales y campos baldíos, en lugar de tomar directamente el camino más corto. Desde que era pequeña, el oscuro bosque me había llamado, su misteriosa voz era en parte seductora y en parte una advertencia. No tenía la intención de responder a ella. Pero parecía que no podía evitar escucharla.

De lo más profundo del bosque me llegó una especie de deslizamiento acompañado por el seco cascabeleo de unas ramas tiesas. Después escuché mi nombre, una suave súplica que una brisa helada traía desde las profundidades del bosque.

Adele. Ayúdame.

Un viejo dolor me paralizó. Era la voz de mi padre.

Mi padre había muerto ocho años antes. Yo sabía que no era él quien me llamaba desde el bosque, pero saberlo no hacía fácil ignorar la voz.

Incómoda, me alejé de los árboles para dirigirme a casa; sin embargo, de pronto me percaté de cuánto me había apartado en mi sinuoso rodeo, y mientras cruzaba los pastizales vacíos escuché unos pasos detrás de mí.

—Adele.

Me di la vuelta sobresaltada y encontré a Grainger Colbert a mis espaldas. No pude evitar esbozar una sonrisa. La de él se fue ensanchando lentamente mientras acortaba la distancia que nos separaba y me estudiaba con sus ojos azules. Su mirada me hizo sonrojar. Estaba muy guapo con su chaleco de cuero, sus botas y una espada en la funda que colgaba de su cintura, y saber que solo tenía ojos para mí hizo que una deliciosa calidez surgiera en la boca de mi estómago y alejara el frío del día. Del bosque.

Se acercó y tiró juguetonamente del borde de mi desgastada capa marrón.

—¿Haciendo repartos?

—Acabo de terminar.

—¿Entonces tienes un momento para hablar?

En mis sueños tenía todo el día para hablar con él. Toda la noche. Pero hoy...

—Tal vez un momento. Esta noche hay luna llena, así que...

—¿Vas a ir al bosque oscuro otra vez? —Su sonrisa desapareció en una mueca de preocupación.

—Estaré con mi madre. La abuela depende de nuestros repartos.

Se acercó y me miró a los ojos, lo que provocó que el pulso se me acelerara.

—Tu abuela debería venir y quedarse en la aldea. No tiene sentido para nadie vivir solo allí dentro, mucho menos para una mujer de su edad.

—Llevo años diciéndole lo mismo. A lo mejor hoy nos escucha. —Pero no tenía verdaderas esperanzas de que aquello ocurriera.

Mi abuela había vivido sola en el oscuro bosque desde mucho antes de que yo naciera, y había sobrevivido aventurándose en contadas ocasiones más allá del claro donde se encontraba su cabaña, una isla de luz del día en un mar de sombras.

Era el trayecto el que implicaba el mayor peligro.

—El bosque no es seguro para dos mujeres solas. —Grainger se acercó más, volvió a darle un tirón a mi capa y metió la nariz en mi pelo mientras murmuraba—: Cuando nos casemos, yo os acompañaré si insistes en visitar a tu abuela allí dentro.

El pulso se me aceleró con tanta fuerza que estaba segura de que podía escucharlo.

—¿Vendrías conmigo?

Se llevó una mano a la empuñadura de la espada.

—El vigilante de la aldea protege a todos en Oakvale. —Y cuando su padre se jubilara algún día, Grainger sería el jefe de la guardia—. ¿Crees que haría menos por mi propia esposa?

«Esposa». El pensamiento hizo que mis labios esbozaran una sonrisa mientras lo miraba. Estaba enamorada de él desde los doce años, cuando hizo que los hermanos Thayer, que me habían arrinconado detrás del molino y se estaban burlando de mi cabello pelirrojo, salieran corriendo. Grainger dijo que mi pelo era precioso. Después me robó un beso y juró que algún día se casaría conmigo.

A partir de entonces había sido un elemento constante a mi lado, dispuesto a dar a conocer su pretensión, a pesar de que nadie lo había desafiado por mi afecto. Y, sin embargo, esa pequeña emoción no había desaparecido con la familiaridad. Despertaba de nuevo entre nosotros cada vez que sus manos rozaban las mías o su mirada se posaba sobre mí. Cada vez que me robaba un beso...

—Hace un mes que he pedido tu mano. Y voy a serte sincero, a estas alturas tenía la esperanza de haber obtenido una respuesta.

—Y yo esperaba haberte dado una respuesta. —Me ajusté más la capa para protegerme del frío—. Pero cada vez que trato de hablar con mi madre, está demasiado ocupada para tratar el tema.

—Le pediré a mi padre que haga presión sobre el asunto.

—No, no lo hagas. —A pesar de que ella siempre había sido amable con él, y él con ella, en privado a mi madre le preocupaba la cordura del vigilante. Nunca había dicho por qué exactamente, pero siempre he sospechado que tenía que ver con la muerte de mi padre—. Hablaré con ella de camino a la cabaña de la abuela. Al estar solo nosotras dos no podrá evitar el tema.

Grainger movió la cabeza.

—¿Tendréis cuidado las dos allí dentro?

—Y no nos desviaremos del camino. Tampoco nos detendremos. Este no es nuestro primer viaje al oscuro bosque. —Me puse de puntillas para besarlo en la mejilla—. Y si vienes más tarde, esta noche te contaré toda nuestra aventura. Será como si hubieras estado allí conmigo.

—Lo espero con impaciencia. —Me cogió de la cintura antes de que yo pudiera volver sobre mis talones, y reclamó audazmente un beso de mis labios—. Acabo de terminar el mantenimiento de las antorchas y estaré patrullando hasta el atardecer, con la esperanza de ponerle los ojos encima al zorro que robó uno de los huevos de *madame* Girard. Espérame cuando el sol se haya puesto.

—¿Revisaste las antorchas tú solo?

Cuando nací, el sobrenatural bosque rodeaba solo dos tercios de nuestra pequeña aldea, pero después de dieciséis años había crecido hasta el punto de que abrazaba todo Oakvale, excepto en la parte en donde el río formaba la frontera norte. Lo que significaba que ahora había muchas más antorchas que mantener que las que había cuando el padre de Grainger se hizo cargo de la vigilancia de la aldea, cuando éramos pequeños.

La tarea parecía increíblemente ingente para un solo hombre.

—No, solo me ocupé de la mitad este del halo. No obstante, eso me ha llevado toda la mañana.

—¿Has escuchado algo del bosque?

No hubiera podido ver más allá de unos pocos metros hacia el interior, pero la oscura espesura rara vez estaba en silencio.

—Hoy solo aullidos y bufidos. Del tipo profundamente furioso, como si un toro estuviera a punto de arremeter desde la oscuridad. —Grainger sabía que eso no podía ocurrir gracias a las antorchas, aunque sin duda ese pensamiento lo hacía sentir incómodo—. Pero hace unos días escuché a mi tío llamándome.

Rufus Colbert había sido miembro de la vigilancia, como su hermano y su sobrino. Pero había muerto hacía dos años.

—Sé que no es real —continuó, frunciendo el ceño—. Pero siempre me provoca escalofríos.

—Sí, así es. Hoy escuché (otra vez) la voz de mi padre. —Me sacudí ese recuerdo, y en su lugar elegí enfocarme en el hombre que tenía frente a mí. En la promesa del futuro en lugar de en la tristeza del pasado—. Bueno, en nombre de toda la aldea te agradezco que mantengas las antorchas.

Esta era una labor tediosa pero vital para proteger a Oakvale, y me sentía henchida de orgullo por su implicación en tal esfuerzo. En su dedicación para proteger la aldea. Grainger era un buen hombre. Fuerte, valeroso y honorable. Y lo suficientemente guapo como para mantener mis pensamientos tan ocupados como mis manos durante las horas que pasaba amasando harina en la panadería. Hablando de lo cual...

—Mi madre me está esperando, pero te prometo que estaremos de vuelta antes del anochecer.

—Te veré entonces.

Su atención permaneció en mi boca y yo sentí el fantasma de sus labios en ella.

—Espero con ansia ese momento.

Grainger me brindó una sonrisa que encendió mis entrañas en llamas.

—Que tenga una agradable tarde, *mademoiselle* Duval —bromeó.

—Y usted también, *monsieur* Colbert —le dije juguetonamente por encima del hombro dirigiéndome hacia la aldea.

Pude sentir su mirada sobre mí hasta que rodeé el granero comunitario.

En mi camino a casa pasé al lado de un par de docenas de pequeñas cabañas con techo de paja, a algunas de las cuales había llevado encargos esa mañana desde la panadería de mi madre. La mayoría de las familias de las afueras de la aldea solo podían permitirse uno de centeno, pero esos encargos eran mis favoritos: pan sencillo para gente que era feliz por tenerlo.

Más cerca del centro de la aldea los edificios más grandes y más sólidos albergaban a clientes que hacían pedidos más caros y después se quejaban del tamaño, del precio o de la calidad. Sin embargo, la objeción real era que la única panadería de Oakvale estaba regentada por las mujeres Duval.

«Brujas pelirrojas», murmuraban cuando creían que no escuchábamos. O, a veces, cuando estaban seguros de que escuchábamos.

Pasé por esas casas con la cabeza bien alta, luego crucé la ancha y embarrada calle que conducía a la mansión del barón Carre, el señor del lugar, y su familia. La casona estaba vacía en aquel momento, por supuesto, porque el barón tenía otras residencias y porque cualquiera con los medios para dejar Oakvale durante los crudos meses invernales haría exactamente lo mismo.

Al hallarse nuestra aldea rodeada por el oscuro bosque, excepto en donde el río la atravesaba, el comercio y los viajes tenían que realizarse por barco, el único medio seguro para entrar o salir de Oakvale. Pero en pleno invierno el río se congelaba, aislando casi por completo nuestra pequeña aldea hasta el deshielo primaveral.

El barón Carre y su familia habían abandonado la aldea hacía más de un mes, justo unos días antes de las fuertes heladas, y no los veríamos de nuevo —ni nos beneficiaríamos de su mecenazgo— hasta la primavera.

Tampoco veríamos muchos visitantes o comerciantes.

Pasada la propiedad del barón, continué por el sendero de tierra hasta que llegué a la amplia plaza, en realidad más bien un rectángulo, en el centro de la aldea. La plaza estaba presidida en un extremo por la iglesia, que había sido construida con tablones de madera tallados a mano el año en que yo cumplí ocho años. El mismo en el que nació mi hermana pequeña. En el otro extremo se hallaba la casa Laurent, la segunda más grande de la aldea y la única construida en su totalidad con piedra.

Crucé la plaza rápidamente, conteniendo el aliento al pasar por el grueso poste instalado en el centro y rodeado de piedras colocadas en el suelo. Hacía mucho tiempo que se había limpiado la ceniza de las piedras, pero el antiguo y calcinado poste mostraría para siempre las cicatrices de cada fuego que había sufrido. De cada hombre y cada mujer que fueron quemados en la hoguera con objeto de proteger la aldea.

Contemplar el poste me estremecía tanto como detenerme en la linde del oscuro bosque. Así que, como de costumbre, desvié la mirada y un movimiento rápido captó mi atención. Había un niño, no, un hombre, que cruzaba a toda velocidad la plaza.

—¡Simon! —grité, y el mayor de los chicos Laurent se volvió. Cuando me vio, brilló en su cara una sonrisa lo suficientemente radiante como para iluminar todo el embarrado caserío—. ¿A dónde vas tan rápido?

—¡Buenas noticias, Adele! —gritó, caminando hacia atrás para no perderme de vista.

—¡Bueno, no te las guardes para ti!

Él se rio.

—Pronto las escucharás. ¡Te veré esta noche!

—¿Esta noche? —pregunté, pero ya se había dado la vuelta y corría hacia su casa.

El humo ondeaba en la chimenea de mi tejado, en el edificio más pequeño que bordeaba la plaza de la aldea, llevando con él el aroma de pan fresco. Mientras me acercaba, no pude evitar una sonrisa porque, a través de una de las pequeñas ventanas, que tenía las persianas de madera subidas, vi a mi madre en el centro de la habitación amasando masa con ambas manos, levantando pequeñas nubes de harina de centeno al espolvorearla sobre la mesa de trabajo.

Puede que nuestra cabaña no fuera tan grande como la casa de los Laurent, pero, a diferencia de las construcciones más pequeñas de las afueras de la aldea, en la parte de atrás tenía una habitación separada para dormir, que era necesaria pues el gran horno y la mesa ocupaban casi toda la habitación principal. Adoraba nuestra pequeña cabaña, pues, además de ese cuarto trasero, había suficiente espacio por delante para albergar a los clientes ocasionales que deseaban alquilar un espacio en nuestro horno, más que adquirir nuestro pan. La oportunidad de charlar con un vecino mientras se trabajaba era con mucho el momento culminante de cualquier semana, en especial durante el largo y frío invierno, en el cual pasábamos gran parte de nuestro tiempo encerrados.

La pesada puerta de madera chirrió cuando la empujé para abrirla y entrar en mi casa. El aroma a carne picada flotó sobre mí y se me hizo la boca agua.

—¡Adele! —exclamó Sofia cuando cerré la puerta para cortar el frío invernal. Mi hermana de ocho años se levantó del taburete que ocupaba en la mesa más pequeña de la cocina y lanzó un puñado de masa sobre la superficie llena de harina—. ¡Estoy haciendo un pastel de carne para nuestro almuerzo!

—Para tu almuerzo —la corrigió mi madre con una sonrisa complaciente—. Adele tiene que hacer un reparto más.

—¿Un pastel de carne? —Miré a mi madre arqueando una ceja, luego mi mirada se desvió hacia la olla que burbujeaba en el fuego.

Como de costumbre, los pedidos de ese día eran de pan sin levadura, ya fuera de centeno o de cebada. Cuando salí por la mañana para hacer mis primeros repartos, no había ningún rastro de carne fresca de vaca o de la rica masa de hojaldre que mi madre estaba haciendo ahora. En realidad, durante más de una semana no habíamos comido carne, con excepción del pescado ahumado de nuestra pequeña provisión de trucha en conserva.

—¿Qué celebramos?

—Los Laurent y los Rousseau finalmente han llegado a un acuerdo.

¡No era de extrañar que Simon fuera todo sonrisas!

La mirada de mi madre se detuvo en mi rostro mientras estudiaba mi reacción.

—¡Qué maravilloso para Elena! —Dejé la cesta en el otro extremo de la mesa, escondiendo mi frustración en privado detrás de una brillante sonrisa.

¿Por qué estaba mi madre tan interesada en mi respuesta al compromiso de mi mejor amiga, cuando se negaba incluso a discutir la petición de Grainger sobre mi mano?

Volvió a amasar.

—Hoy por la noche habrá una ceremonia de compromiso. —Lo que podría significar una celebración de toda la aldea—. *Monsieur* Laurent ha hecho un gran pedido. Cuando los pasteles de carne entren al horno, tengo que hacer más pan con pasas y una tarta de manzana. Además del pan sin levadura.

Me quedé mirando fijamente a mi madre.

—Un pedido de ese tamaño agotará nuestra reserva de miel, y no habrá nuevos repartos hasta el deshielo de primavera.

—Soy consciente de ello, Adele, pero los honorarios por tan extravagante encargo serán una bendición a mitad del invierno.

Retiré el paño que cubría mi cesta.

—*Madame* Bertrand envía media libra de tocino y te agradece las rebanadas de centeno. —Otros habían pagado con carnes ahumadas y vegetales de invierno como nabos, col y patatas—. ¿Podrías disculparme un momento si te prometo empezar a hacer la tarta en cuanto vuelva? Quiero felicitar a Elena.

Elena Rousseau había sido mi mejor amiga desde que tuvimos la edad suficiente para correr por los pastizales en la parte oeste del pueblo agarradas a nuestras muñecas de trapo. Era la joven más dulce de la aldea, pero también la más tímida y miedosa, y así como ansiaba en realidad felicitarla, también quería aprovechar un momento de calma con ella para asegurarle, una vez más, que Simon sería un marido estupendo. Era un buen hombre. Uno de los pocos, como Grainger, que no recelaba de mi cabello rojo ni era proclive a esparcir rumores infundados sobre mi familia.

Se ocuparía de ella y la cuidaría. Además de Grainger no se podía hallar un hombre mejor en la aldea de Oakvale.

—Eso tendrá que esperar a esta noche.

Mi madre espolvoreó más harina en la masa para evitar que se le pegara en las manos, y Sofia, en la mesa la imitó.

—He preparado un pan con pasas y una hogaza de pan de centeno para tu abuela. —Con una mano cubierta de harina señaló dos paquetes envueltos en un paño que había sobre el mantel—. Ve directamente y no te desvíes del camino.

El camino. En el bosque.

El corazón se me aceleró.

—¿Quieres que vaya a ver a la abuela yo sola?

—Creo que estás lista, Adele.

La tensión de su actitud desmentía la sonrisa tranquila que me brindó.

—¡Yo quiero ir! —Sofia golpeó la masa en la mesa con un ruido sordo—. ¡Yo también estoy lista!

Mi madre la miró bruscamente.

—No.

—¡Pero no tengo miedo!

Era verdad. Nada asustaba a mi hermana pequeña, probablemente porque era un bebé cuando nuestro padre murió. No tenía recuerdos de él. No lo vio cuando lo sacó del bosque el vigilante de la aldea con el brazo y la pierna izquierdos desgarrados por el lobo que lo había atacado. Se salvó de la salvaje compasión de la que mi madre y yo fuimos testigos, un trauma que me marcó a una edad tan temprana que la amenaza del bosque oscuro se extendía más allá de sus límites.

Escapar del bosque no era suficiente; uno tenía que hacerlo

indemne, si no los aldeanos de Oakvale, nuestros vecinos, terminarían el trabajo... por el bien de toda la comunidad.

En los ocho años desde la muerte de nuestro padre, Oakvale solo había perdido a un puñado de aldeanos en el bosque oscuro, todos ellos almas descuidadas que se desviaron del camino, lo cual había impedido que Sofia tuviera un conocimiento claro de lo peligroso que era este. Lo que sabía era que la abuela vivía en el bosque oscuro y que nuestra madre sobrevivía a un viaje a través de él cada mes para llevarle una cesta con productos horneados, ayudarla en las reparaciones necesarias de su cabaña y ponerla al tanto de las noticias de la aldea. Sabía que recientemente yo había empezado a ir con nuestra madre, que la abuela nos daba de comer y después nos mandaba a casa con suficiente carne fresca para un mes.

Sí, también sabía sobre las enredaderas y las voces y las misteriosas huellas en la oscuridad, como cualquiera en la aldea. Sin embargo, esos terrores parecían fascinarla más que asustarla, lo que atemorizaba infinitamente a mi madre.

Eso también me asustaba a mí porque yo entendía su fascinación por el bosque, y temía que se sintiera atraída hacia él como me ocurría a mí. Que algún día pudiera responder a esa llamada.

—Eres muy joven —le dije a Sofia—. Y mamá, vas a necesitar mi ayuda con la tarta. El pedido de los Laurent va a ser difícil de cubrir, incluso con las dos trabajando.

—¡Yo puedo hacer la tarta! —Sofia golpeó con su pequeño puño los restos de masa pensados para mantenerla ocupada.

—Puedes ayudarme a preparar las manzanas —concedió mi madre—. Pero no hasta que hayas terminado el pastel de carne.

Los verdes ojos de Sofia se iluminaron y al volver a su tarea se echó sobre el hombro un mechón de cabello color cobre.

—Seguramente el reparto a la abuela puede esperar hasta mañana. —Saqué de la cesta el tocino y lo coloqué en el estante sobre el horno de ladrillo—. En cuanto se entere del compromiso de Elena, lo entenderá.

—Hoy hay luna llena, Adele. —El día que esperábamos cada mes—. Si ninguna de las dos llega, tu abuela pensará que algo va mal. Yo puedo ocuparme de los pedidos. —El tono de su voz sugería que no podría ganar la discusión—. Ya irás a ver a Elena esta noche. Ve a entregar el pan de la abuela y asegúrate de que te sirva algo caliente antes de regresar. Es un camino largo.

No había ninguna duda de que se sentía como un camino muy largo. Incluso con mi madre a mi lado casi siempre me tenía que recordar a mí misma que debía respirar, y ahora...

—Hay un farol colgado fuera.

Mi madre se limpió las manos en el delantal mientras yo guardaba los productos horneados para mi abuela en la cesta y extendía un paño limpio por encima para taparla. El pan de pasas estaba aún tibio y olía de maravilla.

—Adele. —Me cogió por los hombros y la preocupación que nadaba en sus ojos alimentó mis propias dudas—. Ten cuidado. Mantente en el camino y no te detengas hasta que llegues a la cabaña.

—Ya lo sé.

—El farol te mantendrá a salvo.

—Ya lo sé, mamá. —Los monstruos odiaban la luz y temían al fuego.

Me disponía a coger mi gastada capa de color café, pero antes de que la retirara del gancho mi madre movió la cabeza.

—Vas a necesitar algo más grueso que eso.

Me indicó que la siguiera a través de la cortina hacia nuestra habitación privada en la parte trasera de la panadería, en donde se arrodilló para abrir un baúl colocado a los pies de su colchón de paja, que estaba frente al que Sofía y yo compartíamos.

—Esto te mantendrá mucho más abrigada —dijo poniéndose en pie y agitando una preciosa capa de lana roja.

Aquella tela carmesí había estado doblada en el baúl de mi madre desde que yo tenía memoria. Cuando era niña, cada vez que tenía oportunidad pasaba las manos sobre la tela antes de que mi madre me apartara y cerrara la tapa. Sin embargo, en todos esos años nunca vi que la sacara del baúl. De hecho, no había sabido que era una capa hasta ese preciso momento.

Fruncí el ceño ante la hermosa prenda.

—¿No la estás guardando para algo especial? —¿Por qué si no la habría conservado todo ese tiempo?

El corte era sencillo y práctico, y el material resultaba cálido sin añadir mucho peso. Sin embargo, el color era extravagante: un tono rojo intenso que una vez había dicho que estaba hecho de frutos rojos que crecían en el bosque.

—No es mía, Adele. Es tuya. Tu abuela la hizo el año en que naciste, y creo que por fin puedes usarla. —Me cogió del brazo para darme la vuelta y me colocó la capa sobre los hombros.

Durante un momento mi sorpresa fue suficiente como para superar el zumbido nervioso que sentía debajo de la piel al pensar en ir al bosque yo sola. En enfrentarme a una oscuridad que la luz del día no era capaz de penetrar.

Porque la capa me quedaba perfecta. El rico tejido caía hasta mis tobillos y me cubría los brazos, así como la cesta. Además era cálido. Casi demasiado para usarlo en interior, con el calor escapándose del horno por debajo de la cortina de la habitación principal.

—No me puedo creer lo rápido que han pasado estos dieciséis inviernos. Naciste en un día muy parecido a este. Frío y claro. —Me giró para mirarme de frente una vez más y había algo extraño en sus ojos. Algo que, bajo la calidez de su mirada, a la vez analizaba y era nostálgico, como si de algún modo hoy yo le resultara diferente—. Viniste al mundo justo unas horas antes de que se elevara la luna llena.

Me ató el cordón al cuello sin apretarlo para evitar que la capa se resbalara, luego levantó la capucha y me la colocó en la cabeza enmarcando mi rostro.

—Preciosa —dijo, dando un paso atrás para verme mejor.

—¿De verdad la abuela hizo esto para mí? ¿Por qué ninguna de las dos me lo ha dicho?

—Porque se habría arruinado la sorpresa. Le va a encantar verte con ella puesta. —Mi madre me dio un abrazo que duró demasiado tiempo. Luego se volvió repentinamente de nuevo hacia la habitación del frente—. Debes irte ya si quieres regresar a tiempo para la celebración. No olvides el farol.

Empujé la puerta trasera para abrirla y cogí el farol que colgaba de la pared. La vela dentro del sencillo marco de metal era pequeña, pero sería suficiente para aguantar el viaje.

—¡Guapa! —Sofia saltó de su taburete en el momento en el que regresé a la habitación de delante—. ¿Dónde has conseguido la capa roja?

—Es un regalo de tu abuela —le respondió mamá—. Adele cumple dieciséis años y ya es hora de que empiece a pensar en cosas de adultos.

El rubor que me afloró en las mejillas no se debía al calor del horno. Quería que pensara en «cosas de adultos», pero no estaba dispuesta ni siquiera a discutir la petición de mi mano por parte de Grainger. Una negativa que tenía menos sentido para mí que su desconfianza hacia su padre.

—Date prisa —me dijo, mientras volvía a la masa—. Y no te detengas en el camino.

—No lo haré. —Sonreí a Sofia mientras encendía el farol y luego cerré la puerta detrás de mí.

En mi camino hacia el oeste a través de la aldea, pasé junto al herrero, el fabricante de velas, el flechero y la hilandera, y todos levantaron la vista de su labor para elogiar mi capa nueva. Saludé con la cabeza a *madame* Gosse, la esposa del alfarero, quien después de devolverme el saludo se detuvo a comentar con la hilandera que tal vez el rojo no era precisamente el color que mejor me sentaba, teniendo en cuenta el fuerte tono cobrizo de mis trenzas.

Les dirigí a ambas una sonrisa amistosa y seguí mi camino.

Pasé por el aserradero, los campos de cultivo y los pastizales vacíos, y al acercarme al camino que conducía al bosque vi a un grupo de aldeanos reunido en las lindes, trabajando a la luz del halo de las antorchas que penetraba en él, allí donde los rayos del sol se negaban a entrar. Media docena de mujeres con cestas recogían bellotas, en tanto que tres hombres de la aldea vigilaban fijamente el bosque con la mano en la empuñadura de la espada, listos y deseosos de arremeter contra cualquier bestia que pudiera surgir de la negra oscuridad.

Pero solo un tipo de monstruo se había aventurado a salir del oscuro bosque: la misma especie que le había costado la vida a mi padre.

Un *loup garou*. El hombre lobo.

En su apariencia humana eran normales, pero en su forma de lobos los *loup garou* eran enormes y estaban sedientos de sangre. A pesar de que mi padre había sobrevivido al ataque inicial de un hombre lobo, yo había visto los restos de otras víctimas destrozados miembro a miembro. Cuando yo era pequeña, en dos ocasiones el vigilante de la aldea había recuperado algo más que una pierna que aún llevaba puestos los restos despedazados de unos pantalones.

Los hombres lobo eran la razón por la que el halo se mantenía encendido alrededor de Oakvale: los *loup garou* temían el fuego.

A unos pocos metros al este, los hermanos Thayer trabajaban duro con sus hachas, cortando árboles nuevos que habían crecido en el perímetro del bosque. Los leñadores evitaban a diario que los árboles invadieran Oakvale; sin embargo, nunca lograron hacerlos retroceder. Y a pesar de lo agradecida que estaba por sus servicios —de los cuales se beneficiaban vendiendo los árboles a los aldeanos como leña o al aserradero para cortarlos y cepillarlos y luego venderlos río abajo—, encontraba a los hermanos desagradables, en el mejor de los casos, y a veces los sentía como una verdadera amenaza.

—¡Adele! —Una voz familiar me llamó cuando me acerqué al bosque, y me di cuenta de que Elena se encontraba entre las mujeres que recogían bellotas. Se separó del grupo y corrió hacia mí.

—¡Felicidades! —La abracé con cariño—. Pero ¿no deberías estar preparándote para la celebración?

Se encogió de hombros mordiéndose el labio inferior.

—Ya sabes lo que dice el cura respecto a las manos ociosas. Y necesitaba distraerme. —Elena retrocedió para mirarme—. ¡Qué bonita capa! —Luego, su atención se dirigió a mi cesta—. ¿Vas a ver a tu abuela? ¿Sola?

—No estará sola por mucho tiempo —dijo Lucas Thayer a la vez que se apoyaba el hacha en un hombro grueso y ancho—. Si Adele se mete ahí dentro, pronto se estará uniendo a su padre.

—Shhh —lo regañó una de las mujeres levantándose desde su posición arrodillada y mirándolo—. Dejad a la pobre chica en paz. No debe ir sola, pero es su decisión.

Noah Thayer resopló.

—¿A quién crees que reclutará el vigilante para ayudar a encontrar su cuerpo, sacarlo del bosque e incinerarlo? No debería permitírsele entrar. Tampoco a su abuela. Emelina Chastain es una bruja y todos vosotros lo sabéis. ¿De qué otra manera una anciana puede sobrevivir en el oscuro bosque por sí sola?

—No está sola —le solté, enfadada—. Mi madre y yo le llevamos provisiones todos los meses. Y no sé de ninguno de vosotros que haya rechazado su carne de venado.

Nuestro negocio era tan importante para nosotros como lo era para mi abuela. La mayor parte de los aldeanos no podía cazar en el oscuro bosque, aun cuando pudieran permitirse pagar al barón Carre por el privilegio, pero los venados con frecuencia vagaban por el claro que rodeaba la cabaña de mi abuela, y parecía que ella siempre estaba esperándolos con una flecha en su arco.

Y ninguno de los aldeanos que murmuraban «bruja» a nuestras espaldas había rechazado nunca la fresca caza que le enviaba a mi madre para que la cambiara por granos molidos, miel, sal y cerveza. Estaban dispuestos a hacer negocios con las mujeres pelirrojas Duval y su loca y solitaria matriarca, siempre y cuando esas transacciones llenaran o bien sus estómagos, o bien sus bolsas.

—Recuerda mis palabras —dijo Lucas Thayer cuando me coloqué la cesta en el hueco del brazo y retomé el sendero con la cabeza alta y la espalda erguida—. Esa chica regresará en pedazos.

El oscuro bosque estaba vivo. Yo siempre lo había sentido así. Como si cada brisa que rozaba mi piel fuera el aliento del bosque mismo que soplaba sobre mí. Como si hubiera entrado en el vientre de alguna gran bestia.

Como si me hubiera tragado por completo.

Mi corazón se aceleraba ante ese pensamiento, pero aspiré profundamente y continué colocando un pie delante del otro.

«Mantente en el sendero. No te detengas. Sostén el farol en alto».

Nada podía dañarme si seguía las instrucciones. ¿No? Sí, había monstruos en el bosque. Pero le temían a la luz. O al fuego.

Todo iría bien mientras tuviera mi farol.

Después de unos cuantos pasos perdí de vista las luces de la aldea, y otros pasos más allá dejé de escuchar los golpes de las hachas de los Thayer o el sonido de las mujeres charlando mientras recogían bellotas.

Cada paso me adentraba más en la oscuridad y podía sentir el frío de la tierra congelada a través de las suelas de cuero de los zapatos. El bosque se tragó la luz de mi farol a solo unos metros de él, dejándome aislada en una burbuja de una débil claridad y contemplando una penumbra impenetrable.

Nunca antes había estado sola en el oscuro bosque y sentí la ausencia de mi madre como la pérdida de una extremidad. Ella había crecido en la cabaña de la abuela, aunque en ese tiempo, antes de que el bosque invadiera tan descaradamente Oakvale, eso era justo dentro del oscuro bosque. Por tanto, ella estaba más familiarizada que yo con los peligros y con las formas de evitarlos.

A pesar de que solo podía ver el sendero bajo mis pies y alguna rama que ocasionalmente aparecía sobre mi cabeza, podía sentir a los árboles alrededor. Y podía escuchar... cosas. Un culebreo inquietante que parecía demasiado estridente y demasiado tardío en la temporada para que se tratara de serpientes. Una serie de resoplidos húmedos. El crujir de unas ramas bajo un pie demasiado pesado para ser humano. El ruido seco de unas ramas muertas que chocaban una contra otra con cada brisa.

«Sigue caminando».

Una repentina ráfaga de viento me levantó el borde de la capa y me estremecí cuando el aire helado me subió por la falda. Mi brazo empezó a oscilar y la burbuja de luz que me rodeaba tembló. Las sombras en lo alto danzaron.

    La cesta se me cayó. Entonces el viento sopló y el farol se me apagó.

2

El terror me sujetó como un puño oprimiéndome el tórax. Me quedé paralizada temiendo dar otro paso porque ya no podía ver el sendero frente a mí, entonces fue cuando caí en la cuenta de que había roto dos de las reglas. Mi farol se había apagado y yo me había detenido. Pero si continuaba sin poder ver el camino, podría desviarme de él accidentalmente. Y si eso ocurría, perderme sería la menor de mis preocupaciones.

«Date la vuelta, Adele». Recogí la cesta buscando a tientas en la oscuridad y me puse en pie lentamente. «Date la vuelta y camina en línea recta hasta que escuches las hachas. Hasta que salgas del bosque». Eso sería mucho más seguro que insistir en continuar hacia la cabaña de la abuela en medio de la absoluta oscuridad.

Así que me di la vuelta con cuidado, tanteando con un pie el borde del camino. Y empecé a andar.

No caí en la cuenta de que me había desviado del rumbo hasta que el pie golpeó algo. Grité mientras caía hacia delante agitando los brazos. Solté el farol. Mis manos se estrellaron contra el suelo. Se me clavaron unas ramas en las palmas y el dolor me recorrió las muñecas y los hombros.

La cesta aterrizó en alguna parte a mi izquierda. El olor del pan con pasas se esparció cuando el paquete envuelto en un paño rodó e hizo crujir las hojas secas.

Respiré hondo y el aire helado me raspó la garganta mientras luchaba contra el pánico.

«¡Levántate! ¡Corre!».

«¡No, pide ayuda y espera a que alguien te encuentre!».

Los segundos pasaban mientras decidía qué sería lo menos

probable que me matara. Tal vez los Thayer y los vigilantes estuvieran lo suficientemente cerca como para escucharme gritar.

Pero los monstruos podrían estar más cerca. Mi grito inicial debió de alertarlos de mi presencia, y gritar pidiendo ayuda solo podría conducirlos hasta mí. Algo se deslizó por mi tobillo y un alarido salió de mi garganta. Cerré la boca de golpe cortando el sonido, pero ya era demasiado tarde. Podía sentir que el bosque se me acercaba con una cacofonía de sonidos suaves e imposibles de identificar. Me di una palmada en la pierna y la enredadera se soltó y crujió ligeramente entre las hojas muertas.

Me senté y me concentré en la respiración, tratando de apaciguar el ritmo de mi corazón acelerado, de escuchar algo más que la velocidad de los latidos y el sonido áspero de mis propias inspiraciones de pánico. Mientras más trataba de calmarme, más escuchaba al bosque que me rodeaba. Ramitas que se quebraban. Ramas que se balanceaban. El susurro de lo que parecían unas alas peludas. El sonido húmedo de algo grande que respiraba. Que resoplaba.

Dos puntos luminosos aparecieron a mi derecha y me quedé sin aliento. Parpadearon. Volvieron a parpadear. Mi corazón me golpeó las costillas al darme cuenta de que estaba viendo un par de ojos brillantes. Y que definitivamente no eran humanos.

La bestia cogió aire y el sonido húmedo y áspero parecía que iba a sonar eternamente mientras llenaba sus inmensos pulmones. El ruido sordo aumentó, entonces me percaté de que estaba escuchando un gruñido.

Un lobo.

Aunque no un lobo normal. *Loup garou.*

El temor me bañó como un cubo de agua helada y erizó cada centímetro de mi piel. El estómago se me revolvió mientras observaba aquellos dos puntos luminosos. Volvieron a parpadear. Entonces escuché una suave inhalación y el golpeteo de unas garras enormes sobre la maleza cuando el lobo se disponía a atacar.

Cada músculo del cuerpo se me tensó. Balanceé el farol apuntando a esos brillantes ojos que corrían hacia mí.

Un grito salió de mi garganta cuando el farol se estrelló en el cráneo del lobo, que era poco más que un manchón borroso en la inmensa oscuridad. El marco de metal se me rompió en la mano. Algo cálido y húmedo me salpicó el rostro, acompañado por el olor a sangre. El lobo gimió con un sonido como el del perro del flechero cuando lo pateaba, y oí cómo la bestia tropezaba y caía a un lado. Me puse en pie y corrí sujetando todavía el farol roto. Ramas invisibles me golpeaban la cara y los brazos. Las raíces y las enredaderas se me enganchaban a los pies, como si el suelo del bosque intentara hacerme tropezar. Trastabillé varias veces; sin embargo, seguí adelante, abriéndome paso entre las ramas tan rápido como pude. No tenía ni idea de adónde me dirigía. Pero iba hacia allí muy rápido.

Sentía las piernas extrañamente poderosas, impulsándome por el bosque a una velocidad que nunca antes había alcanzado, y lo que debía haber sentido como un castigo a mis músculos de pronto lo notaba como un alivio. Igual que rascarse un picor desesperante.

Mis piernas querían correr.

Mis brazos se movían a ambos lados, manteniendo el ritmo de mi zancada. Ayudando a mi equilibrio. Mis pulmones se expandían con facilidad, impulsando mi cuerpo de manera tan eficiente que, aunque nunca en la vida me había movido con tal rapidez, no jadeaba. La velocidad era algo natural.

Sentía como si hubiera nacido para eso.

Pero a pesar de mi velocidad, en pocos segundos escuché al lobo chocándose con los árboles por detrás de mí, tan cerca que prácticamente podía sentir su aliento en la nuca. Un terror renovado me avivó los músculos y las piernas me dieron otra explosión de velocidad, alejándome aún más del camino. Llevándome aún más adentro del oscuro bosque.

Y de pronto me di cuenta de que podía ver.

Los árboles eran poco más que sombras esqueléticas, algunas de las cuales parecían acercarse a mí, aunque podía verlos. Lo que significaba que podía evitarlos.

Por primera vez en mi vida la impenetrable oscuridad del bosque había empezado a aflojar su control. Pero el lobo me estaba alcanzando a un paso tan aterrador que no podría dejarlo atrás.

Tendría que pelear.

Esa comprensión debía haberme hecho dar alaridos de terror; sin embargo, pareció calmarme. Para concentrarme en mis pensamientos escudriñé en la oscuridad mientras corría, en busca de...

No tenía ni idea de lo que estaba buscando hasta el momento en que lo vi. Un árbol caído. Grande, con un tronco lo suficiente ancho como para esconderme un segundo. Me desvié hacia la derecha y salté sobre el tronco como si hubiera crecido saltando sobre pacas de heno con los chicos de la aldea; luego me encorvé contra él, con mi capa roja enrollada detrás de mí. Me eché la capucha hacia atrás y cuando levanté el farol roto me di cuenta de que cada segundo que pasaba podía ver mejor, incluso sin una luz.

Algo me estaba ocurriendo. Algo extraño y milagroso.

De pronto, el farol era casi tan visible como lo había sido antes de entrar al bosque. A pesar de que ahora era inútil. El marco metálico se había separado y...

Un panel de metal finamente martillado se había desprendido para dejar al descubierto un borde afilado y terriblemente dentado.

Al tiempo que el lobo se abalanzaba sobre mí y su jadeante aliento crecía cada segundo que pasaba, desprendí el pequeño panel del marco y lo sujeté con la mano derecha, ignorando el dolor cuando un pequeño borde se me clavó en la piel. Fríamente me di cuenta de que podía oler mi propia sangre cuando escurría por la palma de mi mano.

Un instante después, el tronco se estremeció contra mi espalda al lanzarse el lobo sobre él. La bestia voló por encima de mí y aterrizó en la maleza a unos metros de distancia, y mientras giraba para ponerse de frente, pude ver bien a mi oponente por primera vez.

Era enorme, con el estrecho hocico echado hacia atrás en una maraña de afilados dientes que podía ver alarmantemente bien. Sus garras se aferraban a la tierra preparándose para saltar. Su pelaje era como nieve recién caída, pálida y reluciente.

El lobo se abalanzó haciéndome caer de espaldas sobre la maleza húmeda. Grité al sentir que unas inmensas patas caían sobre mis hombros y las garras se me clavaban en la piel a través de la gruesa lana de la capa. Mi pulso se elevó rápida y ruidosamente y la visión se me empezó a nublar. El lobo rugió y el olor de su aliento a podredumbre flotó sobre mí. Luego, su inmenso hocico se abrió y la bestia se abalanzó sobre mi cara.

Le clavé el trozo de metal en el cuello.

Los afilados dientes se paralizaron a unos centímetros de mi nariz. Del hocico le cayó saliva y giré la cara para que esta cayera sobre mi mejilla en lugar de en mi boca.

El lobo trató de retroceder y la adrenalina se apoderó de mí. Por algún instinto que no podía comprender, mi brazo izquierdo salió disparado y sujetó el cuello de la bestia. Rodé hacia mi derecha arrojando al lobo sobre su costado. Mi mano derecha retorció el trozo de metal enterrado en el cuello del monstruo, arrastrando la improvisada navaja a través de su carne. A través de su peluda garganta.

La bestia lanzó un sonido estrangulado mientras la sangre le brotaba de la herida. Me puse en pie y traté de escapar del desastre, pero una corriente cálida me golpeó un lado de la cara y salpicó la parte delantera de mi vestido a través de la capa abierta.

Por un momento me quedé aturdida y respirando con dificultad.

Entonces un calambre despiadado se apoderó de todos los músculos de mi cuerpo al mismo tiempo, arrastrando mis brazos y mis piernas a posturas antinaturales. Me desplomé en el suelo de costado, retorciéndome, atrapada en un horror mudo mientras todo el cuerpo se me convertía en una herida insoportable. Los huesos me dolían atrozmente. Las articulaciones estallaron. Cada centímetro cuadrado de mi piel fue atacado por una cruel picazón.

Parecía como si me estuvieran desgarrando en el potro y cosiendo para dar a mi cuerpo una nueva forma.

Y tan de repente como había empezado, se terminó.

Me senté, perpleja, resoplando todavía con alivio por el dolor, que se iba desvaneciendo. Y con un sobresalto me di cuenta de que el mundo parecía completamente nuevo.

Había sido capaz de ver mejor que nunca en el bosque desde que el lobo me había atacado, pero de pronto pude ver como si fuera de día. Cientos de diferentes tonalidades de hojas caídas, desde el marrón crujiente al negro y podrido. Cada grieta en la corteza de cada árbol a la vista. Gruesas y nudosas enredaderas de madera, del color marrón grisáceo de los troncos de los árboles. Procesé todo con una claridad sobrecogedora.

BIENVENIDA, NIÑA.

Me sobresalté, sorprendida por un mensaje que mis oídos parecían haber ignorado por completo y que había sido dicho directamente en mi cabeza. Había escuchado la voz de mi padre en el bosque varias veces desde su muerte, pero esta no era una que reconociera. No sonaba humana.

Esta era diferente a la manipulación normal del oscuro bosque. Era más como... una bienvenida.

Miré a mi alrededor, buscando ansiosamente su origen, y en lugar de eso mi vista se paró en el lobo blanco que yacía en un charco de su propia sangre, mirando ciegamente al árbol caído que había detrás de mí. Su garganta era una herida horripilante de la que aún rezumaba sangre sobre un charco en el suelo. A treinta centímetros yacía el panel de metal que había abierto una espantosa herida en su pelaje.

Yo había hecho eso.

Traté de alcanzar el metal, pero la mano que se alargó a mis ojos no era en absoluto una mano. Era una pata. Una pata de lobo, con un pelaje grueso y rojizo, un pelo áspero que no se parecía en nada al hermoso pelaje color nieve del lobo que había matado.

El terror me atravesó, oprimiéndome la garganta. Acelerándome el pulso. Intenté apretar el puño derecho y la pata color rojizo se curvó hacia dentro, girando las garras hacia el suelo.

Me levanté y me encontré a mí misma de pie... a cuatro patas.

Mientras el pánico se apoderaba de mi pecho, mientras aspiraba en respiraciones cortas y rápidas, una aterradora comprensión se me instaló en los huesos. Era una loba.

«Esto no es posible». No obstante, mi cuerpo acogió la nueva forma como si esta fuera un viejo y confortable vestido. La noche era gélida, en cambio yo me sentía ardiendo, aislada por el pelaje que me cubría la piel. Podía distinguir con facilidad infinidad de olores individuales. Hojas podridas. Mi propia sangre. La mecha quemada de mi vela apagada. El olor almizclado del lobo que yacía frente a mí.

Había temido a la muerte en el bosque oscuro; sin embargo, había sucumbido a un destino aún peor. Me había convertido en un monstruo.

«Noooo». Un gemido lupino escapó de mi garganta.

Había sido infectada. Pero ¿cómo? El lobo no me había mordido ni arañado. No me había desgarrado la piel. Sin embargo, ahí estaba yo, en una forma que aterrorizaría a mis vecinos.

Cuando tenía ocho años, mi padre había sido quemado vivo en la plaza de la aldea, mientras mi madre y yo observábamos desde la multitud, porque mis vecinos sospechaban que podía convertirse en hombre lobo después de haber sido atacado por uno.

Ahora, sin duda, yo me había convertido en la misma bestia que ellos creían que era él.

Y, no obstante, no me sentía como un monstruo. O como imaginaba que se sentiría un monstruo. No sentía la urgencia de derramar sangre humana. O de consumir carne humana. Pero, cuando el resto de Oakvale descubriera en lo que me había convertido, mi destino sería igual al de mi padre. Mi madre me perdería como lo había perdido a él, y ahora Sofia tenía la edad suficiente para ser marcada por la tragedia, tal y como yo lo había sido hacía ocho años. El poste carbonizado en la plaza de la aldea la acecharía igual que lo había hecho conmigo.

«Esto no puede estar ocurriendo».

Retrocedí moviendo la cabeza en una muda negación y las patas se me enredaron en algo. En un conglomerado de tela.

Estaba atrapada en mi propio vestido, o tal vez en la capa. Retrocedí, sacudiendo la cabeza, tratando de liberarme de la envoltura de tela, pero eso parecía enredarme más aún.

—Adele.

Me quedé paralizada al oír mi nombre y me llevó un segundo darme cuenta de que reconocía esa voz. Otro segundo más para darme cuenta de que quien hablaba no debería haberme reconocido en mi estado actual.

«¿Abuela?». Pero la voz salió como otro ronco quejido.

—Cálmate, *chère*. Todo va bien —me aseguró mientras buscaba un hueco para mirar por debajo de la capucha de mi capa nueva—. Lo has hecho muy bien.

«Yo... ¡¿qué?!».

—Tu madre va a estar muy orgullosa.

¿Mi madre estará orgullosa de que me haya convertido en un monstruo?

Sacudí la cabeza y la capucha cayó hacia la derecha, lo que mostró de nuevo el bosque. Y ahí estaba mi abuela, erguida y alta, con una brillante capa roja prácticamente idéntica a la mía, excepto por un hermoso ribete de pelaje blanco.

Nunca antes había visto que usara aquella capa.

Se arrodilló frente a mí, sin inmutarse por el lobo muerto, y desató el cordón que mantenía cerrada mi capa. Después la apartó y aflojó el corpiño que había debajo.

—Ven, niña, sal de ahí.

Liberada al fin, me arrastré fuera de las mal ajustadas prendas y me detuve frente a ella. Algo se agitó en la maleza detrás de mí y me di la vuelta, alerta ante la nueva amenaza, solo para darme cuenta de que había escuchado mi propia cola moviéndose en una cama de hojas muertas.

Porque tenía una cola.

Mi abuela rio.

—Lleva un poco de tiempo acostumbrarse. Pero tus instintos son buenos: hay tanto que temer en el oscuro bosque, incluso para nosotros. Quédate quieta un momento. Cierra los ojos y escucha; ya verás.

No quería quedarme quieta. No quería cerrar los ojos. Quería respuestas. Pero en mi forma actual no podía hacer ninguna pregunta.

—Vamos, niña. Cierra los ojos —insistió mi abuela. Así que los cerré.

Al principio no oí nada más que mi propia respiración. Los latidos de mi corazón. Después, lentamente me percaté de un sonido más sutil. Un suave deslizamiento, como una serpiente escurriéndose entre la maleza hacia mí, desde la izquierda. Solo que hacía demasiado frío para que fuera una serpiente.

Los ojos se me abrieron de inmediato. Mi pata delantera golpeó algo largo y redondo. Algo que tenía el grosor de dos de mis dedos. Era una enredadera leñosa que se había dirigido directa a mí, moviéndose por sí sola, hasta que la inmovilicé. E incluso mientras la miraba, la enredadera empezó a enrollarse en ambos lados de mi pata y a serpentear lentamente por mi muñeca. O lo que sería mi muñeca si no me hubiera convertido en un monstruo.

—Bien. —Mi abuela movió la cabeza en señal de aprobación, y yo gemí, intrigada por lo complacida que parecía respecto a ese horripilante cambio en mí—. Pero eso es solo el principio. Estás más preparada ahora que puedes ver en el oscuro bosque; sin embargo, eso no te pone a salvo. Vuelve a asumir tu forma humana y vayamos a que te asees.

Solo podía inclinar la cabeza a un lado, esperando que este gesto comunicara una pregunta que no podía realmente hacer.

Con un crujido en sus articulaciones, se inclinó frente a mí y sonrió.

—Solo debes desear el cambio para hacer que ocurra. Piensa en tu forma humana. Concéntrate en recuperarla.

Parpadeé y luego me di la vuelta para analizar la amenaza de más enredaderas que se deslizaban lentamente hacia nosotras. Además de eso, escuché una sinfonía de otros sonidos y caí en la cuenta de que los monstruos, y tal vez el oscuro bosque mismo, se nos estaban acercando. Debíamos irnos. Seguramente podría retomar mi forma humana en un lugar más seguro.

Otro gemido salió de mi garganta al pensar en ello.

—Yo cuidaré de ti, niña. —Mi abuela se levantó y dobló un lado de su capa, revelando un hacha con una hoja claramente afilada que colgaba de un cinturón que le rodeaba la cintura del vestido—. Pongámonos en marcha.

Así que cerré los ojos y pensé en mi forma humana: la única forma que había conocido hasta hacía unos minutos. Visualicé mis pies, con los arcos elevados y los segundos dedos largos. Recordé mis brazos, mis muñecas ligeramente huesudas y los dedos delgados que se habían acostumbrado a amasar. Pensé en mi rostro. En las pecas sobre el puente de mi nariz y la parte más alta de los pómulos. Y en mi cabello, largo y rubio con tonos anaranjados, que resplandecía como el cobre bajo la brillante luz del sol.

De pronto, el calambre por todo el cuerpo volvió a envolverme y caí al suelo del bosque, retorciéndome mientras mis articulaciones estallaban y los huesos me dolían. Mientras la piel me picaba horriblemente y los músculos se contraían con un gran dolor.

Menos de un minuto más tarde todo había terminado, igual que antes. Solo que esta vez me encontré hecha un ovillo sobre una cama de hojas muertas y ramitas afiladas, desnuda y temblando. Pero en mi propia piel humana.

—¿Abuela? —Me senté con las rodillas en el pecho, tratando de ignorar la manera en la que los trocitos de maleza me pinchaban en la espalda desnuda—. ¿Qué está pasando? El lobo no me mordió. ¿Cómo podría estar infectada?

—Vístete, *chère*. Te lo explicaré de camino a mi cabaña.

Temblando violentamente, miré alrededor mientras me acercaba la ropa, decepcionada al darme cuenta de que el bosque era otra vez una tierra de tenebrosas sombras. Sin embargo, seguía viendo mucho mejor de lo que había podido ver en el oscuro bosque antes, aunque muy alejado de la claridad que había tenido en esa inexplicable forma de lobo.

—Date prisa, Adele —me urgió mi abuela, y yo me metí el vestido por la cabeza tan rápidamente como pude, tratando de alejar el sentimiento de exposición y vulnerabilidad que mi propia desnudez inspiraba—. Levántate y date la vuelta —dijo, cuando lo hice, tiró de los lazos de mi corpiño y lo ató.

La abuela cogió la capa del suelo y la sacudió para quitarle las hojas y ramitas, luego me cubrió los hombros.

—Por aquí. Te has desviado bastante del camino.

Siguió en una dirección que no podía identificar sin el sol visible en lo alto y me agaché para coger el farol roto.

—Abuela, yo... Yo no me alejé del sendero. ¡Me echó un inmenso hombre lobo! —Me giré para contemplar al lobo muerto—. ¿Y qué vamos... a hacer con él? ¿Lo vamos a dejar ahí?

—Volveré para ver si se puede utilizar algo. El bosque se encargará del resto —contestó mi abuela haciendo señas de que la siguiera—. Como sabes, el bosque oscuro está lleno de monstruos.

Asentí mientras la seguía hacia lo más profundo del bosque.

—Todo el mundo sabe eso.

3

—Estoy segura de que tienes preguntas que hacerme —dijo mi abuela mientras la seguía por el oscuro bosque con la mirada alerta ante posibles amenazas.

—Solo unas cuantas.

Su suave risa me llegó flotando mientras observaba lo que me rodeaba y lo que más me impresionó, ahora que podía ver de verdad en el bosque oscuro, fue el hecho de que el bosque en sí parecía de verdad estar vivo. Si bien antes había tenido esa sensación, experimentarlo tan cerca era totalmente diferente.

A menos que estuviera durmiendo, Sofia, mi hermana, nunca dejaba de moverse, como si no pudiera quedarse quieta. El oscuro bosque se movía así. Como si estuviera respirando. Inquieto. Esperando impaciente que le dieran algo que hacer.

O alguien a quien devorar.

Las enredaderas se enroscaban silenciosamente, envolviendo las pequeñas ramas o retorciéndose hacia el suelo. Las hojas se movían sin la ayuda del viento. Mientras caminaba parecía que las grandes ramas me querían sujetar, como manos que se extendían en la oscuridad. Pero por primera vez en mi vida podía ver lo suficientemente bien como para golpear a insectos del tamaño de mi mano cuando trataban de aterrizar en mis brazos y hombros. Pude esquivar una gran sombra que parpadeaba desde debajo de un arbusto, una sombra que parecía tener dientes.

—¿Adele? —Mi abuela se giró y me miró.

Yo corrí para alcanzarla.

—Lo siento. No entiendo qué me ocurre. ¿Soy una mujer loba?

—Sí.

—Pero ¿cómo es posible si no me han arañado ni mordido?

—La bestia que mataste no te infectó. Sin embargo, tu transformación fue provocada por tu contacto con ella. El lobo siempre ha estado en tu sangre. Ese ha sido siempre tu destino.

—¿Qué significa eso? ¿Y cómo sabías que era yo? —Señalé con una mano en la dirección del lugar en donde me había encontrado—. ¿Cómo sabías que yo estaría allí?

Su sonrisa parecía extrañamente tranquilizadora.

—Hoy es luna llena, niña. Naciste bajo esta luna hace dieciséis años. —Pasó por encima de una gruesa raíz que se extendía por su camino, moviéndose con la facilidad de una mujer mucho más joven. Con más gracia y reflejos más rápidos de los que le había visto nunca—. Tu madre y yo llevamos planeando este día desde hace mucho tiempo.

—¿Planeasteis que la vela se apagara en el sendero? ¿Que me atacara un...? —Y de pronto comprendí—. Vosotras hicisteis que esto ocurriera. ¿Por qué? ¿Cómo?

—Tu madre manipuló el farol. Yo solté al lobo.

—¿Qué? —Me detuve, y, cuando se dio cuenta de que otra vez no la estaba siguiendo, se giró con la impaciencia brillándole en los ojos claros—. ¿De dónde sacaste un hombre lobo? ¿Por qué tenías que mandarlo a perseguirme?

—Mandarla —me corrigió la abuela—. La seguí y capturé esta mañana. Desgraciadamente, llegué tarde para evitar que atacara el carro de un comerciante. —Sus hombros se hundieron bajo el peso de un fracaso más profundo que cualquier otra cosa que pudiera yo imaginar—. Creo que venía de Oldefort. El conductor y su esposa perdieron la vida. No esperábamos a ningún comerciante.

Eran muy pocos y estaban muy lejos entre sí en los meses de invierno, y cuando Oakvale se veía obligado a enviar a alguien a atravesar el bosque en busca de suministros de emergencia durante la parte más dura del año, la guardia de la aldea siempre enviaba una escolta con él. El grupo siempre salía al mediodía, fuertemente armado, llevando antorchas y faroles. En varios años no habíamos perdido a ningún comerciante.

Evidentemente en Oldefort no eran tan afortunados.

La abuela asintió con gravedad.

—Mi mayor dolor es que no puedo proteger a los que no sé cómo esperar.

—¿Protegerlos? —solté, pestañeando asombrada, en medio de la oscuridad—. ¿Cómo podrías proteger una caravana sola en el oscuro bosque? ¿Y cómo capturaste a una mujer loba? No entiendo cómo algo así es posible.

La abuela miró intencionadamente al suelo junto a mi pie, y bajé la vista para ver otra enredadera leñosa acercándose a mi tobillo.

—No siempre son tan lentas —dijo—. Todavía te están poniendo a prueba.

—¿Me están poniendo a prueba? ¿Las enredaderas me están poniendo a prueba?

—En dos ocasiones durante mi mandato como guardiana he encontrado a aldeanos colgando de enredaderas extendidas en las ramas de los árboles como si fueran una horca. No deberías acostumbrarte a quedarte quieta aquí durante mucho tiempo.

—Teniendo en cuenta que no planeo estar en el oscuro bosque muy a menudo...

—Estarás. —La mirada que me dirigió fue intensa—. Debes estar, Adele. Vamos. Ahí está el sendero.

Miré en la dirección que señalaba y vi el sendero en el suelo del bosque desgastado por años de tráfico, pies, pezuñas y ruedas. Nunca había tenido una vista más clara de él. Y ahí, a unos cuantos metros, yacía la cesta con pan que había dejado caer.

—Lo siento, abuela. —Me arrodillé junto a la hogaza de pan de pasas que había bajo unos grandes helechos—. Se ha echado a perder. —El pan de centeno no había corrido mejor suerte.

—No te preocupes por el pan, niña. Solo fue una excusa para enviarte aquí.

Pero ella adoraba los panes dulces, además las pasas eran demasiado caras para desperdiciarlas. Y, sin embargo, a pesar del despilfarro, el pan parecía ser algo insustancial como para preocuparse por él, teniendo en cuenta que en alguna parte del bosque un comerciante y su esposa habían perdido la vida. Que momentos antes yo había estado a cuatro patas, igual que la bestia que los había matado.

Una nueva punzada de miedo me sacudió cuando esa idea por fin pareció asentarse.

—Abuela, ¿cómo puedes estar tan tranquila? Me van a quemar viva en la plaza de la aldea, igual que a papá.

—No te van a quemar. —Alejó mi temor con un movimiento de la mano—. Nadie va a saber esto.

—¡Por supuesto que la gente se va a enterar! ¿Cómo podría evitar que lo sepan?

—Vas a guardar tu secreto de la misma forma en que tu madre y yo hemos guardado el nuestro.

—¿Tú...? —Parpadeé—. ¿Y mamá? ¿Qué...? Abuela, pero ¿qué pasa aquí? —pregunté suavemente mientras recogía la cesta vacía y sacudía el paño que la cubría, tratando de esconder el temblor de mis manos.

Ella volvió al sendero y tiró de mí para que la siguiera, y por fin recuperé mi sentido de la orientación. Su cabaña estaba justo delante.

—Te estás convirtiendo en lo que siempre estuviste destinada a ser. Sofia y tú descendéis de un largo linaje de mujeres dotadas con grandes habilidades y cargadas con responsabilidades aún más grandes.

Me paré con el ceño fruncido.

—¿Así es como puedes vivir sola en el bosque oscuro? —¿Cómo podía ver tan bien y moverse tan ágilmente en el bosque?—. Todas somos... ¿Qué somos? —Mujeres lobas, obviamente. Sin embargo, no estábamos infectadas. No éramos blancas, como la bestia que había matado.

—Hay muchas palabras para lo que somos, niña, y tú has escuchado la mayoría. Sin embargo, todas se quedan cortas ante la verdad.

—Monstruos —dije, con un escalofrío—. Somos monstruos.

—Sí —asintió con firmeza, y me sentí un poco mareada ante la aceptación. Esperaba que lo negara—. Nunca dudes de que somos monstruos, Adele. Pero tal vez esa sea la descripción más vaga. Somos mujeres lobas. *Loup garou.* Licántropos. Cada región tiene su propio nombre para nosotros y ninguno es más común que sencillamente «bruja». Porque las supersticiones de tus vecinos están fundamentadas en la verdad: lo que hacemos, lo que somos, se basa en cierto tipo, muy particular y muy antiguo, de magia. Una habilidad para alterar nuestras formas y un conjunto de capacidades que son tan naturales a las mujeres de nuestro linaje como lo es cualquiera de tus habilidades humanas.

—Mujeres lobas. —Mi voz sonó conmovida—. Somos monstruos.

—Sí. Pero de un tipo diferente a cualquier otro. El lobo que mataste, ella, era una bestia. Una loba blanca. Son devastadores. Asesinos indiscriminados. Consumidores de carne humana.

—¿Y nosotras no lo somos? —La tensión de mi voz rogaba por una palabra de aliento.

—No, niña. —Su gentil sonrisa hizo más que sus palabras para tranquilizar mi mente—. Somos lobas rojas. Somos guardianas. Estás destinada a proteger tu aldea, como lo ha hecho tu madre durante años. Como lo hice yo antes que ella. Como lo hará Sofia algún día. Como tu propia hija lo hará también.

La confusión y el miedo se debatían en mi interior, pero antes de que pudiera hacer las preguntas que faltaban, mi abuela señaló un punto familiar: una bifurcación estrecha y sutil en el camino por donde se torcía hacia su cabaña.

—Por aquí.

El calvero apareció pocos minutos después, un oasis de luz en un mar de oscuridad y una vista reconfortante que nunca había dejado de hacerme sonreír. Hasta donde sabía, este era el único lugar en todo el oscuro bosque donde la luz del día se aventuraba.

Y por primera vez en mi vida se me ocurrió preguntarme por qué.

—Este lugar es especial, ¿a que sí? —Hoy había sentido eso de una manera que no lo había hecho antes—. ¿Por qué hay luz aquí? ¿Cómo es posible que haya luz?

—Hay luz aquí porque insisto contra la oscuridad —explicó cuando entramos en el calvero—. El bosque constantemente lo invade, pero, al igual que los leñadores hacen en Oakvale, corto los árboles cuando invaden mi claro. Corto las enredaderas. Hago retroceder la maleza y las raíces. Lucho por esta tierra para mantenerla a salvo de ser devorada por el oscuro bosque como mi madre lo hizo antes que yo. Como tu madre lo hará pronto. Tu ascensión ha llegado a tiempo porque no puedo luchar esta batalla para siempre. Ahora soy una mujer mayor.

Ayer lo hubiera creído. En cambio hoy...

—Acabas de decirme que rastreaste y capturaste un lobo. Un lobo blanco —me corregí antes de que ella lo hiciera.

—Sí. Y si mi fuerza se mantiene, podré hacer lo mismo para Sofia en unos cuantos años. Si no, dependerá de tu madre. Y también de ti.

Como para enfatizar su argumento, mi abuela se quitó la pequeña hacha del cinturón y, cuando nos acercábamos a su cabaña, se inclinó y la clavó en el suelo, donde una enredadera leñosa se enroscaba con tranquilidad hacia su pie.

La pequeña hacha dividió limpiamente por la mitad la enredadera. El trozo amputado se quedó quieto y pareció marchitarse justo frente a mis ojos, mientras que el resto se deslizó hacia el bosque más rápido de lo que había visto nunca a una enredadera moverse. Hasta este día solo las había visto retorcerse lentamente, lo cual resultaba bastante espeluznante.

—Persistencia —anunció la abuela al tiempo que se metía el hacha en el cinturón.

En nuestro camino a través del calvero se detuvo ante un pequeño pozo de piedra y sacó un cubo con agua, que liberó del gancho y me ofreció. Cogí el pesado balde y subimos tres escalones hasta la habitación principal de su pequeña pero acogedora cabaña.

Un fuego ardía en la chimenea, de la que colgaba una olla con estofado.

—Primero, lávate la cara. —Me pasó un trapo mientras yo colocaba el cubo sobre la mesa—. Luego ponte esto mientras yo me ocupo de tu vestido. —La abuela señaló un camisón que estaba extendido sobre su cama, y me di cuenta de que lo había puesto allí para mí.

—¿Sabías que llegaría cubierta de sangre?

—Sin duda lo esperaba. La primera muerte es importante. Sin ella, no habrías podido reclamar tu forma lobuna, ascender a tu papel de guardiana.

Me limpié bien la cara y el trapo se volvió rojo.

—Así que, ¿si no hubiera podido matar a la loba blanca, no me habría convertido en una loba roja?

La abuela cogió un tazón de madera de un estante que había en la pared y lo llenó con un cucharón de estofado de la olla.

—Si no hubieras podido matarla, estarías muerta.

El horror me inundó.

—¿Eso le ha ocurrido a alguien? ¿A alguien de nuestra familia? ¿A alguna de las otras... guardianas?

—Alguna vez. Más recientemente a mi hermana. Margot. Murió durante su prueba.

—¿Eso es lo que era? —Me froté la cara una vez más, después dejé el trapo en el respaldo de la silla para que se secara—. ¿Una prueba?

—Sí. Tu madre ha estado aterrada por este día durante años, así que tienes que limpiarte lo más pronto posible para que te pueda mandar a casa y se tranquilice.

Me quité la capa y la colgué en un gancho cerca de la puerta, donde mi abuela había colgado la suya.

—Este ribete... —Pasé una mano sobre el pelaje que adornaba su capa—. ¿Es de lobo blanco?

—Por supuesto. Esta noche regresaré a por la piel de tu primera presa y en tu próxima visita adornaré tu capa con ella. Como marca la tradición.

No estaba segura de cómo me sentiría al respecto. La piel se usaba como un cálido forro en la ropa de diario y como un ribete decorativo, como una distinción. Pero nunca había visto a nadie en la aldea usar una piel tan fina o un color tan puro como el ribete de la capa de la abuela. Mi nuevo ribete no pasaría desapercibido.

Tal vez de lejos la gente podría pensar que era piel de conejo.

—Necesito tu vestido, Adele.

La abuela se acomodó en una silla que había frente al fuego con el cubo de agua fresca a sus pies y un cepillo en la mano.

—Disculpa —le dije, mientras me estiraba para desatar mi corpiño y los cordones; luego me saqué el vestido por la cabeza, procurando no mancharlo más con la sangre de mi piel. Me puse su camisón y le pasé mi vestido.

—La próxima vez átate la capa por delante, así con suerte tu vestido se salvará. —Humedeció el cepillo en el cubo y empezó a frotar mi ropa—. Come, niña. Debes de estar hambrienta después de tu primer cambio.

Lo estaba. Así que me acomodé en la silla que había junto a su pequeña mesa y empecé a comerme el estofado.

—¿Cómo ocurrió esto? —le pregunté mientras masticaba unos trozos de zanahoria y patata—. ¿Cómo nos volvimos guardianas?

—Desde que Oakvale ha estado amenazado por el oscuro bosque, los guardianes, en concreto las mujeres que descienden de nuestro linaje, lo han defendido. La mayoría de las otras aldeas que hay en el camino del bosque oscuro tienen sus propias guardianas. Dios ayude a las que no los tienen —musitó en voz baja.

—¿Por qué nunca había oído hablar de ello? ¿Por qué nadie ha escuchado hablar de ello? —quise saber, aunque conocía la respuesta antes de terminar de plantear la pregunta—. Porque a los monstruos se los quema. Como a papá.

Asintió con la cabeza.

—Porque la aldea creería lo mismo de un lobo rojo que de un lobo blanco: que somos monstruos.

—Y no están equivocados.

Esa comprensión me golpeaba en lo más profundo. Me revolví en el asiento, tratando de atenuar el repentino sentimiento de que no encajaba correctamente en mi propia carne. Que ya no conocía mi propio cuerpo.

—No. Pero tampoco están completamente en lo cierto. Somos mucho más que solo monstruos.

—Somos guardianas. Pero... ¿qué pasa si yo no quiero ser guardiana?

La abuela levantó la vista de lo que estaba haciendo, fijando su mirada en mí con un peso casi palpable.

—Esa es tu elección. Pero debes saber que, si escoges hacerte a un lado cuando podrías luchar, las personas morirán. Sé que es demasiado para procesar de una sola vez. También sé que es una carga muy pesada para que descanse en los hombros de una chica. Pero por favor créeme, Adele, no hay arrepentimiento más grande en el mundo que saber que habiendo podido salvar una vida escogiste no hacerlo.

—Yo... —exclamé lentamente—. No quiero eludir un deber. Es solo que...

Así no era como se suponía que mi vida debía transcurrir. Se suponía que me casaría con Grainger y que él protegería la aldea. Se suponía que yo trabajaría en la panadería y que viviría en una pequeña cabaña junto a Elena y Simon, en donde nuestros hijos crecerían y serían los mejores amigos.

Esto —lobos blancos y guardianas y el bosque oscuro— no formaba parte del plan. Ni en mis sueños más descabellados hubiera podido imaginar todo eso, aunque la abuela esperaba que saliera de su cabaña con mi capa roja, después de haber ascendido a un puesto y a una responsabilidad que nunca pedí. Que nunca deseé.

¿También mi madre esperaba en verdad esto de mí?

—Come. —La abuela mojó otra vez su cepillo en el cubo—. Sé que es demasiado. Pero cuanto más tiempo pases en el bosque oscuro, sentirás todo más natural. Por supuesto, es una espada de doble filo.

Tomé otro bocado y me obligué a tragarlo.

—¿Por qué se necesitan guardianas, cuando la aldea tiene sus vigilantes? Grainger es un combatiente experto y algún día sucederá a su padre.

—Grainger y su padre, al igual que el resto de los vigilantes, no pueden ver en el bosque oscuro, niña. Es muy poco lo que pueden hacer en el bosque más allá de la caída de cualquier luz que lleven con ellos. Los vigilantes nos necesitan, aunque ni siquiera saben que existimos.

Nadie lo sabía. Pero si me iba a casar con Grainger...

—Abuela, si se lo decimos, si se lo mostramos, podemos trabajar juntos. Podemos...

Su silla chirrió al levantarse con el ceño fruncido y mirándome y mi vestido colgando de sus manos con los nudillos blancos manchados del agua de su cepillo.

—¿Recuerdas cómo fue ver a tu padre arder?

El dolor me oprimió el pecho.

—Por supuesto que lo recuerdo.

No había en mi memoria una imagen más nítida y me perseguía todos los días, cada vez que pasaba por el poste chamuscado de la plaza de la aldea.

—No le hables sobre las guardianas a Grainger Colbert, niña. Ni a nadie más. No, si valoras tu propia vida. O la de tu hermana. O la de tu madre. Prométemelo.

—Yo... —Su fiera expresión no me dejó otra alternativa—. Lo prometo.

—Deberás desconfiar de él, Adele. Tus deberes se solaparán con los suyos, pero no lo deberá saber. No debe verte ir al bosque por la noche. No debe verte regresar. No debe hallar sangre en tu ropa, o armas en tu cinturón, u hojas en tu cabello. Sé que te preocupas por él, pero es peligroso para una guardiana ser tan familiar con un vigilante.

—Él nunca...

—Él lo hará —insistió ella sentándose en su silla otra vez, con la mirada fija en el cuenco de mi estofado—. Los vigilantes queman a los monstruos, niña. Así que tienes que mantener tu palabra.

—Por supuesto.

Comí unos bocados más en silencio, mientras mis pensamientos corrían a la par de los latidos de mi corazón. Yo me quería casar con Grainger. ¿Cómo se suponía que le iba a ocultar un secreto así a mi esposo?

—¿Cuáles son mis deberes, abuela? ¿Tengo que patrullar el bosque oscuro como el vigilante patrulla la aldea?

—No, el bosque es demasiado grande para eso. Ahora puedes ver en la oscuridad sobrenatural, pero no eres el tipo de monstruo que pertenece verdaderamente al bosque oscuro. Tu trabajo es cazar a las bestias. Controlar su población, particularmente cuando se acercan a Oakvale. Una guardiana protege su aldea a toda costa, tanto el pueblo como los bosques. Pero lo hace en absoluto secreto. Así que cazarás y patrullarás el sendero que atraviesa el bosque, especialmente en las raras ocasiones en las que haya aldeanos que proteger. Cuando sale una caravana o un mensajero, es enviado de urgencia a través del bosque.

Eso solo ocurriría con el brote de una enfermedad, un fuego o una hambruna, en los meses de invierno, cuando no se podía viajar por el río; en raras ocasiones, en realidad.

—Pero el vigilante acompaña a cualquiera que sea enviado por el bosque. Para proteger a los viajeros.

Mi abuela dejó escapar un bufido poco femenino.

—¿Y quién piensas que protege al vigilante? Las guardianas lo acompañamos en la sombra, asegurándonos de que esos hombres con sus espadas tengan que proteger muy poco a los viajeros. Que nada ataque a la caravana si una antorcha se apaga. Ahí estarás, cuidando de que nadie se desvíe del sendero. Los protegerás de la oscuridad. Y no tendrán ni idea de que tú estás ahí.

—¿Tú haces eso ahora?

La abuela asintió.

—Y también tu madre, cuando puede alejarse de la panadería sin levantar sospechas. —Y yo, como el resto de la aldea, no tenía ni idea de ello—. Ella y yo somos la razón por la que Oakvale no ha perdido a ningún ciudadano en el bosque oscuro en años. Aunque ella ha podido hacer menos al tener a dos hijas a las que cuidar.

—Una, ahora —dije, masticando un pedazo de venado—. Puesto que pasé la prueba.

Tenía edad suficiente para casarme y había estado trabajando al lado de mi madre en la panadería durante años. Ahora, evidentemente, también estaría trabajando a su lado en el bosque oscuro.

Para mi sorpresa, el sobresalto que ese pensamiento me provocó fue en parte de terror y en parte... de expectación. Curiosidad.

La abuela resopló.

—Tu ascensión fue solo el principio, niña. Pero con el tiempo te volverás más fuerte y rápida. Con experiencia. Con entrenamiento. —Se puso de pie otra vez sosteniendo mi vestido. La parte delantera estaba mojada de haberlo restregado, pero las salpicaduras de sangre habían desaparecido—. Vuelve a cambiarte y ven a comer frente al fuego. El vestido se te secará más rápido así.

Mientras me quitaba el camisón, la abuela colocó mi silla junto a la suya y se sirvió un tazón de estofado para ella.

—¿Tienes más preguntas?

—¿Fue un lobo blanco el que atacó a mi padre? —le solté mientras me sentaba a su lado.

—Sí, aunque la mayoría de la gente no conoce ese término. O que hay más de un tipo de hombres lobo. Y que en la profundidad del bosque existen peligros más grandes.

—Entonces, ¿por qué vives aquí? ¿Por qué no vas a la aldea y te quedas con nosotras?

Se limpió la comisura de la boca con un paño limpio.

—Porque me niego a ceder más terreno.

—¿A qué te refieres?

Se inclinó hacia delante, removiendo su estofado lentamente con una cuchara de madera.

—Cuando mi padre le construyó esta cabaña a mi madre, no estaba aún en el bosque oscuro. En aquella época, el bosque era una amenaza más lejana, que se extendía lentamente por la tierra. En el transcurso de varios años, mi madre vio que se dirigía hacia aquí, por ello vino a hacer frente a la amenaza. Para proteger al puñado de cabañas que se convertirían en Oakvale. Cuando yo nací, el bosque oscuro se había apoderado del entorno, excepto por este claro que mis padres habían mantenido a salvo. Pero después de su ascensión, mi Celeste no quiso criar a su familia en este aislamiento, así que tu padre y ella se asentaron en la aldea.

—Papá. —De pronto todo lo que creía saber sobre él, sobre su vida y su muerte, parecía una historia a medio terminar—. ¿Él sabía sobre las guardianas? ¿Sobre... nosotras?

—Sí. —La abuela levantó un dedo, interrumpiendo mi siguiente pregunta antes de que pudiera formularla—. Tu padre no era un vigilante, Adele. Nunca representó para tu madre el peligro que Grainger Colbert representa para ti. Era justo lo opuesto, de hecho. Era un hombre muy especial, particularmente adecuado para tu madre y para su vocación como guardiana.

—Y, sin embargo, ella dejó que lo mataran. —Me mordí el labio, pero era demasiado tarde para retirar las palabras.

No era justo por mi parte culpar a mi madre de la muerte de mi padre, así que siempre conservé ese pensamiento encerrado celosamente en mi propio corazón. Pero ¿sabiendo lo que sabía ahora...?

Se suponía que yo no tenía que verlo. Mi abuela nos cuidaba a Sofía y a mí ese día, pero la panadería está justo al lado de la plaza de la aldea, mientras ella estaba ocupada con mi hermanita yo me escabullí y...

—Ella se limitó a mirar mientras lo ataban en la estaca y le prendían fuego porque pensaban que era un monstruo. Pero ella era el monstruo. Todas lo somos.

—No tenía otra alternativa, niña. Estaba infectado. Le rompió el corazón verlo sufrir y morir, pero si hubiera vivido ya no habría sido tu padre. Su esposo. Se habría convertido en un lobo blanco. Habría aterrorizado a la aldea y habría dependido de tu madre proteger Oakvale, incluso en contra de su propio esposo. Y tu *mamam...*, ella nunca me habría permitido evitarle esa carga. Habría cumplido con su deber, pero no tuvo la oportunidad de hacerlo, porque el vigilante lo sacó del bosque antes de que ella supiera que él había ido al bosque.

—Pero seguramente ella podría haber intentado salvarlo —pronuncié las palabras sabiendo que estaba equivocada.

Entendí aquello ahora mejor que nunca, después de haber visto a un lobo blanco con mis propios ojos. Sin embargo, mi corazón no podía admitir lo que mi cabeza sabía que era verdad. No podía pensar en mi padre como un peligro para nadie, mucho menos para toda una aldea.

—La sospecha habría caído sobre ella si hubiera intentado defenderlo. La gente habría creído que ella también estaba infectada, porque ¿quién defendería a un hombre lobo sino otro hombre lobo? Y eso estaba demasiado cerca de la verdad para arriesgarse. Tenía que protegeros a vosotras, niñas. Y tu padre también lo entendió. Nunca luchó contra su sentencia.

Mi mano apretó con fuerza el tazón de estofado, mientras trataba de aceptar lo que estaba escuchando.

Mi padre creía que tenía que morir. Y mi madre dejó que sucediera.

—Ahora que sabes quién eres realmente, debes tener una larga conversación con tu madre. Descubrir quién es ella en realidad. Y quién fue tu padre. Pero asegúrate de que Sofia no esté escuchando. Tu hermana no puede saber nada de esto hasta que sea mayor.

—¿Tú no me puedes hablar de ellos?

—Podría hacerlo, pero tu madre merece poder contar su propia historia. Sin embargo, sí puedo hablarte sobre mi propia vida. —La abuela abrió los brazos, sosteniendo con gracia su tazón en una rodilla—. Durante años he visto cómo este bosque sobrenatural se tragaba Oakvale igual que se tragó este calvero, aislando nuestra pequeña aldea, excepto por donde pasa el río. Toda mi vida he luchado contra el bosque oscuro. —El fuego le brilló en los ojos—. Y seguiré haciéndolo hasta el día que muera.

4

Una vez comido y limpiado la sangre, me puse la capa roja mientras la abuela me guardaba un asado de venado en la cesta, junto a los restos de mi farol roto.

—Mantente en el sendero —me advirtió—. Ve directamente a casa.

No tenía planes de desviarme del camino ni de sus instrucciones, pero...

—Ahora puedo ver el oscuro bosque. Puedo ver a los monstruos, ¿a que sí?

—Sí, pero los monstruos también pueden verte, Adele. Y un muerto a tu favor no te convierte en una amenaza para la mayoría de los seres que hacen ruidos misteriosos en la oscuridad. Tienes mucho que aprender antes de que puedas desviarte del camino por tu cuenta. Júrame que irás directamente a casa.

—Lo juro —dije, al tiempo que ella deslizaba el asa de la cesta en mi brazo izquierdo.

—Y que no harás caso a nada de lo que escuches en el bosque camino a la aldea.

—Sé lo de las imitaciones, abuela. —Había muchas criaturas ahí dentro que podían sonar como otras cosas. Podían extraer voces de los recuerdos de alguien y llamarle bajo la apariencia de un ser querido—. Con frecuencia oigo la voz de papá. —Pero como todos los niños de la aldea, yo sabía que no había que confiar en las voces.

Asintió con un gesto sombrío.

—Pero yo no solo hablo de las imitaciones. El oscuro bosque ha estado esperándote, Adele. Ha percibido tu advenimiento y sabe que no puedes ser atrapada tan fácilmente como otra presa, así que se esforzará más contigo. Te hablará directamente, con voz propia. No puedes creer lo que ves o escuchas cuando estás sola en el oscuro bosque. Prométemelo.

—Lo prometo.

—Tengo una cosa más para ti antes de que te vayas. No dejes que Sofia juegue con él. No es un juguete.

La abuela había ido a buscar algo a un baúl que había junto a la pared y, al darse la vuelta, vi que tenía entre las manos un cinturón de cuero muy parecido al suyo. Colgando de una trabilla en el lado derecho había una pequeña hacha con un mango de madera pulida, envuelta en una bolsa de cuero.

Me levantó la capa mientras yo me abrochaba el cinturón. El nuevo peso era extraño, pero estaba bien. Era reconfortante.

—Mantenla oculta —me recordó mientras me cerraba la capa sobre el vestido, abrochando un botón en un ojal que no había visto antes—. No hay razón para que una chica de tu edad lleve un hacha. Y...

—Mantente en el sendero. Ya lo sé.

—Vuelve la semana que viene, cuando puedas, y nos adentraremos más en el bosque. Ya es hora de que te familiarices con las cosas que viven en la oscuridad.

Asentí solemnemente, entre el temor y la emoción que pugnaban en mi interior.

—Antes de que te vayas... —La abuela esbozó una sonrisa casi pícara que reconocí al instante—. ¿Hay alguna noticia de la aldea?

Y por noticia se refería a chismorreos, lo único que parecía realmente echar de menos de la vida comunitaria.

—¡Oh! Sí, casi lo olvidaba. Elena Rousseau se ha comprometido hoy. Con Simon Laurent. Hay una celebración esta noche.

Mi abuela no sonrió. Parecía estar evaluando mi reacción, tanto como mi madre lo había hecho.

—¿Elena es la primera de tus amigas que se casa?

—Sí. Y es un mes más pequeña que yo.

Se quedó en silencio por el lapso de varios latidos.

—No hay ninguna prisa, niña.

—Lo sé. Pero ¿te dijo mamá que Grainger pidió mi mano? ¿Que lleva esperando un mes la respuesta? ¿Y si se cansa de esperar y sus ojos empiezan a mirar a otro lado?

La abuela suspiró.

—Sí, me lo dijo, y seguro que ahora entiendes su demora. No es un buen partido para ti, Adele. Él es peligroso para toda nuestra familia.

Mi esperanza se marchitó como una flor cortada.

—¿Cómo puedes saber eso sin haberle dado ninguna oportunidad? Yo le importo, abuela.

—Pero si te conociera de verdad, te temería, y un hombre con un arma en la mano y temor en su corazón es un peligro para todos.

La frustración me hizo fruncir los labios.

—Lo siento, *chère*. Sé que es algo difícil de escuchar.

Asentí. Tenía confianza en que podría convencer tanto a mi madre como a mi abuela de que estaban equivocadas, pero probablemente se necesitarían más que palabras. Ellas tendrían que ver que Grainger nunca me haría daño.

—Da recuerdos a tu madre y a tu hermana.

La abuela me dio un beso en la frente, abrió la puerta y yo acepté sus buenos deseos como una señal de despedida. Pero cuando vi que permanecía en lo alto de la escalera en lugar de retirarse al calor de su cabaña, me di cuenta de que tenía la intención de observarme hasta que me perdiera de vista.

Logré mantenerme concentrada en la tarea en cuestión, permanecer en el sendero, a pesar de que mi impacto inicial y la aceptación de todo lo que acababa de aprender dieron paso a un atónito entumecimiento. A miles de preguntas en las que no había pensado cuando la abuela estaba presente para responderlas. En parte era porque mis pies conocían el camino. Sin embargo, también era más fácil permanecer en el sendero ahora que podía verlo perfectamente, incluso sin un farol.

Hasta que un gemido agudo casi me arranca la piel.

Los pies se me congelaron en el camino. Deslicé la mano derecha bajo la capa para asir la empuñadura de mi nueva hacha, evidentemente lista para blandirla mediante un instinto nuevo, a pesar de que nunca había usado un hacha para otra cosa que no fuera cortar madera.

Me giré con cautela hacia el sonido, justo cuando el chirriante lamento se quebró en sollozos. Alguien estaba llorando. Alguien joven. Allí dentro en el bosque.

Había un niño en el oscuro bosque. Un niño perdido y tal vez herido. Por lo menos, eso era lo que el bosque oscuro quería que yo creyera. Pero ¿y si ese sollozo, como la voz de mi padre, era un cebo en la punta de una caña de pescar para atraerme hacia la muerte?

Le di la espalda al desgarrador sonido y seguí caminando.

El llanto continuó, los sollozos resonaban en la oscuridad destrozándome el corazón dentro del pecho. El niño sonaba como Sofia. Sin embargo, no era Sofia. No reconocía aquella voz, lo que significaba que el bosque oscuro no estaba extrayéndola de mi mente. Lo que significaba que podría ser real.

¿Y si de verdad había un niño que necesitaba ayuda? La abuela había dicho que su tristeza más grande era que no había podido ayudar a las personas que no esperaba que estuvieran en el bosque. Ella nunca dejaría solo a un niño indefenso. Tampoco yo lo haría.

Abandoné el sendero siguiendo los sollozos. Las enredaderas se deslizaron hacia mis pies más rápido que nunca. Las ramas me alcanzaron. Y dos veces escuché a lo lejos el bufido de algo grande. Pero continué avanzando hasta que por fin distinguí una pequeña forma de pie sobre la maleza, con hojas muertas que le llegaban hasta los pequeños tobillos. Era pequeño y pálido, con un mechón de cabello rubio, y a pesar del frío no llevaba nada puesto.

Los niños pequeños andaban desnudos por la aldea todo el tiempo en los meses más cálidos, pero ¿en pleno invierno? ¿En medio del bosque?

En la distancia pude distinguir la silueta de una carreta entre los árboles. Solo podía ser la que había sido atacada por el lobo blanco. La que mi abuela vio demasiado tarde para salvarla.

Mon dieu, el comerciante y su esposa tenían un hijo. De alguna forma había sobrevivido al lobo blanco. Debió de esconderse, demasiado asustado para salir, incluso cuando mi abuela capturó al lobo.

—Oye —murmuré tan alto como pude, esperando captar su atención sin alertar a las bestias cercanas.

El chico se giró hacia mí en un sobresaltado silencio. Las lágrimas habían dibujado surcos en la suciedad de su cara, y podía ver desde donde estaba que tenía ramitas enredadas en el pelo y mugre endurecida en las piernas desnudas.

—¿Estás bien? —Pasé por encima de una enredadera retorcida y aparté una rama que parecía querer aferrarse a mi cabello—. ¡Eh! ¡Pequeño!

Me miró con los ojos muy abiertos mientras me dirigía con cuidado hacia él, sujetando con una mano la empuñadura del hacha bajo mi capa. Por un momento pensé que huiría. Pero únicamente sollozó mientras veía cómo me acercaba.

—Solo quiero ayudarte. ¿Estás herido?

El niño no respondió, pero para entonces estaba lo suficientemente cerca como para tocarlo. En vez de eso me arrodillé frente a él, tratando de ignorar la enredadera que serpenteaba hacia nosotros por el suelo.

—Soy Adele. ¿Cómo te llamas? —le pregunté, pero, otra vez, no hubo respuesta—. ¿Cuántos años tienes?

Tampoco contestó a aquello, pero no podía tener más de cinco o seis años. Era menor que mi hermana de ocho años, y sus mejillas estaban más llenas. Sus dientes eran más pequeños. Parecía que no había perdido ninguno de ellos.

—¿Eres de Oldefort? —Estaba a un día de camino por el río en los meses más cálidos y fácilmente a tres días a pie si se hacía a través del bosque oscuro. Yo nunca había estado en el otro lado del bosque que rodeaba nuestra pequeña aldea—. ¿Viniste con tus padres? ¿Son comerciantes? —¿Eran comerciantes?

El chico permaneció en silencio y me arrepentí de haberle preguntado por sus padres. Probablemente había visto cómo los asesinaban. No era de extrañar que no hablara.

—Bueno, debes de estar congelándote. —La enredadera se deslizó más cerca, y yo saqué lentamente mi hacha del cinturón—. Ven conmigo y te conseguiremos algo caliente para que te pongas y algo bueno para que comas. ¿Te parece bien?

La enredadera me alcanzó el tobillo y yo le lancé el hacha. Mi hoja nueva se hundió en la leñosa soga con un satisfactorio golpe y el niño se estremeció, a pesar de que lo que quedó de la enredadera se replegó en las sombras, haciendo crujir a las hojas muertas en su camino.

—Vamos, *mon loulou* —le dije, dirigiéndome al niño sin nombre como lo haría con cualquiera de los niños de la aldea.

¿Cómo había sobrevivido un niño allí solo?

Me guardé el hacha en la funda del cinturón y le volví a ofrecer la mano, esta vez el niño deslizó sus mugrientos deditos en mi palma. Su confianza fue un cálido florecimiento en mi interior, a pesar del frío, y de pronto entendí realmente lo que mi abuela había estado tratando de decirme. Yo podía marcar la diferencia. Y no podría vivir conmigo misma si le daba la espalda a tanta responsabilidad.

Le ofrecí al niño una sonrisa tranquilizadora, haciendo retroceder mi propio miedo, luego me di la vuelta y lo conduje en la dirección por la que había venido.

Salimos del bosque exactamente por donde había entrado unas horas antes, por el sendero que había entre el campo de centeno en barbecho y el campo de judías vacío. Algunos niños de la aldea corrían en pequeños grupos, espantando a los cuervos de los tallos secos. El niño que venía conmigo ladeó la cabeza a un lado viéndolos jugar.

Antes de alejarnos unos pocos metros de la línea de árboles, unos pasos se acercaron hacia nosotros desde el este, por el camino de tierra que rodeaba la aldea.

—¡Adele!

Me volví hacia la voz de Grainger, aliviada durante un segundo, antes de acordarme de cerrarme la capa para esconder el hacha.

Para esconderme yo.

—¿Qué...? —Se detuvo a unos pocos metros con el ceño fruncido al ver al niño desnudo—. ¿Dónde está tu madre? ¿Y quién es este?

—Mi madre está ocupada con el pedido de los Laurent.

—¿Has ido al bosque tú sola? —Grainger frunció el ceño, la voz grave por la preocupación—. Si lo hubiera sabido habría ido contigo. Es deber del vigilante escoltar a las personas que viajan por el bosque oscuro.

—Lo sé, pero la cabaña de la abuela solo está a media hora de camino, además he ido muchas veces. Y ¡mira! —Eché una mirada al niño cuya mano aún agarraba, esperando que la distracción evitara que Grainger se fijara en mi farol roto. Que hiciera preguntas que no podría responder—. Lo encontré en el bosque, pero hasta el momento no ha pronunciado palabra.

—¿Lo encontraste en el bosque oscuro?

—Sí. Cerca del carro de un comerciante. Creo que pertenecía a sus padres. Y no creo que se hayan salvado —añadí en un murmullo, tratando de no atragantarme con todo lo que estaba ocultándole.

Grainger se arrodilló frente al niño y su espada resonó al rozar el suelo.

—¿Cómo te llamas, pequeño? —El niño no respondió, solo lo miró con sus pálidos ojos azules—. Debes de tener frío. Tienes la piel erizada.

Por fin, el niño asintió.

Grainger se quitó la capa de cuero.

—¿Te parece bien si te envuelvo con esto? ¿Si hago un paquete como una hogaza de pan de Adele?

El niño asintió en silencio, y no pude evitar una sonrisa cuando Grainger puso su capa sobre los hombros del pequeño. Esta le arrastraba sobre la hierba al menos unos treinta centímetros, pero Grainger abotonó y ató la capa, como si el ajuste fuera perfecto. El niño le sonrió, claramente enamorado de la fina prenda.

—Te voy a coger, ¿vale? Si te llevo, podremos llegar a la aldea más rápido.

El niño asintió y su mirada siguió a Grainger cuando este se puso en pie. Entonces Grainger cogió al niño en brazos cuidadosamente, como si cargara un haz de leña muy delicado. O a un bebé.

Lo envolví con los extremos de la capa de cuero y fue entonces cuando observé varias manchas de sangre en las plantas de sus pies desnudos.

—Se ha hecho algunos cortes —dije, mientras los cubría—. Pero no tantos como esperaba, después de todo.

—¿Dónde está su ropa? —preguntó Grainger cuando empezamos a andar por el camino de tierra hacia la aldea.

—No lo sé. Estaba así cuando lo encontré. Llorando. Solo en el oscuro bosque.

Las cejas de Grainger se fruncieron sobre unos ojos de un azul más oscuro que los del niño cuando pasamos por el taller del molinero.

—Pobre chico. Probablemente no podamos llevarlo a su casa, dondequiera que esta se encuentre, antes del deshielo.

—Lo sé.

Según nos acercábamos a la primera de las cabañas, *madame* Gosse, la esposa del alfarero, interrumpió su conversación con la esposa del techador, *madame* Paget, y ambas nos miraron con curiosidad.

—¡Grainger! ¿Qué tienes ahí? —le preguntó *madame* Paget, y las dos mujeres se acercaron a nosotros.

—Adele encontró a un niño en el bosque —dijo Grainger, y yo retiré la capucha de la capa para descubrir la cara del pequeño.

—¿En el bosque oscuro? —preguntó *madame* Gosse como si nos hubiéramos podido referir a otro bosque—. ¿Qué estabas haciendo allí?

—Le llevé un paquete a mi abuela.

La mueca de *madame* Gosse decía exactamente lo que pensaba de una mujer que vivía sola en el bosque, y me mordí la lengua para no defender a la abuela, quien, como se vio antes, era perfectamente capaz de defenderse a sí misma.

—¿Qué estaba haciendo él allí? —*Madame* Paget frunció el ceño cuando la capa de Grainger se abrió y se dio cuenta de que el niño no llevaba ropa—. Y desnudo como el día en que nació, con este frío. ¿Estaba solo?

—Sí. No ha abierto la boca —le dije—. Pero lo encontré cerca de un carro de comerciante. No creo que sus padres se hayan salvado, pero él no parece tener un solo rasguño.

—En ese caso diría que está bendecido más allá de toda razón. Aunque lástima de lo de sus padres. —*Madame* Paget se encogió de hombros—. Llévalo a mi cabaña, Grainger. Me encargaré de alimentarlo y vestirlo.

Seguimos a *madame* Paget a su cabaña, que estaba cerca de la iglesia, y allí nos abrió la puerta para dejarnos entrar al pequeño y cálido espacio. Su casa era modesta, pero más espaciosa que la mía, porque, además de la habitación trasera, donde dormían el techador y su esposa, sobre la habitación principal había un desván en el que las pequeñas Jeanne y Romy compartían cama.

Jeanne era justo un año más pequeña que mi hermana; Romy tenía cinco años. Cuando entramos, ambas niñas levantaron la mirada de las muñecas con las que jugaban cerca de la chimenea, y en el momento en el que Jeanne vio lo que Grainger cargaba, se puso de pie y olvidó su muñeca.

—¿Quién es ese, mamá?

—Aún no nos ha dicho su nombre. —*Madame* Paget se dirigió a la chimenea y añadió otro tronco al fuego—. Jeanne, ve a traer un cubo con agua. Lleva a tu hermana contigo.

Jeanne cogió un cubo y condujo a su hermana fuera.

Grainger puso al chico delante de la chimenea, y *madame* Paget le quitó la capa y se la devolvió para poder examinar al pequeño. Este se alejó de la ardiente llamarada mientras ella recorría con las manos sus extremidades.

—Está terriblemente frío, pero tienes razón, no parece tener ninguna herida. Y no parece estar enfermo. ¿Tienes hambre, chico?

El niño asintió con la cabeza, con los ojos muy abiertos al ver a los adultos observándolo en aquel reducido espacio.

—Toma. —*Madame* Paget partió un pedazo de pan de un tazón que había sobre un estante de la chimenea, y el niño lo devoró en tres bocados.

Destapé la mitad de mi cesta y saqué un pequeño trozo del venado asado para él.

Lo devoró igual de rápido, después se chupó los sucios dedos para limpiarlos.

Jeanne y Romy llegaron con un cubo con agua y *madame* Paget se dirigió a un baúl que había en el cuarto trasero. Volvió con una camisa confeccionada con tela áspera justo cuando su hija colocaba el cubo en la chimenea.

—Vamos a lavarte y después te probaremos esto. Te quedará enorme, pero es mejor que nada, ¿de acuerdo?

El niño solo parpadeó y Jeanne se rio.

—Niñas, al desván o fuera. Esto está un poco apretado.

Las niñas Paget cogieron las muñecas y subieron corriendo la escalera hacia el desván, desde donde observaron mientras su madre humedecía un trapo y limpiaba cuidadosamente al sucio niño, que empezó a temblar por el agua fría.

—Ya está. ¡Mira qué cara más guapa! ¡Estaba escondida debajo de toda esa mugre! —exclamó *madame* Paget, aunque al chico parecían no afectarle sus elogios—. Levanta las manos, pequeño por favor. —Y ella levantó las suyas para enseñarle cómo hacerlo.

El niño levantó los brazos y ella deslizó la camisa sobre sus pantorrillas como una camisa de dormir con los cordones de la delantera sueltos.

—Así está mejor. Ahora dime, ¿cómo te llamas? Porque si no tendré que llamarte «niño».

El niño volvió a parpadear.

—Tienes un nombre, ¿verdad, chico? —le preguntó *madame* Gosse, con una voz amigable que nunca había escuchado en ella.

El chico se encogió de hombros.

—Entonces será «niño». —*Madame* Paget se puso de pie y se secó las manos en el delantal—. Sube las escaleras y juega con mis niñas mientras pensamos qué hacer contigo.

Durante un segundo el niño se quedó mirándola. Después ella hizo un gesto hacia la escalera, y él subió corriendo al desván, antes de que *madame* Gosse exigiera saber si sus piernas funcionaban.

Madame Paget nos acompañó fuera.

—Correrás la voz durante tu patrulla, ¿verdad, Grainger? ¿Averiguarás si alguien sabe algo sobre un carro de comerciante? Necesitamos saber de dónde viene.

—Por supuesto —prometió.

—Te acompañaría —le dije—, pero estoy segura de que mi madre necesitará mi ayuda esta noche con el pedido de los Laurent. —Y probablemente estaba desesperada, temiendo que yo hubiera perecido en el oscuro bosque.

Madame Paget se volvió hacia Grainger.

—Si ves a mi esposo, ¿le dirás lo que ocurrió? Creo que todavía está reparando el techo de la iglesia.

—Por supuesto que lo haré. Adele, ¿te puedo acompañar a tu casa?

Y no me pasó desapercibida la sonrisa que las dos damas intercambiaron a mis espaldas.

Grainger me acompañó por la plaza de la aldea, pero no pronunció palabra hasta que llegamos a la puerta de mi cabaña.

—¿Entonces te veré esta noche en la ceremonia?

—Me verás. Seré la que lleve una capa roja —bromeé.

Su mirada me recorrió todo el cuerpo, acelerándome el pulso, a pesar de que la capa ocultaba la mayor parte de mí, sin mencionar mi hacha nueva, de su vista.

—Te queda muy bonita —dijo lanzándome una deslumbrante sonrisa mientras un mechón de cabello pálido le caía sobre la frente.

Después se dio la vuelta y se dirigió a la plaza de la aldea.

Respiré hondo para apaciguar mi acelerado corazón antes de empujar la puerta y entrar.

Mi madre dejó escapar un sollozo en el momento en el que me vio.

—¡Adele! —Soltó el cuchillo con el que estaba cortando una manzana—. Estaba tan preocupada... —Su mandíbula se cerró de golpe cuando miró a mi hermana, que estaba sentada frente a la chimenea zurciendo una media de lana—. Pero ¿estás bien? ¿El reparto... se te dio bien?

—Fue una especie de aventura —admití—. Se me rompió el farol. Y dejé caer la cesta y arruiné el pan de la abuela.

—Vaya, eres un poquito torpe, ¿no? —declaró Sofia, claramente encantada por la rara oportunidad de poder molestarme con una frase que yo usaba con frecuencia para describirla.

Le saqué la lengua y coloqué la cesta sobre la mesa.

—Pero la abuela me dio el venado de todos modos. Y se ofreció a adornar mi capa con piel blanca si le repongo su pan de pasas la próxima semana.

Mi madre exhaló, obviamente aliviada.

—Estoy segura de que podemos hacerlo.

—¿No viste monstruos? —Sofia nunca había estado en el bosque oscuro: la abuela venía ocasionalmente a la aldea a verla para evitarle el arriesgado viaje.

—Los sentí más que verlos —le dije. Lo que era cierto—. Pero eso es solo el principio.

La ceja de mi madre se arqueó mientras cogía el cuchillo.

—¿Cómo?

—Encontré a un niño en el bosque cuando regresaba a casa. —Me quité la capa y la colgué de un gancho que había cerca de la puerta; después me coloqué delante para bloquear la vista de Sofia mientras colgaba mi hacha debajo—. Un niñito, solo y desnudo. No ha pronunciado palabra. *Madame* Paget lo ha alimentado y lo ha vestido, pero no tenemos ni idea de quién es o de dónde viene.

Mi madre volvió a dejar el cuchillo y olvidó su tarta de manzana.

—¿Lo encontraste en el bosque? —Su voz sonaba extrañamente aguda—. ¿Dónde?

—Un poco fuera del camino, pero no muy lejos de Oakvale —añadí antes de que me regañara por no seguir las instrucciones—. Una carreta de comerciante fue atacada allí cerca. Supongo que un monstruo atraparía a sus padres —añadí sosteniendo deliberadamente su mirada—. Un lobo, imagino.

—*Mon dieu*. ¿Y se encuentra bien? ¿Tenía rasguños o mordeduras? ¿Estaba herido? —La razón de su preocupación era obvia. Si el niño había sido infectado, habría representado una amenaza para la aldea tan grande como lo fue mi padre.

¿Realmente mis vecinos quemarían vivo a un niño pequeño? El pensamiento mismo hizo que me estremeciera.

—No. Lo examinamos cuidadosamente y, aparte de algunas abrasiones en los pies por caminar descalzo por el bosque, no había ninguna marca en él —le aseguré.

—¿Un lobo mató a sus padres? —Evidentemente Sofia había olvidado la media que estaba zurciendo—. ¿Un hombre lobo?

—Sí. Luego, por lo que parece, algo aún más aterrador atrapó al lobo mientras el niño se escondía —dije estas palabras intentando asustarla para impedir que se acercara al bosque; sin embargo, la emoción centelleó en los brillantes ojos verdes de mi hermana.

—¡Sí que tuviste una aventura! —Mamá se secó las manos embadurnadas de harina en el delantal—. Pero ahora que estás de vuelta me vendría bien tu ayuda con esta tarta.

Cogí el delantal y me lo até para taparme la ropa, a pesar de que hornear me parecía de pronto una terrible y aburrida tarea después del tiempo que había pasado en el bosque. Reventaba con preguntas para mi madre, pero puesto que no podían ser respondidas delante de Sofia, tendrían que esperar.

Así que me instalé en el trabajo que tenía entre manos.

—Terminaré la tarta mientras tú haces los pasteles, y luego, esta noche, te presentaré a una criatura más asombrosa que cualquier monstruo que vaga por el oscuro bosque: ¡un niño que no dice ni mu!

Sofía me sacó la lengua y reí mientras le tiraba de la trenza.

—No te preocupes, querida hermana. Creo que estamos atascadas contigo, con tu lengua inquieta y ¡todo lo demás!

5

Pasamos el último rayo de luz del día terminando el encargo de los Laurent; luego, cuando el sol se puso, volví a trenzar el cabello de Sofia y le cepillé la harina del vestido para que pudiera ayudarme a llevar los pasteles de carne a la plaza de la aldea. Mi madre nos alcanzaría algo después con el pan de pasas y la tarta.

—¡Elena! —grité cuando entré en el espacio abierto alumbrado por antorchas, con un ojo en mi hermana, a quien le habían confiado llevar uno de los pasteles ella sola.

Los ojos marrones de Elena se abrieron con alivio cuando me vio.

—¡Adele, estoy tan feliz de que hayas conseguido salir del bosque sana y salva! ¡No puedo creer que fueras allí tú sola!

Quería hablarle sobre el lobo blanco y sobre las guardianas, también sobre el verdadero significado de mi nueva capa roja. Quería decirle lo asustada que había estado sola en el bosque. Que casi me matan, pero que en lugar de eso fui yo la que mató a un monstruo, y que probablemente solo había sido el primero de muchos. Quería confiarle todos los secretos y el miedo y la emoción que me hacía un agujero en la punta de la lengua y ver sus ojos abrirse de la manera en que lo hicieron cuando le conté la primera vez que Grainger me besó, y cuando le confesé, sin aliento, que posiblemente yo lo amaba. Que posiblemente pronto me casaría con él, y que hasta entonces tenía la intención de darle besos furtivos cada vez que pudiera.

Sobre todo, deseaba decirle lo preocupada que estaba porque esta nueva responsabilidad secreta me trazara un camino que no sabía que existía. Un camino en conflicto con la vida sencilla que planeaba con Grainger a mi lado y Elena en la cabaña vecina.

Pero no podía. Así que solo le dije la única verdad que podía.

—Tal vez fui al bosque sola, pero salí con un amigo nuevo.

—¡Ya lo he oído! Toda la aldea está hablando del pequeño y de sus pobres padres.

—¡Yo creo que de lo que están hablando ahora mismo es de tu compromiso!

Elena sonrió mientras me liberaba de uno de los pasteles, aunque, por la forma rígida en la que se comportaba, yo podía ver que estaba nerviosa.

—Por aquí, Sofia, por favor. ¡Muchas gracias por la entrega!

Mi hermana brilló cuando colocó el pastel en una larga mesa, cerca de un cerdo entero asado que con seguridad el carnicero había tenido en el fuego todo el día. Después salió corriendo a jugar con los demás niños, que daban patadas a una pelota de barro cubierta de cuero.

—Así que ¿cómo estás? —Cogí la mano de Elena y la aparté de la multitud que empezaba a congregarse—. ¿En serio?

Elena recorrió la plaza con la mirada hasta que encontró a Simon Laurent, de pie junto a su padre, sosteniendo una jarra de madera seguramente llena de cerveza.

—Soy un desastre. Nos casaremos tan pronto como el río se deshiele. Esto era una idea antes, pero ahora todo parece tan...

—¿Real?

—Sí. Y él me gusta. —Sus mejillas se ruborizaron ante la confirmación.

—¿Qué no podría gustarte? —Me burlé con una sonrisa—. Es el segundo mejor partido de la aldea.

Por fin sonrió.

—Es maravilloso y voy a casarme con él, y tú te casarás con Grainger, y algún día Simon heredará el aserradero y Grainger será el jefe de los vigilantes de la aldea, y nuestros hijos serán los mejores amigos. Todo va a ser como dijiste que sería. Perfecto.

—Pero... —la interrumpí cuando su sonrisa empezó a desaparecer.

—Pero... no sé cómo ser una esposa. O una madre.

—Por supuesto que sabes. Has cuidado de tus hermanos desde que eran pequeños y ayudas con la mitad de los niños de la aldea.

—Sí, pero... nunca he estado a solas con Simon. —Me cogió la mano y la apretó tan fuerte que pude escuchar los huesos crujir—. ¿Qué pasará si es diferente cuando estemos a solas? ¿Y si en realidad no nos gustamos cuando nadie más esté cerca? ¿Y si no sé llevar una casa? ¿Qué pasará si no le puedo dar hijos? ¿Y si no... soy lo suficientemente buena?

—Tonterías —le susurré acercándola a mí—. No dejes que los nervios se apoderen de ti. Vas a ser una gran esposa y madre, y con suerte solo me llevarás unas pocas semanas de ventaja. Todos nuestros planes van a hacerse realidad, Elena. Todos.

Ser una guardiana no iba a cambiar eso. No lo permitiría.

—Empezando ahora mismo.

Miré por encima de su hombro y pude ver a sus padres y a su prometido dirigirse hacia nosotras.

—Todo el mundo me está mirando.

La mano de Elena se aferró a la mía otra vez, y caí en la cuenta de que ella estaba tan nerviosa por dar este paso hacia la edad adulta aquí en la plaza de la aldea como yo lo había estado en el oscuro bosque, completamente sola.

Cada una de nosotras tenía que afrontar sus propios miedos.

—Respira hondo —le dije con suavidad—. ¿Quieres casarte con Simon Laurent?

—Sí quiero. —Le lanzó otra mirada a Simon y asintió con firmeza y una tímida sonrisa—. Y es bastante atractivo, ¿verdad?

Mi sonrisa se hizo más grande.

—Sí que lo es. Y hoy es solo una promesa, ¿no es así? Una promesa para hacer otra más tarde. Tú puedes hacerlo. Tú puedes decir las palabras —le aseguré—. Después podremos bailar y comernos toda esta comida.

—Está bien. —Elena inspiró profundamente. Después se giró, en el momento en el que su padre la llamaba.

Observé cómo jugaba Sofia mientras los Laurent y los Rousseau hablaban en privado. Mientras los demás aldeanos preparaban la comida y chismorreaban en pequeños corrillos. Este momento era el comienzo de todo lo que había soñado para Elena y de todo lo que esperaba tener para mí misma. Sin embargo, de pronto me sentí... alejada de todo.

Me di cuenta de que mi mente volvía otra vez al bosque oscuro. A la sensación del viento en mi piel y la tierra bajo mis garras. A ese momento de triunfo y alivio cuando salí del bosque con un niño indefenso y seguro a mi lado.

¿Cómo pudo mi madre arreglárselas para guardar un secreto de esa magnitud? La abuela dijo que las guardianas eran monstruos, pero seguramente no tendríamos que serlo. Ayudar a ese pequeño no había sido monstruoso. Matar al lobo blanco no había sido monstruoso. Había sido... excitante.

¿De qué manera hornear pan, remendar medias y cortar madera podría volver a ser un trabajo satisfactorio, después de la emoción de desafiar al bosque oscuro? ¿O de matar a un hombre lobo?

Grainger era la clave. El trabajo doméstico sería satisfactorio con él a mi lado. Con nuestros hijos gateando a mis pies. Mi madre era a la vez madre y guardiana, y yo también podría serlo, una vez que convenciera a mi madre de que Grainger y yo estábamos hechos el uno para el otro.

Después de todo, mi destino como guardiana se alineaba perfectamente con su objetivo como miembro de los vigilantes de la aldea. Ambos queríamos proteger a nuestros amigos y vecinos. Una vez él hubiera comprendido eso, no tenía ninguna duda de que aceptaría mi verdadera naturaleza y protegería mi secreto.

Poco después de que mi madre llegara con el resto de lo que había horneado, *monsieur* Laurent pidió a todos que se reunieran frente a la iglesia donde Elena y Simon ya estaban uno junto al otro frente a la puerta principal bellamente tallada, con la luz del fuego parpadeando sobre sus rostros. Simon, erguido y alto, juró que pronto tomaría a Elena en santo matrimonio. Elena sonrió tímidamente al repetir sus palabras tan bajo que su madre tuvo que hacerle un gesto para que hablara más alto, sonriéndole al frente de la congregación.

La ceremonia fue breve pero pública, de manera que toda la aldea podía ser testigo del hecho de que los Laurent y los Rousseau habían llegado a un acuerdo. Que sus hijos se casarían después del deshielo, cuando se pudiera pagar la *marchet* al barón Carre para asegurar que daba permiso al matrimonio.

Después de la ceremonia, el alfarero sacó su laúd y la fiesta comenzó. Corrió la cerveza. Los aldeanos bailaron. No había habido ninguna ocasión para celebrar nada en Oakvale desde la helada, y a la mayoría de las personas les importaba menos saber por qué estábamos celebrando algo que el hecho de que estuviéramos celebrando algo, para gran alivio de Elena. Ella no disfrutaba de llamar la atención de los demás.

Sofia y yo cogimos un trozo cada una de uno de los pasteles de carne, un extraño lujo, incluso para la hija de la panadera, y ocupamos un lugar alrededor de una de las fogatas de la plaza. Elena estaba ocupada aceptando felicitaciones junto a sus padres, pero tan pronto Sofia se levantó a jugar con otros niños, Grainger se sentó junto a mí, todavía enfundado en su capa de cuero y con la espada colgando hacia un lado.

Se le veía apuesto bajo el resplandor de las llamas y, como siempre, su atención me hizo sentir importante y especial.

—El pastel de carne estaba delicioso —murmuró inclinándose hacia mí; el calor en mis mejillas no tenía nada que ver con la hoguera.

—Los hizo mi madre, pero yo horneé la tarta de manzana. ¿Por qué no pruebas un poco para que me digas si está buena?

—Lo haré, pero temo dejar mi asiento a la competencia.

—¿Competencia?

—No te gires, pero Lucas y Noah Thayer te están observando.

Un escalofrío me recorrió.

—No lo están haciendo.

Por supuesto que me observaban. Pero su atención no se parecía en nada a la de Grainger.

Un mes antes, camino a casa después de un reparto, me había sentido arrastrada hacia el oscuro bosque, un impulso que ahora tenía más sentido, y allí había encontrado a Lucas y a Noah cortando árboles en la linde del bosque. Mientras muchos de mis vecinos murmuraban sobre las mujeres pelirrojas Duval y su extraña tendencia a sobrevivir a los hombres, los Thayer siempre habían sido más directos en sus sospechas sobre mi familia. Así que había tratado de pasar rápidamente junto a ellos. Pero entonces Noah se cruzó en mi camino con el hacha apoyada en su ancho hombro. Había podido olerle la cerveza en el aliento.

Empujó mi capucha hacia atrás y me cogió un mechón de pelo, después me miró fijamente a los ojos y dijo que el cabello rojo y las pecas sin duda eran un signo de deseos carnales propios de una bestia.

Lucas soltó su hacha, con los ojos vidriosos por la cerveza, y añadió que tal vez él y Noah debían probar mis «inclinaciones» para poder mostrarme después como una ramera. Para limpiar Oakvale de la mancha que yo provocaba.

Aparté la mano de Noah y corrí hasta llegar a la aldea.

Había escuchado opiniones similares, si bien más sutiles, de algunos otros; la mitad de Oakvale parecía pensar que el destino de mi padre significaba que mi familia estaba maldecida por el diablo, pero Grainger no me veía así. Él siempre me había hecho sentir cuidada y protegida.

—Te están observando —insistió, mirando a través de la hoguera a Lucas y Noah—. Siempre te están observando.

—¿Cómo puedes saber eso, a menos que tú siempre los estés observando a ellos? —bromeé, haciendo mi mejor esfuerzo por ignorar a los chicos Thayer.

Grainger rio.

—Soy muy consciente de la competencia.

—Ellos no son tu competencia. Son horrorosos y dicen cosas muy desagradables.

Descartó mi odio con una sonrisa tranquila.

—Están molestando a la mujer más bella de Oakvale para captar su atención, pero una vez que nos casemos se darán por vencidos. —Su sonrisa desapareció y noté un atisbo de duda en su entrecejo—. ¿Hablaste con tu madre?

—No he tenido oportunidad, como no ha venido conmigo esta tarde...

Grainger suspiró.

—Adele, no puedes ir allí sola otra vez. No es seguro.

Sonreí ante su preocupación, porque él no tenía manera de saber que ahora yo podía ver en el bosque. Que pronto podría cuidarme no solo a mí misma, sino a cualquier otro que tuviera que adentrarse en el bosque.

—Solo trato de protegerte —añadió, mientras a mí no se me ocurría qué decir—. No permitiré que nada le pase a mi futura esposa. Asumiendo que tú me aceptes. —Frunció el entrecejo y centró su atención sobre mí—. Este retraso... que es lo que tu madre está haciendo, ¿no? Porque si tú no quieres...

—¡No, yo quiero casarme contigo! —Le cogí la mano y se la apreté; Grainger se sorprendió casi tanto como yo por mi audacia—. Me quiero casar contigo —dije más suavemente esta vez, mientras deslizaba a regañadientes mi mano de su cálido y calloso apretón, antes de que la gente empezara a murmurar—. Pero todo lo que mi madre ha dicho al respecto hasta ahora es que el momento no es el adecuado. Que debemos esperar al deshielo.

Aunque ahora entendía que el momento no era su verdadera objeción. Y que, si quería casarme con Grainger, tendría que convencerla de que podíamos confiarle nuestro secreto. De que, a pesar del lugar que ocupaba en la guardia, él nunca nos quemaría como brujas.

—He estado haciendo preparativos —añadió Grainger—. Supongo que me estoy adelantando puesto que tu madre aún tiene que dar su consentimiento a la unión, pero no puedo evitarlo. —Su mirada reflejó la mía, sus ojos azules resplandecían con expectación—. Mis pensamientos se concentran tan solo en el día en que finalmente pueda llamarte esposa.

El corazón me latía con fuerza en lo más profundo del pecho.

—¿Qué preparativos?

—Mi padre me ha dado una parcela de tierra que el barón Carre le concedió.

El invierno pasado *monsieur* Colbert había salvado al hijo de diez años del señor local, cuando él y unos cuantos vigilantes de la aldea escoltaban al barón y a su familia a través del bosque oscuro, en su marcha de Oakvale de la temporada. Su coche perdió una rueda, y mientras la reparaban el niño se apartó del sendero. Cuando lo escucharon gritar, *monsieur* Colbert se adentró en el bosque justo a tiempo de hacer retroceder a un hombre lobo —un lobo blanco, a pesar de que desconocía el término— con su espada y su farol.

Sabiendo lo que sé ahora, sospecho que mi abuela estaba trabajando en las sombras, probablemente protegiendo al barón y a su familia de otro monstruo del que nunca llegarían a saber. Sin embargo, *monsieur* Colbert fue el único que pudo atribuirse el mérito del esfuerzo.

Como muestra de gratitud, el barón le concedió al padre de Grainger un pedazo de tierra en el límite de la aldea.

—Cuando llegue el deshielo, empezaré a construir nuestra cabaña. Está un poco lejos de la panadería, pero...

—No me importa la distancia. —Ni me importaba el tamaño de la cabaña o la ubicación de la tierra. Me importaba la sonrisa de Grainger. La forma en la que acaparaba toda mi atención cuando nuestras miradas se cruzaban—. Hablaré con mi madre otra vez.

—¿Cuál es su objeción? Espero que no tenga razones para creer que no te amaría, que no te cuidaría. Yo...

—No se trata de eso. No es a ti a quien pone objeciones, te lo juro.

—Tal vez su objeción es la institución del matrimonio en sí misma. —Grainger señaló con la cabeza al otro lado de la plaza, no lejos de mi casa, donde mi madre intentaba conservar una distancia adecuada entre ella y *monsieur* Martel, el herrero, quien había tratado de hablarle de matrimonio ya que su esposa había muerto de parto tres veranos antes.

—No es al matrimonio a lo que ella se opone —le aseguré, pues al igual que con mi potencial matrimonio de pronto comprendí su reticencia a volver a casarse. Ella no quería ocultarle un secreto a su esposo.

Sin embargo, según mi abuela, mi padre lo sabía. ¿Y mi abuelo? Si mi madre y mi abuela se habían casado y confiado en sus maridos, yo podría hacerlo también. ¿O no?

—¿Pudiste averiguar algo sobre el niño del bosque? —le pregunté, al recordarlo cuando un grupo de niños pasó corriendo tras una pelota de cuero—. ¿Sabía algo el vigilante sobre algún comerciante que viniera hacia Oakvale?

Grainger parpadeó, al pillarle por sorpresa mi cambio de tema.

—No, pero mañana por la mañana vamos a enviar a varios hombres a buscar el carro que viste. Con suerte algunas de las provisiones podrán recuperarse y podremos descubrir de dónde provenía, así sabremos adónde enviar al niño después del deshielo.

—¿Nadie en la aldea lo reconoce?

—No hasta el momento —respondió, y no era sorprendente. La mayoría de los aldeanos, yo incluida, nunca habían salido de Oakvale—. *Madame* Laurent tiene familia en Westmere, donde estuvo de visita justo antes de la helada, pero dice que no lo vio allí.

—Entonces debe de ser de Oldefort.

Inspeccioné la plaza de la aldea hasta que encontré una cabeza rubia familiar. El niño del bosque estaba sentado al otro lado de la hoguera, entre Jeanne y Romy Paget, mientras *madame* Paget hablaba con otras mujeres de la aldea que estaban cerca de ella. Romy y el niño tenían cada uno un tazón con estofado de verduras, y Jeanne hurgaba en el fuego con un palito.

—Estará bien aquí hasta el deshielo —dije cuando Grainger siguió mi mirada—. La aldea no dejará que pase hambre.

El niño raspó los restos del estofado con una cuchara de madera y dejó caer ruidosamente el tazón al suelo, ganándose una mirada de sorpresa de algunos aldeanos que estaban cerca. Miró a su alrededor por unos instantes, y entonces su mirada se centró en el tazón casi lleno de Romy Paget. Sus labios se curvaron contra sus dientes en un gruñido que no pude escuchar desde donde me encontraba. Después le arrebató a Romy el tazón y se lo llevó a la boca bebiendo de él como si fuera un vaso.

—¡Eh! —Romy le arrebató el tazón—. ¡Es mío!

Metió la cuchara en él, pero antes de que pudiera llevarse la comida a la boca, el niño la empujó y el tazón se derramó sobre la tierra.

Grainger y yo nos pusimos de pie al instante y rodeamos la hoguera, pero fue Jeanne Paget quien arrastró al niño lejos de su hermanita.

—*Non* —gritó, agitando su dedo índice frente a su cara—. ¡No empujamos a las personas!

Madame Paget levantó a la pequeña Romy y, mientras sacudía la tierra de la ropa de su hija, pacientemente explicó al niño que había una manera apropiada para pedir más comida, y que el mal comportamiento no sería tolerado.

—¿Por qué no me lo llevo a casa con nosotras esta noche? —dije, mientras Grainger volvía a llenar el tazón del niño.

—Tonterías —repitió *madame* Paget—. Vosotras no tenéis espacio. Y Romy está bien, ¿no es así, querida?

Romy asintió llorosa.

—Nuestro pequeño huésped ha pasado por algo muy difícil. Perdió a sus padres y es lógico pensar que también haya perdido sus modales un poco. Pero vamos a ser pacientes con él, ¿verdad, niñas?

Romy y Jeanne asintieron obedientemente, mientras el niño devoraba su segundo tazón, ajeno a todo el alboroto.

—Tenemos que pensar también cómo llamarlo —dije.

—Lo llamamos Tom —dijo Jeanne mientras se alisaba la parte delantera de la falda después de la pequeña escaramuza.

La miré sorprendida.

—¿Te ha hablado?

—No —reconoció—. Pero se parece a un Tom y se gira cuando lo llamas así.

—¿De verdad? —Bajé la vista hacia el chico, pero él no había vuelto a levantar la mirada de su tazón ni una sola vez desde que Grainger se lo dio—. ¿Entiende lo que le dicen? —Estaba empezando a preguntarme si no hablaría un idioma diferente.

—Parece que sí. —Jeanne se acuclilló frente a él con las manos recogidas sobre la falda—. Tom, ¿te gustaría un trozo de tarta de manzana? Es un regalo especial.

El chico por fin miró hacia arriba. Su mirada encontró la de Jeanne y asintió con la cabeza. Una vez. Después volvió a su tazón con estofado de verduras.

Jeanne se puso de pie y me lanzó una orgullosa sonrisa. Después frunció el ceño.

—Supongo que ahora debo conseguirle un trozo de la tarta de tu madre.

Grainger rio y Jeanne se dirigió hacia la mesa del banquete con una sonrisa afable en el rostro. Era en todos los sentidos hija de su madre.

—*Madame* Paget, creo que aún tenemos un par de juguetes de mi hermano en casa —dijo Grainger—. ¿Le gustaría que se los trajera mañana por la mañana para... Tom?

—Sí, por favor —respondió Romy antes de que su madre pudiera siquiera abrir la boca—. No creo que Tom sepa lo que es compartir.

6

El sudor brotó en mi frente a pesar del gélido aire matinal e hice una pausa en mi tarea para secarlo con el dorso de mi manga. Mi mazo para cortar madera (la unión de un hacha y un martillo) había sido de mi padre, y aquella mañana, por primera vez en mi vida, no me parecía pesado ni difícil de manejar en mis manos.

No era, al menos, inmanejable.

Blandí el mazo sobre mi hombro derecho, poniéndome de puntillas mientras mi mano se deslizaba por el mango, justo antes del impacto. El mazo aterrizó en una grieta ya existente en el tronco, una grieta a la que había apuntado, con un golpe satisfactorio, después entró en la madera, partiéndola por completo.

—Muy bien hecho —dijo Grainger—. ¿Puedo ayudar?

Sorprendida, me di la vuelta, quitándome el pelo de la frente con una mano.

—Soy perfectamente capaz de partir mi propia leña, gracias —le informé con una afable sonrisa. Y dada mi ascensión del día anterior, la tarea requería menos esfuerzo que nunca.

Me incliné hacia la pieza dividida más grande y la coloqué en el tocón.

—Bueno, ¿entonces puedo mirar? —preguntó Grainger, arqueando una ceja con descaro.

—Grainger Colbert, ¿no tienes nada que hacer?

—Lo hice tan pronto salió el sol, Adele Duval —bromeó.

—Bueno, tienes tres hermanos que te ayudan —señalé apretando bien el mazo—. Aquí solo estamos mi madre y yo.

Sofia podía recoger huevos, zurcir medias e ir a por agua, pero era demasiado pequeña para ayudar en algo como partir leña.

—Es cierto. Decididamente tenemos escasez de mujeres en el hogar Colbert. Un problema que estoy tratando condenadamente de remediar.

—¿Cómo se sentiría tu madre si te escuchara decir eso?

—¿Dónde crees que lo escuché por primera vez? —La sonrisa de Grainger encendió un fuego en mis entrañas—. Le encantaría tener una nuera cerca para ayudarla.

Y, sin embargo, dudaba que yo fuera la primera alternativa de *madame* Colbert. Aunque mi abuelo había muerto mientras dormía varios años atrás, persistían los rumores de que, al igual que mi padre, él también había sido atacado en el oscuro bosque, y a pesar de las sonrisas corteses que nos lanzaban en nuestro camino por la aldea, no había una madre en Oakvale que quisiera que su hijo emparentara con esa familia «maldecida».

Por fortuna, Grainger me quería a pesar de los rumores.

—Ahora sale la verdad. —Hice girar el mazo otra vez y partí el leño en dos pequeños pedazos más manejables—. No estás buscando una novia. Estás buscando otro par de manos capaces —me burlé.

—Bueno, me gustan tus manos —dijo Grainger dejando caer la bolsa que llevaba y quitándome el mazo. Lo clavó en el tocón y luego colocó mis manos en las suyas—. Aunque prefiero verlas un poquito menos callosas. Cásate conmigo y nunca más tendrás que partir leña.

—¿Crees que las mujeres casadas no parten leña?

—Mi madre no lo hace. Tiene un marido y cuatro hijos que mantienen la leña apilada en las paredes de nuestra cabaña.

—No tengo hijos.

—Te daré hijos. —Grainger me atrajo más cerca y su mirada incendió la mía—. E hijas, si insistes —añadió con una sonrisa perversa.

Me liberé y le di un golpe en el hombro mientras cogía otra vez el mazo del tocón.

—¿Y si solo tuviéramos hijas? —¿Solo hijas pelirrojas, cargadas con un secreto que nos podía llevar a todos a arder en la hoguera?

—Partiría leña para todas vosotras. Partiría leña todo el día y toda la noche, para que mi esposa y mis hijas no tuvieran callos por culpa de ásperos mangos y climas fríos.

Consideré hacerle la lista de las diferentes maneras en las que una mujer puede desarrollar callos en su trabajo diario sin tocar jamás un mazo. En cambio, le sonreí y añadí:

—Si pasas toda la noche cortando leña, no sé cómo podremos tener hijos o hijas.

Una risita que provenía de detrás de la pila de leña hizo que me sonrojara. Sofia. Se suponía que estaba tejiendo, no espiándome.

—¡Sofia! ¡Adentro! —le ordené cuando salió de detrás del montón de leña. Me volví hacia Grainger con una sonrisa—. Reza para que sean hijos.

Él rio y dijo:

—Sofia, dile a tu hermana que debe casarse conmigo.

—Debes casarte con él, hermana —dijo Sofia—. Antes de que deje de pedírtelo.

—Grainger... —lo regañé.

Él recogió su bolsa.

—Por ahora aceptaré tu compañía. Voy rumbo a casa de los Paget con juguetes para Tom. ¿Me acompañas?

—¡Yo quiero ir! —Sofia saltó de la puerta trasera—. ¡Quiero jugar con Jeanne!

Solo había unas cuantas niñas de su edad en la aldea, así que ella y la mayor de las Paget con frecuencia eran compañeras de juego. Pero esa no era la verdadera razón de su petición.

—Quiere conocer a Tom —le dije.

Madame Paget se había llevado al extraño niño a su casa la noche anterior después de que empujara a Romy, y había sido la comidilla de la celebración, con el disgusto de *madame* Rousseau y el alivio de Elena Rousseau.

—Todo el mundo quiere conocer a Tom —insistió Sofia—. Tal vez yo pueda hacerle hablar.

—Ve a por tu capa —dije con un suspiro—. Y dile a mamá adónde vamos.

Sofia corrió dentro y un minuto después estaba de vuelta con una capa gris sobre un brazo, sosteniendo un paquete de papel con ambas manos. Mi madre apareció detrás de ella y me llevó aparte mientras Grainger intentaba que Sofia se pusiera la capa.

—Le he dado a tu hermana una hogaza de pan de centeno para que se la lleve a *madame* Paget y ayude a dar de comer a Tom —dijo, al tiempo que cruzaba los brazos sobre su delantal salpicado de harina. Porque, aunque la familia del techador se lo había llevado, la comunidad debía unirse para apoyarlos—. No tuve la oportunidad de ver al niño antes de que se lo llevaran a casa anoche, pero, Adele, hay algo realmente extraño en un niño mudo encontrado solo en el bosque oscuro. ¿Estás segura de que no lo habían mordido o arañado?

—Estuve observando a *madame* Paget mientras lo lavaba antes de que le diera su camisa. No había ninguna marca en él. Pero vio a sus padres masacrados por un hombre lobo —murmuré—. Eso atormentaría a cualquier adulto, así que con mayor razón a un niño. ¿No crees?

Asintió, después miró a Sofia otra vez.

—A pesar de ello, quiero que me hagas saber de inmediato si notas algo extraño en él.

—Lo haré —le contesté, aunque hasta ese momento todo sobre Tom podría describirse como extraño.

—¡Vamos, pues! —exclamó Grainger, cuando mi madre se metió de nuevo para empezar con los pedidos del día. Se echó la bolsa sobre un hombro e hizo un gesto a Sofia para que se dirigiera hacia la plaza de la aldea.

—¡La capa! —le ordené mientras le arrebataba la hogaza de pan de las manos.

—¿Dónde está tu capa roja? —preguntó Grainger, cuando Sofia por fin se echó la capa sobre los hombros, sin molestarse en atarse el cordón.

—En realidad no es adecuada para el trabajo —le dije, aunque, sin duda, era perfectamente adecuada para proteger mi ropa de salpicaduras de sangre.

—Mamá y la abuela hicieron una roja para mí también —le dijo Sofia—. Pero no la puedo usar hasta que sea mayor.

El solo pensamiento me daba escalofríos. No quería que mi hermanita fuera al bosque oscuro. No después de lo que la abuela me había explicado sobre la muerte de su hermana. No podía perder a Sofia. Mi madre no podía perder a Sofia.

—¿Cuándo voy a ser suficientemente mayor? —preguntó Sofia, caminando marcha atrás frente a nosotros.

—Cuando puedas partir leña con un mazo —le respondió Grainger.

—No —intervine en un tono un poco más áspero de lo que deseaba—. Cuando la abuela te diga que eres suficientemente mayor.

—¡Tal vez ella suponía que ibas a usar la capa roja en tu boda! —gritó Sofia, dando vueltas con los brazos abiertos a ambos lados sin perder el paso. Su equilibrio era realmente bueno. Y corría como el viento. Tenía que confiar en que para cuando tuviera mi edad estaría bien preparada para su propia prueba.

—Sí —bromeó Grainger, golpeándome el hombro con el suyo—. Tal vez eso era lo que tu *grandmère* pretendía.

—Puede que sí —esquivé.

—¡Y va a forrar la capucha con pelaje blanco! —añadió Sofia—. ¡Sería precioso para tu boda!

—¿Pelaje blanco? —Grainger alzó la ceja izquierda—. ¿Conejo?

Me encogí de hombros.

—La guardia fue al bosque oscuro esta mañana a buscar el carro —murmuró Grainger—. Lo encontraron y pudieron salvar algunas mercancías, a pesar de que gran parte había sido destruida y la comida había desaparecido. Pero no han podido confirmar de dónde procedían los comerciantes.

Suspiré. Eso no me sorprendía.

—¡Ahí está! —gritó Sofia, arrastrando su capa gris y atravesando la plaza hacia la cabaña del techador, donde Tom estaba sentado en los escalones de la entrada observando a Jeanne atar un pedazo de una tela áspera en algo que se parecía a una muñeca. Junto a ella, Romy jugaba con una muñeca hecha del mismo material—. ¡Tom! ¡Te hemos traído unos juguetes! —El niño levantó la vista cuando mi hermana corrió hacia él—. ¿No hay algo que quieras decir?

—Quiere decir «gracias» —facilitó Romy cuando Tom dirigió a Sofia una mirada inexpresiva.

Grainger se arrodilló y mostró al niño lo que había en la bolsa, y yo pasé al lado de Tom y llamé en el marco de la puerta.

—*Madame* Paget, soy Adele. ¿Puedo entrar?

—¡Por favor, adelante! —respondió ella.

—¿Le echas un vistazo? —le pregunté a Grainger. Él asintió con la cabeza, pero Sofia resopló cuando entré en la cabaña, donde le entregué a *madame* Paget el pan—. Mi madre le envía esto.

—Oh, dale las gracias de mi parte —me contestó mientras colocaba la hogaza sobre un estante.

—¿Cómo está Tom? ¿No ha dicho nada aún?

—Ni una palabra. —*Madame* Paget volvió a la mesa, donde había un nabo cortado por la mitad, cogió el cuchillo y continuó con su trabajo—. Gruñe de vez en cuando, lo que parece ser una respuesta afirmativa a una pregunta. Y niega con la cabeza. Pero solo lo he visto abrir la boca para meterse comida.

7

—¿Dónde está Sofia? —preguntó mi madre cuando entré a nuestra cabaña.

Aunque la puerta principal estaba abierta, el calor del horno era agobiante.

—Está dándole patadas a una pelota de cuero en la plaza con los niños Martel. —A pesar de las tareas que tenía pendientes, la dejé que fuera a jugar con los hijos del herrero después de nuestra visita a la casa de la familia del techador porque quería hablar con mi madre en privado—. La señora Paget te agradece el pan.

—¿Cómo está el niño? ¿Todavía no habla?

—No, pero aparte de eso parece estar bien. Grainger le llevó algunos juguetes. Le gustan los niños, ya sabes.

Paró un momento de amasar y me miró.

—La abuela dijo que papá lo sabía —continué mientras me cambiaba la capa por un delantal.

—¿Sabía qué?

—Lo tuyo. Lo de las guardianas.

Mi madre suspiró.

—Por supuesto que lo sabía, *chère*. No sé cómo se puede ocultar un secreto como ese a un marido. Pero la madre de tu padre fue una guardiana, así que se enteró de todo esto el día del juicio de su hermana. Cuando nos conocimos, no tenía creencias supersticiosas que echarme en cara. —Dejó de amasar y la tristeza que ensombreció sus rasgos, incluso ocho años después de la muerte de mi padre, me atenazó como si un puño me apretara todo el cuerpo—. Tan profundamente como me cuidaba, tan perfectamente como encajamos en lo personal, también era particularmente idóneo para ser el esposo de una guardiana. —Se giró hacia la masa, pero el antiguo dolor aún le resonaba en la voz—. Le echo de menos todos los días. Ojalá hubierais pasado más tiempo con él.

Yo también lo pensaba. Sus recuerdos parecían desvanecerse más cada día que pasaba.

—Entonces, ¿mis dos abuelas son guardianas? —Era algo importante, pues ello significaba que mi padre tenía una ventaja como pretendiente que Grainger nunca tendría. No se le consideraba una amenaza para la familia porque procedía de una familia como la nuestra.

Si quería que mi madre bendijera mi matrimonio, tenía que convencerla de que Grainger tampoco era una amenaza.

—Sí, *chère*. Está en tu sangre. —Sus manos hicieron otra pausa y el orgullo sonó en su voz—. Es el legado que debes defender.

Mi padre era de un pueblo que quedaba a varios días de viaje en carreta hacia el oeste, pero yo nunca había estado allí y tampoco había oído hablar mucho sobre su familia. Incluyendo a su madre.

—¿Cuántas otras guardianas hay?

—Desconozco el número, solo sé que hay guardianas en casi todos los lugares por donde se extiende el bosque oscuro —dijo, apartándose de la masa sobre la que estaba trabajando; me hizo una seña para que yo continuara—. Y el bosque parece extenderse cada vez más, infectando el paisaje como una enfermedad.

Volteé la masa, presionando mis palmas en la tibia y suave bola mientras reflexionaba sobre aquello. Había bosques en otros lugares que no eran como el bosque oscuro. Lo sabía, pero encontraba la idea muy difícil de entender en verdad. ¿Bosques donde no vivían monstruos? ¿En los que la luz del día normal penetraba? ¿Donde los viajeros se podían mover en paz? ¿Donde la gente podía cazar y alimentarse? Nunca tuvimos ese lujo en Oakvale. Por lo menos no en mi época.

Por más madera que cortaran *monsieur* Thayer y sus hijos

no parecían realmente hacer mella en el denso bosque. Y estaba claro que no habían podido evitar que este rodeara la aldea.

—¿No se puede detener el bosque oscuro? —El estómago me dio un vuelco al pensar que este podría continuar devorando la tierra y con el tiempo invadir pequeñas aldeas como Oakvale.

—Si es posible hacerlo, no sé cómo —admitió mi madre mientras cogía del estante un tarro con pasas—. Lo que sé es que nosotras las guardianas somos lo único que se interpone entre los monstruos que están en el bosque oscuro y los habitantes de nuestras aldeas. Y a pesar de que he temido tu prueba desde el día que naciste, me tranquiliza tenerte a mi lado, como todos en Oakvale deberían estarlo, si pudieran entender. Como tu padre lo estaría, si aún se encontrara con nosotras.

—¿Por qué fue al bosque ese día?

Le había hecho esa pregunta muchas veces antes, pero nunca me satisfizo la respuesta de mi madre de que no tenía ni idea de por qué se había aventurado en el bosque él solo. Tal vez ahora que sabía la verdad sobre ella, y sobre mí misma, finalmente me dijera la verdad sobre él.

—Adele. —Su voz era poco más que un murmullo, sin embargo, tenía un peso demoledor—. Este no es el momento, *chère*.

—Mamá, por favor, cuéntamelo.

Nuestras miradas se encontraron mientras colocaba las pasas en la mesa y suspiró.

—Estaba buscando a un niño perdido.

Fruncí el entrecejo tratando de leer la verdad en sus ojos, pero su expresión no delataba nada. Todavía había más.

—¿Por qué lo dejaste ir solo, cuando él no podía ver en el oscuro bosque? ¿Y tú sí que podías?

—Tu hermana estaba enferma y yo estaba en casa con ella. Ni siquiera sabía lo que había ocurrido hasta que lo trajeron a casa, sangrando abundantemente y ardiendo de fiebre. Dijo que había escuchado a un niño llorar en el oscuro bosque.

—¿Qué niño? ¿Lo encontraron finalmente?

Cerró los ojos por un momento.

—Tú eras esa niña, Adele. Tu padre dijo que te había escuchado a ti llamarlo desde el bosque oscuro. No había ningún otro niño al que hubiera ido a buscar por su cuenta. Creía que no había tiempo para reunir un equipo de búsqueda.

—Pero yo no estaba en el bosque. Nunca he ido al bosque sola, ¡hasta mi prueba!

—Lo sé, te encontramos esa tarde dormida con Elena Rousseau en su desván.

Un nuevo dolor me atravesó, reabriendo la vieja herida con una profundidad nueva y más amarga.

—El bosque oscuro susurra mentiras con voces robadas. Todo el mundo lo sabe. Entonces, ¿por qué pensaría que yo estaba allí?

Mi madre se encogió de hombros.

—Él sabía que el bosque te llamaba, incluso cuando eras una niña. Parece tener una atracción especial, casi hipnótica, por las futuras guardianas. Varias veces te encontramos de pie en las afueras del pueblo, mirando hacia la oscuridad, y él siempre temió que algún día respondieras a la llamada. Mucho antes de que estuvieras lista.

La culpa me impactó como un puñetazo en el estómago. Nunca habría creído que la voz en el bosque era la mía si no me hubiera visto contemplando con frecuencia el bosque. Si no hubiera sabido que yo había heredado una razón para caminar hacia las sombras.

Había muerto por mi culpa.

Mi madre me abrazó, sin hacer caso de los trocitos de masa que se secaban en mis manos.

—No, Adele, no fue culpa tuya —me dijo, sujetándome con firmeza de los brazos y mirándome directamente a los ojos—. Él sabía que probablemente no estabas en el bosque, pero no podía arriesgarse a que sí estuvieras. A que le necesitaras. No podía ignorar tus gritos pidiendo ayuda porque era tu padre, y te amaba, habría hecho cualquier cosa para protegerte.

—¿Él te dijo eso?

—Sí. Y en su lugar, incluso sin la habilidad para ver en la oscuridad, yo habría hecho lo mismo. Ningún padre puede ignorar las súplicas de sus hijos. El bosque oscuro sabe exactamente de qué miedos aprovecharse.

—Me preocupaba que eso fuera lo que estaba escuchando cuando encontré al pequeño Tom —admití en un murmullo—. Todo el mundo conoce los engaños del bosque, pero cuando lo escuché...

—No vuelvas a hacerlo nunca más. —La voz de mi madre era implacable, el brillo de sus ojos aún más—. Tuviste mucha, mucha suerte de encontrar a un niño en lugar de un monstruo, pero eso no puede ocurrir de nuevo. ¿Entiendes?

Asentí, y cuando me soltó regresé a la masa. Pero mis pensamientos no dejaban de correr.

—¿Cómo conociste a papá?

Al principio pensé que no respondería. Que el recuerdo que provocaba era demasiado doloroso.

—Lo conocí el día que nos casamos —dijo por fin—. No era mucho mayor que tú, aunque nos habían comprometido en secreto cuando éramos niños.

La miré sorprendida. Los compromisos entre niños eran comunes entre la realeza, incluso entre la nobleza, para quienes el matrimonio con frecuencia era una forma de establecer alianzas políticas o unir fortunas.

Pero ¿para aldeanos como nosotros que no poseíamos tierras? ¿Y en secreto?

—¿Por qué?

—Nuestros padres llegaron a un acuerdo para asegurar que yo tuviera un marido en el cual confiar y que tu padre contribuyera a la lucha, ya que, como hombre, no podía convertirse en guardiana.

—Eso suena como a un arreglo de negocios —dije.

Ella asintió y añadió:

—Algo así. Porque es muy difícil para una guardiana casarse con un hombre que no conoce, que no puede conocer, sus responsabilidades. Que no puede saber adónde va su esposa por las noches, o en lo que se convertirán sus hijas.

Una sensación de malestar me retorció el estómago, y volqué mi frustración en la masa que tenía en las manos, trabajándola con fuerza.

—¿Por qué Grainger no puede saberlo? Su labor es proteger a la gente, y la mía es proteger a la gente. ¿Por qué no podemos trabajar juntos?

—Porque es el vigilante de la aldea, Adele, y sin importar cómo suene, Grainger y tú no sois dos caras de la misma moneda. Él lucha detrás del escudo de la luz del día. En la burbuja de la antorcha. Nunca podrá entender que tú no necesitas a ninguno de los dos ni por qué no los necesitas. Nunca creerá que un lobo puede proteger esta aldea en lugar de aterrorizarla.

—No puedes estar segura de eso —insistí—. No lo conoces.

—Sí lo conozco. —Cogió otro puñado de harina de centeno de la bandeja y empezó otra hornada en el otro lado de la mesa—. Es un buen hombre, pero no entenderá que las guardianas no somos lo mismo que un lobo blanco. Solo verá dientes, garras, piel y pensará: «Bruja». Y entonces encenderá una hoguera.

—No, mamá, él me ama. Nunca le haría eso a su propia esposa.

—Adele, lo hará. —El dolor resonó en las comisuras de los labios de mi madre—. Observé a mi propio esposo arder. Porque era necesario. Y eso es exactamente lo que Grainger creerá de ti. De tu abuela y de mí. De tu hermana, que no sabe nada de esto. Nos verá a todas arder porque su deber es hacia la aldea, y eso es lo que pensará que está haciendo, su deber. —Suspiró—. Vuestras estrellas están cruzadas, *chère*. Odio tener que decírtelo porque entiendo lo que sientes hacia él. Y lo que siente él hacia ti. Pero nunca funcionará. No puede...

—Podría funcionar.

Levantó la vista de la mesa y su mirada se intensificó.

—No puede. Porque, así como lo hicieron conmigo, a ti también te comprometieron con alguien más desde que apenas podías caminar.

—Yo... ¿Qué? —De pronto la mente se me vació mientras intentaba asimilar el significado de su inesperado anuncio—. No puede ser que...

—¿Te puedes creer que Grainger me enseñaría a hacer una pelota? —Sofia prácticamente chilló cuando apareció en la puerta, con las mejillas enrojecidas por el frío y los ojos brillantes.

—¡Fuera! —le grité, desesperada por tener unos pocos minutos más de privacidad con mi madre—. Ve a jugar, Sofia.

—Adele —me reprendió mi madre. Y se giró hacia mi hermana—. ¿Por qué necesitas una pelota?

Sofia me sacó la lengua mientras se quitaba la capa y la colgaba junto a la puerta, después se colocó después el delantal.

—Soy más rápida que todos los niños y puedo chutar la pelota más lejos, pero ni siquiera tengo una propia.

—¿No acaba tu hermana de ayudarte a hacer una nueva muñeca de maíz? —preguntó mi madre, mientras yo luchaba por procesar su anuncio y el hecho de que no podría seguir pidiendo más detalles mientras Sofia escuchara.

—Sí, pero no se puede dar una patada a una muñeca en la calle, mamá. No muy rápido —añadió dirigiéndose a la habitación del fondo.

Cuando la cortina se cerró detrás de mi hermana, mi madre se inclinó sobre la mesa y dijo en un susurro:

—Hablaremos más esta noche.

—¿Esta noche?

—Sí. —Miró hacia la cortina—. Ya es hora de que empiece tu entrenamiento.

Antes de que pudiera preguntar qué tenía en mente, Sofia reapareció. Llevaba dos vasijas de barro con leche poco profundas que habían estado en la fría habitación del fondo desde el día anterior, de manera que la nata pudiera subir a la superficie.

—Odio el día de batir mantequilla —refunfuñó mi hermana mientras colocaba las vasijas en otra mesa y empezaba a remover la nata.

—Sí, pero te gusta la mantequilla fresca —le recordó mamá—. Y a quien bate más tiempo le toca la primera cata.

Puse los ojos en blanco. Yo siempre batía más tiempo y Sofia siempre tenía la primera cata porque era la más pequeña. Ese era el tipo de mentira blanca que mi madre justificaba llamándola «motivacional».

¿Cómo, exactamente, justificaría no haberme dicho que había sido comprometida en matrimonio a un extraño cuando era una niña pequeña?

8

—¿Está dormida Sofia? —preguntó mi madre mientras yo salía a hurtadillas de la habitación del fondo, cerrando la cortina detrás de mí.

—Como muerta.

—No me gusta esa expresión —dijo, frunciendo el entrecejo.

Me pareció razonable.

—Está durmiendo como un bebé —corregí, luchando contra el impulso de empezar a hacerle un montón de preguntas.

Contenerme la lengua el resto del día había sido casi tan difícil como batir mantequilla y amasar pan, ahora que por fin estábamos a solas sentía que estaba a punto de estallar por mi necesidad de información.

Sin embargo, a mi madre se la veía tan tranquila y serena como siempre, y yo sabía por experiencia que ella no hablaría hasta que estuviera lista para hacerlo.

Llevaba una capa roja idéntica a la mía, excepto por el hecho de que el ribete de pelaje blanco estaba no solo en su capucha sino en toda la prenda.

—¿Has tenido esta capa desde que tenías mi edad? —le pregunté, y ella asintió.

A pesar de la combinación de miedo y alivio que vi reflejada en sus ojos cuando regresé intacta de mi prueba, un extraño destello de orgullo brillaba en ellos ahora. Debía de haber sido difícil para ella mantener su secreto durante tanto tiempo.

—Solo la uso por la noche cuando voy al bosque oscuro.

—¿Por qué? Es bonita.

Esbozó una leve sonrisa.

—¿Debo guardar la mía para nuestro trabajo secreto?

—No. Nuestros vecinos ya han visto la capa y les resultará extraño que dejes de usarla.

—¿Y vieron la tuya cuando fuiste al bosque para tu prueba?

—No, porque yo ya estaba en el bosque. Crecí en la cabaña, ¿recuerdas?

Es verdad, lo había olvidado.

—¿Cómo has conservado el adorno tan limpio? —le pregunté, arrodillándome para examinar el borde de su capa. A pesar de que la piel que rodeaba sus pies habría arrastrado por el suelo durante años, no podía observar ninguna señal de uso o de decoloración.

—La piel del lobo blanco no se mancha fácilmente. Es como si la suciedad resbalara.

Pensándolo bien, el que maté se veía muy brillante, a pesar de que supuestamente vivía en el bosque.

—Siempre le he dicho a tu abuela que debíamos utilizar la piel para limpiar. —Mi madre rio suavemente—. Pero ella dijo que estaríamos faltándole al respeto tanto a la bestia como al esfuerzo de ir a matarla.

—Eso suena propio de la abuela. —Me detuve y cogí el cinturón de piel que me ofrecía—. Debes de haber matado a muchos de ellos para tener tanta piel en tu capa.

Mi madre resopló y dijo:

—He eliminado a muchos más de lo que esta piel representa. Por no mencionar a los otros monstruos.

El pensamiento de cuántos debía de haber ahí dentro hizo que un escalofrío me recorriera el cuerpo.

—¿Estás lista?

—Casi. —Cogí mi nueva hacha del estante que había sobre el horno de pan y la colgué de una presilla del cinturón, luego me coloqué la capa sobre los hombros—. ¿Tenemos que llevar un farol?

—No podemos burlar al vigilante de turno llevando una luz, además no la necesitaremos. Ahora tú verás mejor en la oscuridad normal, no solo en el bosque oscuro. —Mi madre titubeó en la puerta y se giró para mirar hacia la cortina que conducía al cuarto de atrás—. Nunca he dejado a Sofia sola.

—Va a estar bien. Duerme como... un bebé —dije, y mi madre frunció los labios—. ¿Alguna vez tuviste que dejarme sola cuando yo era pequeña?

—No. Tu padre estaba aquí para cuidarte cuando tenía que aventurarme en el bosque oscuro. Y cuando él murió, tú tenías la edad suficiente como para hacerte cargo de tu hermana en una emergencia.

Yo tenía ocho años, la misma edad que ahora tiene Sofia, pero...

—No tenía ni idea de que alguna vez te habías ido de noche.

—Eso fue porque no me quedaba en el salón charlando —me reprendió con una sonrisa.

Después empujó la puerta en silencio y yo la seguí en la noche helada, aliviada al comprobar que tenía razón. Ahora mis ojos aprovechaban mejor la luz de la luna.

Caminamos por el oscuro sendero de tierra, pasamos la plaza de la aldea y nos dirigimos hacia el extremo occidental de esta. El miedo y las expectativas zumbaban bajo mi piel solo con pensar en regresar al oscuro bosque.

—¿Qué haremos esta noche exactamente?

—Cazar. Patrullar. Aprender. Probar tu resistencia y tus reflejos.

—¿Para matar monstruos?

—Sí. Matándolos selectivamente para controlar su población. Esa es la parte más importante de nuestra labor.

—¿Cuándo planeabas decirme lo de mi compromiso de matrimonio?

—Intentemos no despertar a todo Oakvale —me regañó mirando hacia las casas que estaban sumidas en la oscuridad.

No había ni una sola vela en las ventanas. La única fuente de luz, además de la luna y el brillo de las estrellas, era el distante resplandor de un farol hacia el este que llevaba un vigilante durante su patrulla. Y más allá de eso, el brillo del halo de las antorchas que definía la linde del bosque.

—Necesito saberlo —le insistí suavemente.

Mi madre suspiró, después miró hacia el oeste, hacia la amplia extensión de bosque oscuro en la distancia. Me agarró del codo y me guio con cierta insistencia por el camino hasta que pudo empujarme detrás de un granero, para evitar que un vigilante patrullando vislumbrara un destello de luz de luna brillando sobre el borde de piel blanca.

—Mamá, ¿cómo puedo estar comprometida? —estallé—. ¿Cómo no me dijiste que estaba comprometida?

—No hubiera tenido ningún sentido decírtelo antes de tu ascensión. —Su mandíbula era una línea firme, pero su mirada se veía preocupada. Como si no estuviera totalmente segura de esa decisión—. Hasta que no descubrieras lo que eres no habrías podido entender la razón del compromiso.

—¿Y por qué no me dijiste lo que soy? ¿Por qué esperar hasta mi decimosexto cumpleaños y atraerme al bosque oscuro con pretextos falsos?

El suspiro de mi madre parecía cargar con el peso del mundo.

—Lo siento, Adele. Eso no era lo que yo quería. Pero la prueba evalúa tus instintos, tu reacción ante el peligro, antes de que sepas de qué eres capaz. Derramar la sangre de un lobo blanco provoca el primer cambio hacia un lobo rojo.

—¿No pudiste advertirme? ¿O enseñarme cómo matar a un lobo blanco?

—No es así como funciona. Las guardianas intentaron eso en el pasado, y las jóvenes que sabían qué se avecinaba no pudieron ascender. Transformarse. Parece que aquellas que actúan siguiendo su verdadero instinto son capaces de afirmar su forma de guardianas. Razón por la cual no puedes decirle a Sofia nada de esto.

Faltaban ocho años para su prueba, pero yo ya estaba aterrada por mi hermana pequeña.

—Esto es una crueldad.

—Sin duda lo era —aceptó mi madre—. Enviábamos a chicas al bosque oscuro con la esperanza de que se toparan con un lobo blanco antes de que otra cosa las matara. Así fue como murió mi tía. Por ello, tu abuela decidió que sería más seguro atrapar a un lobo y soltarlo directamente en el camino de una potencial guardiana. Esta innovación preservó la prueba del instinto puro; sin embargo, me impidió encontrarme con otra cosa en el bosque antes de que derramara la sangre del lobo blanco. Antes de que yo pudiera reclamar mi destino y mis habilidades. Ella probablemente salvó mi vida y la tuya. También la de Sofia. Y por extensión, salvó las vidas de todas a las que protegeremos en los años venideros.

»Esas personas son la razón de que aceptes tu llamada. Tu responsabilidad. Y de que te cases con un hombre que te dé hijas que un día vistan la misma capa.

Mi madre exhaló lentamente y encontró mi mirada bajo la luz de la luna.

—Tu prometido se llama Maxime Bernard, y es unos pocos años mayor que tú. Creo que ha visto diecinueve veranos.

—No es Grainger —dije con los dientes apretados.

—Vive en Ashborne, y él...

—Mamá, ¿vas a hacer que me case con él? —Mi voz sonó llena de terror.

—Claro que no. Si tú piensas que no puedes aprender a amarlo, puedes romper el compromiso. Pero al menos me escucharás. Al menos comprende cuáles son tus opciones antes de elegir por tu cuenta. Y en serio, espero que sepas lo afortunada que eres de tener al menos una opción.

Asentí con la mandíbula apretada lo suficiente como para que me doliera. Eso ya lo sabía.

—Max es carpintero —continuó mi madre—. Después de haber visto el trabajo de su padre sospecho que es un carpintero muy bueno, y ya te construyó una cabaña en la zona sur de la aldea de Ashborne, a unos cuantos días de viaje al norte de aquí.

Mi mirada se clavó en ella en la oscuridad.

—¿Cómo sabes que ya ha construido una cabaña?

—¿Recuerdas al mercader que vino poco antes de la helada? Era de Ashborne. Me trajo un mensaje de la madre de Max en el que me aseguraba que él estaba preparado para su unión. Que había cumplido con sus obligaciones, como pactamos tu padre y yo en tu nombre cuando aún no habías cumplido los dos años.

—Está preparado... —Cerré los ojos, tratando de pensar en ello—. Lo que significa que él, este Maxime, sabe de nuestro compromiso desde hace tiempo.

Ella asintió.

—Su madre me asegura que está ansioso por conocerte. Por empezar una vida juntos. Desea demostrar que es merecedor de llamar a una guardiana, de llamarte a ti, su esposa.

—Pero yo nunca lo... Mamá, ¡ni siquiera lo conozco! ¡Tal vez me odie! ¡Tal vez yo lo odie! —Y aunque no fuera así, no era Grainger!

Finalmente, todo el peso de lo que acababa de escuchar me golpeó.

—Una cabaña en Ashborne. ¿Tengo que vivir allí? ¿Tengo que irme de Oakvale? ¿Dejarte a ti, a la abuela, a Sofia?

Sofia solo tenía ocho años. Si no podíamos visitarnos con frecuencia crecería con un recuerdo de mí no mucho mejor del que tenía de nuestro padre.

Y...

—¡Mamá, se supone que Elena y yo seremos vecinas! Se supone que criaremos a nuestros hijos juntas.

—Sé que eso es lo querías, Adele, pero una guardiana tiene que anteponer su deber a sus intereses personales. Y eso es lo que acordamos en la negociación. —El dolor se asomó a sus ojos, entonces me di cuenta de que, a pesar de los arreglos que ella había hecho, le aterraba el pensamiento de mi ausencia. Después su mirada se volvió inexpresiva—. Además de todos los beneficios del matrimonio, Maxime te proporcionará una casa, y a cambio tú protegerás Ashborne del bosque oscuro.

—Pero... ¿por qué? ¿Por qué no me puedo quedar aquí? —Suponiendo que aceptara esa unión, que no tenía ninguna intención de hacerlo, quería demostrarle que, llegado el caso, Grainger me preferiría sobre su deber con la aldea. Pero ¿cómo podía demostrarlo sin decirle lo que éramos?

—La madre de Max fue bendecida solo con una hija que murió siendo niña. Los aldeanos de Ashborne te necesitan. Lo sepan o no.

El campo parecía girar a mi alrededor mientras trataba de darle sentido a lo que estaba escuchando.

—¿Me estás vendiendo para que sirva a otra aldea? ¿A gente que no conozco? ¿A un marido a quien nunca he visto?

—Adele, vosotros no sois la primera pareja que se compromete de niños. Este es un arreglo común entre guardianas. El matrimonio es un contrato con beneficios para ambas partes, y tu padre y yo nos aseguramos de que tus necesidades estuvieran debidamente representadas. Te cuidarán. Te valorarán, que es mucho más de lo que algunas novias pueden esperar. Además serás libre de llevar a cabo tu responsabilidad, cazar monstruos en el oscuro bosque, en paz. Al lado de un marido que te protegerá de los aldeanos que probablemente no te entiendan.

—¿Cómo hará eso?

—Justificará las ausencias necesarias. Responderá a cualquier pregunta difícil. Será tu apoyo frente a la comunidad y tu escudo contra la sospecha. También será tu confidente. Como tu padre lo fue para mí. —La nostalgia y el abatimiento en su voz decían mucho sobre cuánto lo echaba de menos.

—¿Y Sofia? —pregunté—. ¿También vendisteis su mano?

Mi madre se sobresaltó, herida por la acusación.

—Se quedará aquí, y en unos años el hermano pequeño de Max, Alexandre, vendrá como aprendiz de *monsieur* Girard. —El carpintero local—. Y cuando tu hermana tenga la edad suficiente, Alex y Sofia se casarán.

—Si ella está de acuerdo.

—Sí —aceptó mi madre—. Y tú puedes ser decisiva para ayudarla a ver la conveniencia de esa decisión.

—Suponiendo que sobreviva a la prueba.

—No digas esas cosas —me soltó—. Sofia estará bien. Ya es excepcionalmente rápida y bien coordinada. Igual que tú.

Eso era cierto. Yo había vencido a Grainger en todas las carreras desde que éramos pequeños. Incluso ahora, cuando nadie miraba, a veces me retaba a una carrera alrededor del campo que había al norte de la aldea, que inevitablemente terminaba con ambos desplomándonos en los brazos del otro y riendo como locos.

—No me puedo casar con ese tal Max, mamá. Ni siquiera lo conozco. Además, yo amo a Grainger.

Me miró durante un largo momento antes de responder, estudiándome como si estuviera ponderando mi sinceridad. Finalmente suspiró y formó con su aliento una nube blanca y esponjosa en la oscura noche.

—Al menos le darás a Max la oportunidad de ganarse tu corazón. Vendrá pronto a Oakvale.

—¿Va a venir? ¿Por qué?

—A cortejarte, claro. Para conocerte antes de vuestro matrimonio. Si estás de acuerdo, deberíais casaros... Bueno, tan pronto llegue la próxima luna llena.

La sorpresa cayó sobre mí como un chapuzón en un río helado.

—Eso no es posible. Todavía queda la *marchet*. Él tendrá que...

—Ya está todo solucionado. Los Bernard están ansiosos por tenerte, Adele. Él sabrá valorarte. Toda la aldea te querrá.

Sentí una opresión en el pecho. Me sentí como si me arrastraran siguiendo los planes que mi madre tenía para mí, como una carreta de la que tirara un caballo al galope.

¿Cómo podía haber cambiado todo tan rápido?

—No puedes estar segura de nada de eso. Solo porque papá y tú fuerais felices...

—Eso no siempre fue verdad para tu padre y para mí. Nos llevó algo de tiempo, pero a pesar de que nuestro matrimonio empezó como un arreglo estratégico, se transformó en una conexión muy especial. Desde el principio compartimos mi secreto y eso se convirtió en un férreo vínculo entre nosotros. Llegamos a amarnos mucho. Y él os quiso a ti y a Sofia aún más. Él deseaba esa seguridad y protección para ti, Adele. Viajó a Ashborne para negociar el compromiso. A él le habría gustado que por lo menos le dieras a Maxime una oportunidad.

Gemí. Ese era el único argumento que ella sabía que yo no debatiría. Nunca había actuado en contra de los deseos de mi padre mientras había vivido, y no iba a empezar ahora. Por lo menos no sin una razón que no sonara como el gimoteo de una niña consentida por su propia buena fortuna. Lo que significaba que tenía que conocer al tal Max. Tenía que conocerlo lo bastante bien como para encontrar una objeción válida para la unión.

—Está bien.

—¿Le darás la oportunidad de cortejarte?

—¿Tengo otra alternativa? —pregunté cruzándome de brazos sobre mi capa.

—Por supuesto que tienes una alternativa. Como te he dicho, si no te gusta, si verdaderamente no puedes imaginar que alguna vez pueda gustarte, no tienes que casarte con él.

—Pero la gente de Ashborne sufrirá por mi decisión.

—Sí, no te voy a mentir. Tu compromiso es mucho más que la unión en sí misma. Más que los hijos que tendréis. Es proteger a toda una aldea cuya guardiana pronto será demasiado anciana para llevar la capa ella sola.

—Eso no es justo, mamá.

—La vida no es justa, Adele. Y sin nosotras, con el tiempo, lugares como Oakvale y Ashborne terminarán siendo engullidos por el bosque oscuro.

Tantas vidas pendientes de mi decisión. De mi discreción y mi dedicación a una misión que acababa de descubrir.

El peso de tal responsabilidad amenazó con aplastarme.

Con un suspiro, le di la espalda a mi madre y caminé en silencio hacia las afueras de la aldea.

9

Permanecí callada mientras nos adentrábamos en la oscuridad, tragándome unas cuantas objeciones ante mi compromiso acordado que no podía expresar con palabras, aunque todas se reducían a un solo pensamiento: no era justo.

Esa era la protesta de una niña, y airarla no me daría el respeto de mi madre ni ninguna consideración adicional a la propuesta de Grainger. Así que decidí asimilar todo lo que acababa de descubrir antes de intentar seguir discutiendo. No tenía ningún interés en conocer a Maxime Bernard, pero no podía discutir ninguno de los puntos de mi madre, excepto uno.

Grainger jamás encabezaría una turba contra mí. Él me quería. Habíamos pasado los últimos dos años contando los días hasta que tuviéramos la edad suficiente para casarnos, y esperábamos que mi madre dijera que sí inmediatamente. Las dudas de esta me habían golpeado como un árbol que cae en el suelo del bosque.

Ella quería que me casara con un escudo. Con un soporte. Con un hombre lo suficientemente querido por su propia comunidad y dedicado por completo a mi vocación como para protegerme. Y todas eran cosas que yo también quería.

Pero las quería con Grainger.

Sin embargo, cuando pasamos entre dos antorchas y entramos al bosque, el miedo y la emoción empezaron a bullir en mí, centrando mis pensamientos en el desafío que tenía por delante. Había estado en el bosque oscuro varias veces, pero nunca había ido en busca de monstruos.

Seguí los pasos silenciosos de mi madre y la luz de las antorchas se extinguió a unos pocos metros; un escalofrío antinatural me invadió. Entonces, unos minutos después de que empezáramos a caminar, un violento chillido me perforó el cerebro como una brocheta en la carne. Mis manos volaron a mis oídos tratando de bloquear el doloroso y agudo sonido.

—Con el tiempo te acostumbrarás a esto —me aseguró mi madre, a la vez que levantaba un lado de su capa para mostrar su hacha.

—¿Qué criatura produce un ruido tan horrible?

—La mayoría de las bestias del bosque oscuro no tienen un nombre propio —dijo—. Esa criatura en particular es una monstruosa bestia con forma de mujer de cintura para arriba, y de serpiente de cintura para abajo. Y, como la mayoría de los monstruos que cazamos, se alimenta de carne humana.

—Una mujer serpiente devoradora de hombres. ¿Ese es nuestro objetivo?

—No. Esta noche vamos tras los goblins. Cerca de aquí hay un nido.

—¿Y por qué precisamente goblins?

—Porque son muchos y relativamente fáciles de matar. Eso los hace idóneos para el desarrollo de destrezas tempranas en el entrenamiento de una guardiana. —De pronto, mi madre giró el brazo y el hacha cayó sobre una espiral de madera que buscaba su pie—. Ten cuidado con las lianas.

Me saqué el hacha del cinturón atenta ante cualquier cosa que se deslizara hacia mí en la oscuridad.

—Entonces —pregunté—, ¿cómo encontramos a esos goblins?

—Ellos nos encontrarán.

—Eso es bastante inquietante. ¿Cómo son?

Frunció el ceño en la oscuridad y contestó:

—Son exactamente como los describía en cada cuento para dormir que escuchaste de niña. Así que dime: ¿a qué se parece un goblin, Adele?

Una entendimiento repentino me golpeó como una ráfaga de viento invernal. Por supuesto aquellos no eran solo cuentos.

—Mmm... —Luché contra el impulso de cerrar los ojos al recordar los cuentos que me narraba. Los cuentos que aún le contaba a Sofia—. Son grandes y su piel tiene un tono verdoso. Tienen las orejas puntiagudas cerca de la parte superior del cráneo, lo que les confiere un oído extraordinario. Y sus ojos les sobresalen un poco de la cara, aunque su sentido de la vista no está tan bien desarrollado como el del oído.

—Muy bien. —Se la veía verdaderamente complacida conmigo por primera vez desde que había regresado de la prueba.

—¿Así que son sus orejas las que los conducirán a nosotras?

—Sin duda así será si no empiezas a hablar en voz baja. —Pero sonrió al darme su hacha, prácticamente idéntica a la mía, y cuando la cogí se desató el cordón que rodeaba su cuello y se quitó la capa.

—¿Qué estás haciendo?

—Una demostración. —La cabeza de mi madre se giró bruscamente hacia la izquierda, en el momento en el que un gruñido llegó a nosotras desde lo más profundo del bosque, seguido de un fuerte golpe y un coro de ramas rompiéndose—. Por lo general cazan solos, pero ahora mismo estoy escuchando a dos que se dirigen hacia nosotras desde el este.

Entrecerré los ojos en la oscuridad, tratando de escuchar; sin embargo, a pesar de que podía oír los fuertes pasos, no era capaz de distinguir dos grupos. ¿Tal vez aquella habilidad vendría con la experiencia?

Mamá se quitó los zapatos mientras se echaba hacia atrás para desatarse los cordones del corpiño, luego tiró de la ropa y se la aflojó un poco.

—Un hacha en cada mano. Puede que te cueste un poco acostumbrarte a usar la mano izquierda, pero la habilidad llegará con el tiempo.

—Yo... Mamá, ¿qué estás haciendo? —le exigí en un feroz susurro mientras se arrodillaba en el suelo del bosque.

—Cambiando. Atraparé al primero que aparezca. Tú al segundo. —Y con eso cayó sobre sus manos y rodillas, y antes de que pudiera hacerle otra pregunta, su cuerpo empezó a... transformarse.

La cara se le alargó en la forma familiar de un hocico, acompañada de un coro de articulaciones que crujían. Sus brazos adelgazaron hasta unas patas musculosas de loba, y mientras las manos se le convertían en garras, las palmas se le hincharon y sus dedos se acortaron. Formas extrañas se elevaban y caían por debajo de su corpiño, mientras su torso experimentaba una transición invisible, y por último el pelaje brotó a lo largo de sus patas delanteras desnudas como una oleada rojiza.

No podía dejar de mirar a mi madre arrastrándose más allá de los límites de su vestido y observándome desde el suelo del bosque. Solo había tardado unos segundos en todo el proceso. ¿Llegaría a ser alguna vez tan rápida mi propia transición?

A pesar de que medía solo dos tercios del tamaño del lobo blanco que había matado el día anterior, me llegaba a la cintura, con una musculatura compacta que me hizo pensar en cómo sería yo en mi forma de lobo rojo.

Pero antes de que pudiera aceptar la visión de mi madre transformándose en una loba, otro conjunto de gruñidos resonó desde el bosque, y esta vez se oyó más cerca.

Mi madre se giró hacia el sonido con todo el cuerpo en tensión. Empezó a gruñir.

Apreté la empuñadura de las dos hachas y, mientras unos fuertes pasos se aproximaban a nosotras, el pulso se me aceleró en una potente combinación de miedo y adrenalina. Fue entonces cuando me di cuenta de que podía sentir que los goblins se acercaban. El corazón parecía latirme al compás de los pasos de estos. La energía zumbó a través de mi piel, palpitando más fuerte a medida que se acercaban. Sin embargo, cuando el primer goblin apareció en la lejana oscuridad, me quedé sin aliento por la sorpresa.

Eso..., no, él; sin duda era un «él», ¡era enorme!

A pesar del peso de sus pisadas y la descripción de mi madre como un monstruo verdoso, yo había subestimado por completo el tamaño del goblin en mi imaginación. bestia medía fácilmente una vez y media mi altura y, por lo menos, tres veces mi ancho. Era fornido y sus piernas tenían el tamaño de pequeños troncos, con unos brazos como arietes y puños casi tan grandes como mi cabeza.

Pese a su evidente fortaleza, el goblin era lento, y nosotros, los lobos rojos, éramos rápidos.

Antes de que yo pudiera procesar el tamaño real del monstruo, mi madre saltó sobre él, gruñendo con los labios hacia atrás revelando una dentadura llena de afilados dientes. Cuando sus patas delanteras golpearon el pecho de la bestia, el goblin abrió la boca y pude ver por primera vez su característica más aterradora.

Con la saliva goteándole de los afilados y puntiagudos dientes, el goblin lanzó dentelladas a la cabeza de mi madre. Si hubiera dado en el blanco, ella habría perdido una oreja por lo menos, pero su ataque hizo que la bestia retrocediera. Tropezó y, mientras caía al suelo del bosque, mi madre agarró la garganta del monstruo con su hocico y le desgarró la piel en pedazos.

Un instante después, el segundo goblin se abrió paso desde la maleza.

Aturdida por lo que acababa de presenciar, perdí unos segundos preciosos mientras el goblin me embestía, rompiendo ramas de los árboles con cada movimiento pesado de sus brazos. Mi madre aulló para ponerme sobre aviso, y mis manos se tensaron sobre las empuñaduras de ambas hachas. Finalmente me puse en movimiento, con el pulso latiéndome tan fuerte que la cabeza empezó a darme vueltas.

Blandí la mano derecha apuntando a la cabeza de la bestia, pero en el último segundo observé que era demasiado alta. Nunca podría alcanzarla. Así que ajusté mi puntería. Mi espada golpeó el grueso antebrazo izquierdo del monstruo, hundiéndose tanto que no podía sacarla.

El goblin siseó escupiendo saliva por la triple hilera de dientes al descubierto, y cuando levantó el brazo perdí el control del hacha, que seguía hendida en su carne.

La bestia rugió al tiempo que se me abalanzaba, y yo salté para esquivar el golpe de su inmenso puño derecho. Aterricé en la maleza y rodé evitando sus carnosos pies mientras el monstruo trataba de pisotearme como a un insecto. Cuando me levanté, pasé el hacha que me quedaba a mi mano derecha, la esgrimí en el aire y me giré, evitando un golpe que pasó velozmente por el lugar por el que mi cabeza había estado un segundo antes.

Esta vez mi hacha rebotó en el otro brazo del goblin, así que la volví a empuñar mientras esquivaba otro impacto. La hoja se le hundió en el muslo y aulló cuando se la saqué. La sangre manaba de la herida, y yo seguí golpeando una y otra vez, dejándole tajos abiertos en la verdosa piel. Esquivando golpes... hasta que uno me aterrizó en el hombro.

El impacto me lanzó a un lado, el bosque pasó zumbando y se convirtió en una mancha oscura mientras yo me agitaba en el aire. Mi brazo chocó con el tronco de un árbol y me desplomé en el suelo. El aire salió de mis pulmones y jadeé tratando de volver a llenarlos.

El goblin empezó a correr hacia mí, haciendo temblar el suelo. Era lento y yo debería haber tenido tiempo suficiente para quitarme de su camino, pero... no podía respirar.

La bestia bramó mientras me cogía por el brazo izquierdo, la saliva colgando de su puntiaguda barbilla, y me levantaba dos pies del suelo. Me rugió en la cara, rociándome con más saliva al tiempo que su podrido aliento llegaba hasta mi capucha.

Mi madre aulló, pero no tenía tiempo de procesar más allá del imperativo simple en aquella orden sin palabras.

«¡Haz algo, Adele!».

No tenía ni idea de qué hacer. Así que cerré los ojos y moví el hacha.

La hoja golpeó carne fresca. La bestia emitió un sonido ahogado y perdió la sujeción de mi brazo. Volví a caer al suelo, absorbiendo el impacto en mi cadera derecha, y cuando miré hacia arriba me sorprendí al ver el hacha incrustada en el cuello del goblin.

Me miró parpadeando y sus gigantescas manos se acercaron por un segundo al arma ofensiva. Después volvió a rugir, la arrancó y la dejó caer a mis pies.

La sangre roció el tronco del árbol que estaba a mis espaldas, sobre mi cabeza. Por un momento el goblin borboteó, ahogándose en su propia sangre. En vano trató de cerrarse la herida con la mano.

Un segundo más tarde cayó, con un impacto que hizo temblar el suelo.

Recogí el hacha ensangrentada y, mientras me levantaba respirando pesadamente por el esfuerzo de acabar con la bestia, mi madre lanzó su cabeza hacia atrás y aulló.

El bosque oscuro respondió con un coro de chillidos y aullidos que provenían de todas las direcciones, algunos resonando claramente de muy lejos. No parecían estar celebrando nada con mi madre, la vocalización se sentía más agresiva que nunca, pero el sonido me provocó un estremecimiento.

Mi madre se agazapó cerca de su vestido y, mientras se transformaba con una serie de suaves chasquidos y crujidos de sus articulaciones, moví el brazo izquierdo en un intento de aliviar el dolor en el hombro. Al mismo tiempo, podía sentir un enorme moratón que se estaba formando en mi otro brazo por el impacto contra el árbol.

—Lo hiciste muy bien, Adele —dijo, mientras se sentaba en su forma humana otra vez.

—Perdí una de las hachas.

Se metió el vestido por la cabeza, le limpió la tierra y se dio la vuelta para que yo le atara los cordones del corpiño.

—Muy pronto serás lo suficientemente fuerte como para liberarla, aun cuando haya golpeado el hueso. ¿Por qué no le arrojaste una a la cabeza? Podrías haberlo derribado incluso sin acercarte mucho.

—Me pareció un gran riesgo, teniendo en cuenta que no lo había hecho nunca antes. No tenía ni idea de si podría acertar a lo que estaba apuntando.

Cuando le até los cordones, se sacudió la capa roja, luego se inclinó para extraer el hacha del brazo del goblin muerto.

—Cuando tenías diez años, te enseñé a lanzar un hacha y creo que desde entonces no has fallado nunca el objetivo.

—¡Sí, pero eso era por diversión! —Me retaba a que la venciera, empleando un blanco clavado en nuestro establo—. ¡Esta era una situación completamente diferente!

—Esto —y con una mano señaló a los dos goblins muertos— es exactamente por lo que te enseñé a lanzar un hacha, Adele.

Por supuesto que el lanzamiento de hacha recreativo en realidad era un entrenamiento de guardiana, al igual que los cuentos para dormir eran en verdad didácticos.

¿Aprender a amasar pan, zurcir medias y batir mantequilla de alguna manera me enseñó a matar algo?

—Lo siento. La próxima vez lanzaré el hacha.

Mi madre me cogió de la barbilla y me sonrió.

—Hiciste un gran trabajo. Ha sido tu primera matanza de goblins y un éxito rotundo. Ten eso en cuenta cuando te sientas mal con tu esfuerzo. —Me soltó y me colocó un mechón de cabello detrás de la oreja—. Y tu victoria ha sido sin ayuda.

—Porque tú te quedaste observando. Por favor, dime que habrías intervenido si lo hubiera necesitado.

Se lanzó la capa sobre los hombros con un impresionante movimiento circular que parecía provenir de la mucha experiencia y contestó:

—Por supuesto. Mi objetivo es entrenarte, no dejar que te maten. Aunque sería muy provechoso para todos que fueras autosuficiente en el bosque oscuro antes de que *madame* Bernard se haga cargo de tu entrenamiento.

—¿Por qué tiene que hacerlo ella? Si me tengo que casar con Maxime, y aún no tengo la intención de hacerlo, ¿por qué no puede esperar la boda hasta que esté completamente entrenada?

—Porque eso podría llevar años, durante los cuales Ashborne solo tendría una guardiana, mientras que Oakvale tiene tres. Te necesitan, Adele. —Mi madre se agachó para ponerse los zapatos—. Esa es la razón por la que fuiste prometida.

—¿Me tengo que casar con un hombre al que nunca he visto

porque otra aldea necesita la protección de una mujer a la que quemaría por bruja si se enterara de los detalles?

—Precisamente. Es una vocación noble, no es una vocación fácil, Adele.

—Tal vez si la gente está tan ansiosa de quemar a las mujeres que los pueden proteger no merezcan esa protección.

Frunció el ceño mientras se envainaba el hacha en el cinto.

—Grainger está entre esa gente. Igual que Elena y Simon. ¿Ellos no merecen protección?

—Por supuesto que la merecen. Pero no puedo creer que ninguno de ellos me quemara por bruja si supiera la verdad. Son mis amigos. —Aunque Grainger era mucho más que eso.

—Te quemarían, Adele. Y la otra cara de la moneda es que, si cualquiera de ellos fuera una amenaza para la aldea, tú tomarías las medidas necesarias, aunque te rompiera el corazón. Esa es la misión.

—Ellos no son ninguna amenaza para la aldea.

—Pero algún día se pueden convertir en una. Como le pasó a tu padre. Y si eso ocurre, harás lo que se necesite. Como lo hice yo.

Una sensación de malestar me invadió a medida que la amarga realidad de mi nueva responsabilidad se hundía sin más.

—Se me puede pedir que mate a cualquiera.

—Eso no es muy probable —contestó mi madre, girándose para ocultarme su dolor—. Pero sin duda es posible. Yo lo sé mejor que nadie.

—Entonces, ¿qué se supone que tengo que hacer? ¿Aislarme como tú lo haces? ¿Rechazar la amistad? ¿Rechazar el amor porque tal vez un día lo pierda?

Se volvió hacia mí con el ceño fruncido.

—Yo no...

—No tienes amigos cercanos y, siempre que puedes, rechazas a *monsieur* Martel.

—Adele, yo tuve amor, y tú también lo tendrás —dijo suspirando—. Pero lo que tuve con tu padre nunca se repetirá con *monsieur* Martel. No puedo confiar en él como confié en tu padre.

—Eso no lo puedes saber.

Otro suspiro.

—No tienes que aislarte, Adele. Pero debes estar preparada para tomar decisiones difíciles. Y tomarlas rápidamente, pensando en el bien mayor.

Y dicho eso, avanzó por el bosque, sin asegurarse de que yo la seguiría. Lo que, por supuesto, hice.

Durante un rato caminamos en silencio, escuchando los sonidos del bosque. En alerta ante una posible presa. Entonces volvió a hablar, suavemente. Sin girarse.

—Entiendo lo difícil que será para ti darle una oportunidad a Maxime.

—¿Cómo puedes siquiera...?

Se detuvo y se giró para mirarme tan rápido que casi choco con ella.

—¿Por qué crees que *monsieur* Martel me persigue tan apasionadamente?

Me encogí de hombros y contesté:

—Porque el herrero tiene tres niños y no tiene mujer. —Y porque mi madre era lo suficientemente hermosa como para hacerle olvidar los rumores sobre la maldición Duval—. Piensa que desposándote solucionará todos sus problemas y que calentarás el lado vacío de su cama. —Ese simple pensamiento me enfurecía en nombre de mi padre, a pesar de que hacía tanto que se había ido que la mayor parte del tiempo me costaba recordar sus rasgos.

A pesar de que yo le echaba siempre en cara a mi madre su aislamiento.

—¡Adele! —Mi madre parecía más escandalizada que una mujer que se hubiera quedado desnuda en el bosque—. Aunque supongo que eso es parte de ello, la verdad es que hay otras dos viudas en la aldea, así como varias mujeres solteras uno o dos años mayores que tú que podrían adaptarse perfectamente y ser felices con los ingresos de un herrero. *Monsieur* Martel me persigue porque en nuestra juventud estuvimos muy encariñados.

—¿Tú... tuviste un amante antes que papá? —exclamé, frunciendo el ceño y sintiendo que estaba conociendo a mi propia madre por primera vez.

—En realidad no fue un amante. Pero si hubiera pedido mi mano, se la habría concedido. Antes de saber de mi propio compromiso.

—¿Y aceptaste a papá, así como así? ¿Sin vacilación alguna?

—Por supuesto que no. Tampoco te estoy pidiendo que hagas eso. Lo que te pido es que le des una oportunidad. Dale a Ashborne una oportunidad de que se gane tus servicios, con Maxime como su emisario.

Exhalé lentamente.

—Te acabo de decir que lo haré.

—Bien. Pronto llegará con un comerciante y se quedará varias semanas para ayudar con un proyecto de carpintería. Durante ese tiempo espero que cumplas tu palabra. —La emoción brilló en sus ojos otra vez, anunciando un cambio de tema—. Y ahora que esto está arreglado, es el momento de que invoques tu forma lobuna. —Se adelantó y liberó mi hacha del cinturón—. Antes de que patrullemos durante la noche, vamos a limpiar ese nido de goblins, y esta vez vas a estar a cuatro patas.

—¿Cuántos hay en un nido? —le pregunté mientras me echaba hacia atrás para aflojarme el corpiño.

—Lo más que he visto son ocho.

Lo que significaba que hasta ahora habíamos matado solo a una cuarta parte.

La sonrisa de mi madre brilló con un rayo de luz de luna cuando me puse de rodillas en un montón de follaje seco.

—Va a ser una noche larga, Adele. ¡Y te prometo que vas a amar cada segundo de ella!

10

—He soñado que te habías ido —dijo Sofia, mientras un chorro de leche caía en el cubo que sujetaba entre mis pies.

Se suponía que debía estar paleando estiércol, pero mi hermana sabía cómo retrasar labores desagradables tanto tiempo como yo se lo permitiera.

—¿Has soñado que me había muerto? —le pregunté con la mano aún sobre la tibia ubre de la vaca.

—No, que te habías ido en mitad de la noche. Con mamá. Soñé que me despertaba y que estaba sola. Pero después volvía a dormirme, y, cuando me despertaba, las dos estabais aquí. ¡Y os quedabais dormidas, perezosas!

La tensión en mis brazos se suavizó y bostecé mientras continuaba ordeñando.

—No puedes acusarme de quedarme dormida a menos que realmente me dejes dormir. —En lugar de eso, Sofia me había tapado la nariz hasta que me había despertado entre jadeos. Y yo, en una hora, había encendido el fuego en el horno de pan, había sacado agua del pozo y había empezado a ordeñar—. Sigue paleando, pequeño ganso —dije, y ella me sacó la lengua—. Y si te vuelves a despertar sola otra vez, ten la seguridad de que estás soñando. Vuelve a dormirte y todo estará bien por la mañana.

Sofia hundió el azadón en la paja al otro lado de nuestro pequeño establo, pero en lugar de levantar su contenido, gritó y el largo mango de madera golpeó el suelo.

—¿Qué es eso? —preguntó; me volví y vi que señalaba algo en la esquina del fondo—. Adele, ¿qué ha pasado?

Me puse de pie sujetando el cubo para que la vaca no lo pateara y miré fijamente al oscuro rincón, donde vi varias plumas sueltas, suspendidas en un grueso y casi seco charco de... sangre. Me agarré con fuerza al asa del cubo y gemí.

—Sofia, ve a contar las gallinas.

Pero ella se quedó mirándome con los ojos abiertos.

—¡Ve!

Dio un brinco, asustada, y salió corriendo del pequeño cobertizo por nuestro estrecho jardín hacia el tejado de barro y paja en donde nuestras gallinas dormían, cuando no estaban picoteando en la tierra en busca de bichos y granos caídos. Hasta el momento se suponía que teníamos cuatro gallinas, pero...

—Dos en el patio y una aquí —gritó Sofia—. ¡Falta una! ¡La gorda de *monsieur* Laurent! —Regresó corriendo al establo con la cara enrojecida por el frío—. ¿Hay otro zorro? ¿Recuerdas al que se comió los pollitos de los Girard el verano pasado?

—Sí. Grainger mencionó que habían visto uno o dos en la aldea. Ven, termina de ordeñar por mí —le dije, intentando darle el cubo, pero se alejó con rapidez.

—¡Esa es tu labor!

—No seas malcriada. Vuelvo enseguida.

Empujé el cubo hacia ella y lo cogió porque, aunque tuviera ocho años de edad, sabía que no era sensato derramar la leche.

Me dirigía a casa a contarle a mi madre lo de la gallina muerta cuando Grainger gritó mi nombre. Levanté la vista y lo vi atravesando la plaza y dirigiéndose hacia mí.

—¿Hoy no patrullas? —le pregunté como saludo.

Vestía la túnica de todos los días y no llevaba la espada.

—Estaré trabajando en el aserradero hoy y mañana. Haré una pausa al mediodía para comer, por si te lo estabas preguntando.

—Da la casualidad de que sí que me lo estaba preguntando —le respondí con una sonrisa—. Puedo llevar algo de pan y un estofado de verduras, si te apetece comer conmigo.

Su sonrisa me calentó el corazón.

—Estaría encantado —contestó.

—Pero... —Fruncí el ceño, fingiendo un titubeo—. La gente puede empezar a hablar, *monsieur* Colbert.

Su sonrisa se ensanchó y su mirada encontró mi boca, donde permaneció como si se hubiera quedado atrapada.

—Ciertamente así lo espero.

El calor afloró en mis mejillas. ¿Qué estaba haciendo? Le acababa de prometer a mi madre que le daría a otro muchacho la oportunidad de ganarse mi corazón. ¿Pero eso significaba que ya no podría pasar tiempo con Grainger? ¿Qué le contaría sobre este Maxime cuando llegara?

—Tenemos un zorro —le espeté, arruinando el momento con mis nervios, cuando las complicadas consecuencias de la promesa a mi madre de pronto se hicieron evidentes.

Grainger rio.

—Una mascota poco común. ¿Cómo le vais a poner?

—La llamaré el forro de mis zapatos nuevos, si tienes la amabilidad de prescindir de ella por mí. —Los zorros rara vez se aventuraban en la aldea debido a la abundancia de vegetación y de roedores que correteaban por los campos a las afueras del pueblo, pero eran una molestia ocasional. A pesar de que por lo general robaban huevos, la infracción de este zorro en particular era mucho más seria—. Se comió a nuestra nueva gallina anoche.

—Oh. —Su sonrisa burlona desapareció—. Estaré atento. Probablemente es el mismo que *madame* Girard vio el otro día.

—Gracias. Yo...

—¡Sofia! —llamó una joven voz, y al volverme vi a Jeanne Paget corriendo por la plaza de la aldea. Por un momento resbaló en un charco helado, mientras su pelo flotaba detrás de ella—. ¡Hay una carreta! —gritó en mi dirección mientras mi hermana venía corriendo por el callejón desde detrás de nuestra cabaña—. ¡Un comerciante! Acaba de salir del bosque oscuro por el lado oeste de la aldea —añadió, tropezando al detenerse junto a mi hermana.

Era el segundo comerciante en tres días, y el hecho de que este llegara intacto probablemente significara que mi abuela lo había estado protegiendo.

Porque mi madre le había dicho que lo esperara.

El corazón empezó a latir fuerte bajo mi esternón.

—Ve a contárselo a tu madre —dije, Jeanne asintió y se fue corriendo hacia la cabaña del techador—. Tú también —añadí mirando a Sofia—. Con un poco de suerte tendremos miel. —Casi se nos había acabado después de hacer la tarta de manzana de *monsieur* Laurent.

Sofia cruzó la puerta de nuestra cabaña justo cuando el traqueteo de ruedas atraía mi atención hacia el otro extremo de la plaza. Grainger y yo nos giramos una vez que el comerciante estuvo a la vista. Se trataba de una carreta sencilla, de cuatro ruedas, descubierta, repleta de barriles y cestas y tirada por un buey. El comerciante caminaba junto a la bestia de carga, guiándola alrededor de los charcos helados y los surcos profundos del camino de tierra.

—Debe de ser de Oldefort —dijo Grainger, y eso tenía sentido, porque Oldefort era la aldea más próxima a la nuestra—. Tal vez viene en busca de Tom y sus padres. Tal vez nos pueda decir el verdadero nombre de Tom.

Sacudí la cabeza.

—No ha pasado el tiempo suficiente aún como para que los echen de menos. Como para que envíen ayuda.

El comerciante se detuvo en mitad de la plaza, sacó algo del bolsillo para alimentar al buey, luego exhaló un suspiro de evidente alivio y empezó a apagar las velas que ardían en los seis faroles que colgaban de todos los lados de la carreta. La causa de su alivio era obvia: había logrado atravesar el oscuro bosque armado solo con la luz del fuego y...

Un muchacho brincó desde la parte trasera de la carreta y se echó al hombro un zurrón de cuero grande y extrañamente abultado. Apagó el último farol para el comerciante y le dio unas palmadas al buey casi con afecto. Después se giró y exploró lo que podía ver de nuestra aldea. Su atención se centró en mi pelo y su mirada se topó con la mía.

Me sonrió como si me conociera.

—Ashborne —murmuré, y Grainger se volvió hacia mí con una mirada confundida.

—¿Qué?

—El comerciante no es de Oldefort, es de Ashborne. —Al igual que lo era el muchacho, el joven, que había conseguido que lo trajera.

—¿Cómo lo sabes?

Me giré y miré a Grainger, ignorando deliberadamente al recién llegado.

—¿No tienes que ir al aserradero? —le pregunté.

—Sí, claro. A pesar de que odio perderme las emociones.

Por el número de hombres y mujeres que ya se reunían en torno al comerciante llevando fardos de lana y platos de mantequilla —uno incluso rodaba un barril de cerveza—, el resto de la aldea compartía su pensamiento.

—Estoy segura de que se quedará una noche por lo menos —le aseguré a Grainger.

—Tienes razón. Te veré en el almuerzo —contestó, apretándome los dedos por un momento y dirigiéndose después al aserradero de los Laurent en las afueras de la aldea, donde la mitad de los hombres de Oakvale ya se encontraban trabajando.

El joven con el zurrón observó cómo se marchaba con una expresión inescrutable y luego su mirada se volvió a encontrar con la mía.

Me di la vuelta y me dirigí hacia mi cabaña, y casi me choco con mi madre cuando salía, llevando varios bultos aromáticos envueltos en un paño transparente de ramio.

—*Chère*, ¿podrías coger el queso del estante? Y esa cesta de higos secos.

—Yo... —Había planeado terminar de limpiar el establo por Sofia. Porque prefería estar ocupada con una azada llena de estiércol que ir a conocer al muchacho que había venido desde Ashborne a arruinarme la vida.

—Adele —murmuró mi madre con seriedad—. Me lo prometiste.

—¿Qué prometió? —preguntó Sofía, que salía de la cabaña cargada con una olla de madera llena de mantequilla en los brazos.

Mamá me miró de reojo y contestó:

—Ayudar a llevar nuestros productos.

—Ese es nuestro último queso —señalé, al tiempo que entraba a regañadientes y cogía el queso del estante.

—Podemos hacer más —insistió mi madre—. Dando por hecho que el comerciante está en el mercado del queso. —Pero, incluso aunque no lo estuviera, compraría el nuestro. Mamá hacía el mejor queso de Oakvale.

Enganché el brazo en el asa de la cesta de higos y seguí a mi madre y a mi hermana hacia la plaza de la aldea, donde nos unimos a la multitud que se arremolinaba en torno a la carreta del comerciante, una sorpresa inesperada en mitad del invierno para todos, excepto para nosotras.

—Yo llevaré eso —dijo mi madre, cambiando su carga a un brazo y cogiendo el queso que yo llevaba—. Y puedes dejar la cesta en el suelo.

Antes de que pudiera preguntarme por qué de pronto ya no necesitaba mi ayuda, fui consciente de una presencia detrás de mí.

—¿*Madame* Duval? —dijo una profunda voz, y me di la vuelta tan sorprendida que casi le di una patada a la cesta de higos.

—Debes de ser Maxime Bernard. —Mi madre dedicó una sonrisa radiante al chico de cabello oscuro con el zurrón abultado.

—Max —dijo él, mientras yo miraba fijamente el barro bajo mis pies y trataba de calmar las llamaradas que me quemaban las mejillas.

Trataba de negar una sorprendente urgencia de levantar la cabeza y mirar bien al hombre con el que mis padres pretendían casarme, para ver si era tan guapo de cerca como parecía serlo desde el otro lado de la plaza.

Aunque eso no me iba a influir en lo más mínimo...

—Es un placer conocerla, *madame* —continuó—. Es usted exactamente como mi madre la describió. Aunque no me esperaba a esta preciosa tortolita. —Extendió la mano y alborotó el cabello de mi hermana; ella le sonrió como si fuera su nuevo mejor amigo.

—Esta es Sofia —dijo mi madre—. Y ella —su mirada se posó sobre mí con un peso expectante— es mi hija mayor, Adele.

—Adele —repitió el chico tendiéndome la mano; como yo no le correspondí, me brindó una sonrisa torcida que desencadenó la aparición de un hoyuelo en su mejilla derecha—. Es un gran honor para mí poder conocerla.

Bueno, aquello sonaba algo exagerado.

—*Monsieur* Bernard —murmuré y asentí sin ningún compromiso; como algo a su favor, su sonrisa no vaciló ante mi poco entusiasta saludo.

Entre la muchedumbre, Elena me miró y levantó una ceja por encima de la cesta llena de ropa doblada que llevaba, mientras esperaba su turno para regatear con el comerciante. En respuesta solo pude encogerme de hombros, totalmente consciente de que la mitad de la aldea estaba observando mi interacción con el recién llegado.

—Soy Max —dijo, como si no se hubiera presentado ante mi madre—. Vengo de Ashborne para ayudar a su carpintero con un proyecto.

Ya, seguro que era por eso por lo que venía.

—Bueno, entonces supongo que querrá conocer a *monsieur* Girard. Está justo al final del camino, a la derecha —le indiqué, señalando, para ser hospitalaria y servicial. Y para meterle prisa.

—Ah, no creo que me esté esperando todavía. —Max me guiñó un ojo. ¡Me había guiñado un ojo! Y entonces su voz se convirtió en un susurro conspirativo—. Probablemente ni siquiera sabe aún que estoy en la aldea.

—En ese caso, Adele, ¿por qué no le enseñas a Max la aldea? —La voz de mi madre fluyó espesa y dulce como la miel; yo la miré frunciendo el ceño y rogándole en silencio que no me lanzara hacia él de manera tan obvia.

—¿No necesitas mi ayuda aquí?

—Yo creo que tu hermana puede encargarse de los higos. ¿No es así, *ma chèrie*?

—¡Por supuesto! —Sofia, esa pequeña traidora, estaba emocionada con la idea de tener tanta responsabilidad.

—Bueno, yo... —Podía sentir a media aldea observándome, y sabía que Grainger se enteraría de todo esto en poco tiempo.

—Prometo no robarte demasiado tiempo. —Max extendió su brazo, doblado por el codo—. Si me hicieras el honor...

—Por supuesto. —Pero solo porque no había una manera cortés de zafarme de dicha petición. Sin embargo, no lo cogí del brazo—. Esa es nuestra cabaña. —Señalé al otro lado de la plaza mientras lo guiaba lejos de la multitud—. Mi madre es la panadera de la aldea, así que siempre hace bastante calor dentro.

—Y me imagino que olerá bien.

—Generalmente a pan de centeno. Pero también hornea pan dulce y tartas, y en ocasiones pasteles de carne.

—Todo eso suena increíble, tras tres días de comer pan duro y ardilla seca.

—¿Has tardado tres días en llegar aquí desde Ashborne?

Maxime asintió y un mechón de cabello negro le cayó sobre la frente, ensombreciendo sus ojos color miel.

—Cerca de la mitad del tiempo transcurrió en el bosque oscuro, y claro, por el bosque no se puede ir muy rápido. —Porque ni él ni el comerciante podían ver más allá de lo que alumbraba su farol. Y además, según la abuela, el camino hacia el norte tenía bastantes curvas.

—*Monsieur* Girard vive por allí, donde se ve el serrín derramado por el camino. Y justo ahí abajo, en las afueras de la aldea, está el aserradero. —Señalé la rueda hidráulica, donde se veía a dos hombres con picos rompiendo el hielo a la carrera, lo que desviaba el agua del río para hacer funcionar el molino. A las afueras de la aldea, habría más hombres perforando el hielo del río para abrir la corriente que pasaba por debajo, un trabajo agotador del que dependía el pueblo—. Sospecho que verás bastante tanto al carpintero como el aserradero.

—¿Deberíamos ir en esa dirección, entonces?

Maxime empezó a descender por el sendero, pero lo sujeté del brazo y lo hice detenerse. Grainger sabría del recién llegado bastante pronto. Lo mejor era que no me viera por la aldea acompañando a otro chico.

—Más tarde. Por aquí tenemos a *monsieur* Paget, el techador, y a *monsieur* Martel, el herrero.

—Siento como si toda tu aldea nos estuviera observando —dijo Maxime mientras lo conducía fuera de la plaza, a través del sendero, hacia la herrería.

—Así es. No recibimos a muchos extraños en Oakvale, y un visitante invernal es especialmente raro a causa del peligro del bosque oscuro.

—Es muy parecido a Ashborne —replicó él—. Y mis amigos no dudarían en mirar aún más fijamente si vieran a una mujer tan bella de mi brazo.

Me detuve, sin tener en cuenta el viscoso lodo que había bajo mis zapatos, me volví y lo miré.

—Está haciendo bastantes suposiciones, *monsieur* Bernard.

Finalmente, su sonrisa torcida desapareció.

—Le pido disculpas, Adele. *Mademoiselle* Duval. Yo... —Su boca se cerró de golpe mientras estudiaba mi expresión, evidentemente reevaluando su planteamiento—. Asumí que su madre le había explicado por qué estoy aquí.

—Como aprendiz de *monsieur* Girard. —Incliné la cabeza y lo miré con mi expresión más inocente. Si verdaderamente había venido a cortejarme, por lo menos podía declarar sus intenciones adecuadamente—. ¿No hay en Ashborne un carpintero con la suficiente pericia?

Max se revolvió como si lo hubiera abofeteado, y la culpa se me asentó en la boca del estómago.

—Mi padre es un excelente carpintero, al igual que yo. Estoy aquí para ayudar a *monsieur* Girard, no para aprender de él. Pero eso no es... Quiero decir, de nuevo supuse que su madre le había explicado...

—Discúlpeme. No debí haberme burlado. —Esbocé una sonrisa, tratando de hacer pasar mi comentario por una broma, mientras la culpa me carcomía. No había pretendido insultar a su padre—. Sé por qué estás aquí y le prometí a mi madre que te daría una oportunidad. Pero debes saber que hay alguien más que ha pedido mi mano. Aquí, en Oakvale. Así que solo estoy haciendo esto por mi madre. Porque se lo prometí.

Max pestañeó y un parpadeo de incertidumbre cruzó su expresión.

—Bueno, me alegra saber que eres una mujer de palabra —dijo finalmente.

Una segunda ola de culpa me inundó ante la ironía de su sentimiento; independientemente de lo que le hubiera prometido a mi madre, no podía creer que alguien más que Grainger pudiera ocupar un lugar en mi corazón.

Me aclaré la garganta y reanudé el camino.

—Dos de nuestras más hábiles cerveceras viven por aquí. De ellas, *madame* Gosse, la esposa del alfarero, fabrica la mejor cerveza. —Y bajando la voz añadí—: Después de beberte una jarra llena, casi es posible soportarla.

La risa de Maxime volvió a descubrir aquel hoyuelo. Sus ojos color miel brillaron con una picardía que mostraba que no iba a permitirme cambiar de tema.

—Adele, no me di cuenta de que venía a Oakvale a competir por tu mano, pero me encanta la oportunidad. —Se acercó un poco más y murmuró—: Soy bastante competitivo.

—Estupendo —respondí, y rio ante mi falta de entusiasmo—. Pero esto no es en realidad una competición. Prometí darte una oportunidad, pero nunca dije que fuera a ser una oportunidad justa.

Una sombría determinación se apoderó de sus rasgos.

—Debo admitir que esperaba que estuvieras tan ansiosa de conocerme como yo estaba..., como estoy..., de conocerte.

—Me apena desilusionarte, pero por lo que entiendo tú has tenido más tiempo que yo para acostumbrarte a la idea de nuestro... compromiso. —La palabra aún sonaba extraña en mis labios.

—Ah, ya entiendo. —Echó otro largo vistazo al pueblo antes de volverse hacia mí—. ¿Cuándo exactamente te explicó tu madre todo esto?

—Anoche —reconocí, y de alguna manera la simpatía que adoptaron sus rasgos me irritó aún más de lo que lo había hecho su exceso de confianza.

—Bueno, eso no está bien, pero creo que lo comprendo. Desde tu perspectiva, el interés de ese otro hombre en ti es anterior al mío.

No solo era una cuestión temporal, pero...

—¿Y desde tu perspectiva? —le pregunté. Sinceramente, tenía curiosidad.

—Llevo tres años esperando conocerte. —Capturó mi mirada con tal intensidad que hizo que sus ojos color miel parecieran más verdes que café—. Supe de la misión de mi madre desde que tenía dieciséis años, igual que tú, y fue entonces cuando empezó a prepararme para conocerte. Para iniciar nuestra vida juntos y seguir adelante con nuestro destino.

¿Nuestro destino?

—¿Y? —Me sentí extrañamente cautivada por el sincero tono de su voz—. Y ahora que me conoces, ¿qué piensas? —Extendí mis brazos, invitándolo a que me viera verdaderamente por primera vez—. ¿Estoy a la altura de... lo que sea que hayas imaginado?

—Eres preciosa. Y terriblemente honesta —añadió, sin apartar sus ojos de los míos.

—¿Y eso te decepciona? —Por supuesto que lo decepcionaba. ¿Qué hombre querría a una mujer con una lengua más afilada que su cuchillo para el pan? ¿No era esa la razón por la que me dirigía a él con tanta firmeza, aun acabándolo de conocer? ¿Para fomentar su desinterés?

—En lo más mínimo —dijo Max sonriendo—. Esperaba que tu lengua fuera tan afilada como tu hacha, tu voluntad tan fuerte como... tu forma de combatir. No te he visto aún en acción, pero...

—¿Quieres verme pelear? —La sorpresa llenó mi voz y eché a andar otra vez, alejándonos de la plaza llena de amigos y vecinos.

—Por supuesto. Entiendo que acabas de tener tu prueba, pero estoy deseoso de ver lo que aportas a nuestra unión. A nuestra potencial unión —se corrigió.

Me quedé mirándolo un momento.

—Lo que aporto a esta potencial unión... —musité, repitiendo sus palabras mientras iniciaba de nuevo el camino—. Lo que aporto a toda tu aldea, supongo.

—Esa es nuestra esperanza.

—Pero tengo entendido que tu aldea no sabe que necesita mi ayuda. Igual que la mía tampoco lo sabe.

—Eso es cierto. Pero yo lo sé. Mi familia lo sabe. Así que supongo que eres nuestra esperanza. A pesar de que no sabía que nuestro arreglo estaba en duda.

Dejé pasar un momento en silencio.

—¿Y qué le aportas tú a esa potencial unión?

—Lo que necesites —respondió sin titubear y con una sonrisa torcida que solo podía calificarse de encantadora—: un aliado, un compañero, un confidente. He construido una cabaña para nosotros en Ashborne. Es pequeña, pero está muy bien hecha, si se me permite decirlo, y hay espacio para construir más, si necesitaras más de lo que he tenido en cuenta.

Sopesé aquello en silencio. Una cabaña no era poca cosa. La mayoría de las parejas recién casadas tenían que quedarse con la familia hasta que podían arreglárselas para tener un hogar propio, lo que con frecuencia llevaba años.

—E hijos —añadió por fin Maxime—. Te daré hijos. Con suerte, hijas. Pero no me importaría también un hijo. Si estás dispuesta.

—*Monsieur* Bernard, me temo que a ese respecto aceptamos lo que se nos da.

Se rio lo suficientemente alto como para atraer más miradas de la plaza, ahora en la distancia, sobre nosotros.

—Quise decir —añadió—, si estás dispuesta a darme hijos. No quiero hacer más suposiciones.

De nuevo respondí con el silencio. Pero en esta ocasión mi pausa fue... reflexiva. Este Maxime no era tan horrible. Un poco seguro de sí mismo, pero definitivamente no era horrible. Tal vez pudiéramos seguir siendo amigos, después de que Grainger y yo nos casáramos.

11

Para cuando regresamos a la plaza de la aldea, mi madre y mi hermana estaban las primeras de la fila junto al carro del comerciante. Al unirnos a ellas, mamá empezó a presentar a Max a nuestros vecinos como el hijo de una amiga de la infancia que no había visto en años, y todo el mundo pareció estar impaciente por charlar con él. Después de haber estrechado la mano de casi la mitad de la aldea, mamá insistió en que le enseñara la panadería y le diera algo de comer, prometiéndome que ella y Sofia se nos unirían pronto.

Confiaba en que él declinara cortésmente la invitación; en cambio, agradeció a mi madre su hospitalidad, no dejándome otra alternativa que mostrarle mi casa.

—Esta bisagra está suelta —observó cuando empujé la puerta principal—. Podría arreglárosla.

—Estoy segura de que mi madre te lo agradecería —le dije, mientras le indicaba que se sentara a la mesa.

Lo hizo estudiando con impaciencia el cuarto en el que estaba mientras le servía una hogaza de pan y un tazón del estofado de verduras de la noche anterior, que se había mantenido caliente en el horno toda la noche.

—¿Horneaste esto? —preguntó Max mientras señalaba un pedacito de pan. Se había comido un gran trozo sin molestarse en mojarlo en el estofado como cualquier persona normal.

—Sí, hace varios días. Ten cuidado o te romperás un diente.

—Tonterías. Está perfecto —insistió.

—Eres un mentiroso pésimo, Maxime Bernard. —Me reí.

—Bueno, está un poco rancio, pero eso no tiene nada que ver con la habilidad del panadero y sí con el paso del tiempo. Y, de cualquier forma, fui criado prácticamente con pan duro y potaje...

Igual que yo y que todo el mundo en nuestra pequeña aldea.

—... así que encuentro esta comida bastante reconfortante.

—Me alegro, porque la cena tendrá el mismo aspecto —le comenté, ya que rara vez había algo más para comer durante el invierno.

La sonrisa de Max se ensanchó.

—¿Me estás invitando a cenar?

—No, yo... —Me sonrojé—. Supongo que para entonces estarás con los Girard. Solo quería decir... Trataba de ser cortés.

—*Monsieur* Girard me ofreció alojamiento para toda mi estancia, pero ya he aceptado otra invitación —dijo Max observando con cuidado mi reacción.

De pronto comprendí.

—¿Te vas a quedar aquí? ¿Con nosotras?

—En el establo —contestó, todavía observándome—. Por insistencia de tu madre.

Por supuesto que mi madre lo había invitado. Ello explicaba por qué estaba tan ansiosa por presentarlo a nuestros vecinos como un viejo conocido.

Me serví un tazón de estofado, esperando que una boca llena le impidiera a mi lengua arremeter con exasperación.

—Tengo que presentarme a *monsieur* Girard hoy por la tarde —dijo Max mojando pan en el tazón—, pero me gustaría ir contigo al bosque pronto, si estás dispuesta.

—¿Para observarme cazar?

No sé por qué ese pensamiento de repente me puso nerviosa. Yo no quería a Maxime. Amaba a Grainger, sin importar lo amable y lo tolerante que fuera Max con mi destino. Sin embargo, de pronto sentí un peso paralizante en el pecho ante la idea de que podría ser una decepción para él.

Una cosa era no quererlo para mí. Pero sería algo muy distinto, algo bochornoso y vergonzoso, demostrar que no era digna de proteger la aldea de Ashborne.

—Sí —aceptó encogiéndose de hombros—. Y conocer a tu abuela. ¿Es cierto que vive en el bosque oscuro?

—¿Qué sabes de mi abuela?

Max parpadeó.

—*Madame* Emelina Chastain es una leyenda. Por lo menos entre sus compañeras guardianas.

—Por aquí se la considera más como... excéntrica. Loca, en realidad.

Alguna vez había oído al padre de Grainger decir que la abuela era demasiado testaruda para morir, incluso rodeada de monstruos.

En ese momento pensé que tenía razón.

—Entonces, ¿de verdad vive en el bosque oscuro? —insistió Maxime.

—De verdad —dije con una suave sonrisa al tiempo que tomaba otra cucharada de mi tazón—. La veré la próxima semana. Tiene una cabaña en un calvero, más o menos a media de hora de camino desde el límite del bosque. Al que, evidentemente, mantiene a raya con un hacha, cortando los esquejes en el momento en el que empiezan a enraizar. El otro día me enteré de que, cuando fue construida, su cabaña no estaba precisamente en el bosque. Evidentemente sus padres...

—¿Adele?

Giré sobre mi taburete y vi a Grainger de pie en la puerta, con las cejas arqueadas en señal de decepción por encontrarme en compañía de un extraño. Entonces fue cuando recordé que me había ofrecido a llevarle la comida que ahora estaba comiendo con Maxime.

—¡Grainger! ¡Oh, lo siento! He olvidado por completo el almuerzo.

Sin embargo, la cuchara que tenía en la mano parecía desmentirme. La dejé caer en el tazón y me puse en pie, entonces me di cuenta de que no tenía nada que hacer con las manos.

—¿Y tú eres...? —Grainger entró a la habitación mirando con cautela a Max.

—Maxime Bernard —contestó Max poniéndose de pie y ofreciéndole la mano a Grainger.

Este se la estrechó sin siquiera mirarme.

—¿Eres uno de los comerciantes de Ashborne?

—En realidad soy carpintero y vine para ayudar a *monsieur* Girard con algo de carpintería. Solo aproveché el viaje con el comerciante. ¿Eres amigo de Adele?

—Lo siento. —Obligué a mis manos a dejar de retorcerse antes de romperme algún dedo—. Max, este es Grainger Colbert. Es miembro de la guardia de la aldea y trabaja en el aserradero cuando lo necesitan.

—La guardia... —Max me miró sorprendido, con una imperceptible cautela en el arco de sus cejas.

El mismo sentimiento brilló en los ojos de Grainger mientras se estudiaban el uno al otro.

—Sí, la guardia. —Los ojos de Grainger iban de mí a Max—. ¿Cómo es que os conocéis?

—Mi madre y *madame* Duval se conocen desde la infancia —respondió Max, quien evidentemente había olvidado su comida—. Lo que me hace amigo de la familia.

—Y, sin embargo, nunca había escuchado tu nombre.

—Adele tampoco te ha mencionado —le devolvió Max.

De pronto sentí que me estaba ahogando en una agresión silenciosa, densa como el humo de una hoguera, mientras los dos parecían empeñados en mirarse fijamente.

—En realidad, Maxime, sí te hablé de él. Solo que no por su nombre. —Mis palabras sonaron tan afiladas que amenazaban con cortar mi lengua al salir—. Grainger, ¿quieres un poco de estofado?

—Gracias, yo...

—¡Vaya!, ¡hola! —Mi madre empujó a Grainger para entrar en casa, que de pronto parecía terriblemente abarrotada—. Grainger, ¿ya has conocido a Maxime?

—Así es. —Se acercó más a mí para dejar sitio a Sofia, que llegaba con una vasija de barro llena de miel y la cesta de higos vacía colgando del brazo.

—Permítame que le coja eso.

Max cogió el saco de sal que llevaba mi madre, dejándola solamente con una tela de ramio doblada en la mano. El comerciante obviamente había aprobado el queso envuelto en ella.

—Gracias. Ponlo en el estante que está sobre el horno, si no te importa. —Colocó la tela en la mesa más larga que utilizaba generalmente para hornear, y después se giró para echar un vistazo a la habitación con ambas manos colocadas en las caderas. Cualquier otra persona probablemente no habría notado la sutil tensión en la línea de su mandíbula—. Vaya, ¿no somos muchos hoy?

—No me quedaré —gruñó Grainger—. Tengo que regresar al aserradero. Adele, ¿vienes a dar un paseo?

—Yo... Por supuesto. ¿No te llevas algo de estofado para el camino?

Le ofrecí mi propio tazón sin esperar su respuesta y añadí un trozo de pan.

—Gracias.

—Vuelvo enseguida —dije, y mientras seguía a Grainger por la puerta, mi madre echó miel sobre un gran pedazo de pan y se lo ofreció a mi hermana, quien se zambulló con ansia en la golosina que probablemente tenía el objetivo de intentar mantener su boca demasiado ocupada como para moverse.

—¿Así que Maxime es un amigo de tu familia? —me preguntó Grainger tomando una cucharada del estofado mientras nos dirigíamos al camino de lodo.

—Sí. Aunque lo conocí esta mañana.

—A tu madre le gusta —dijo con otra cucharada.

—También le gustas tú —insistí, con los nervios zumbándome en las entrañas como una colmena de abejas agitadas.

—¿A ti te gusta?

Me encogí de hombros llevándome las manos a la espalda y deseando haber cogido mi capa. Le contesté:

—Casi no lo conozco.

—Esa no es una respuesta —dijo, arrancando un pedazo de pan reblandecido con los dientes.

Realmente no podía culparlo de sentirse amenazado, considerando la razón por la que Max había venido a Oakvale.

—Parece bastante agradable —confesé, sonriendo, mientras lo cogía del brazo—. De hecho, seguro que será un buen marido... para otra persona.

El ceño fruncido de Grainger desapareció lentamente mientras mojaba el pan en el estofado.

—Cuando no viniste al aserradero al mediodía, me preocupé pensando que te había pasado algo. No esperaba encontrarte comiendo con otro hombre.

—La mañana no se desarrolló tampoco como yo esperaba. Siento haber olvidado nuestro almuerzo, pero habría sido descortés por mi parte no ofrecerle algo de comer mientras estaba en mi casa como huésped.

—Por supuesto, tienes razón. Es solo que parecía muy a gusto en tu compañía.

—Como te he dicho, lo acabo de conocer, pero sospecho que Maxime Bernard parecería a gusto saltando sobre una pierna desnudo bajo una tormenta de nieve —afirmé, aunque la mentira me pesaba en las entrañas.

Sin embargo, Grainger sonrió, evidentemente apaciguado.

—Bueno, gracias por el estofado. —Absorbió hasta lo último del caldo con el pan y después me tendió el tazón vacío con la cuchara—. ¿Te veré esta noche?

—Si tú quieres.

—No, espera, esta noche tengo patrulla.

—Entonces mañana —le aseguré, y Grainger asintió.

—Mañana. —Se inclinó para besarme en la mejilla, y sus cálidos labios aguantaron más de lo habitual sobre mi piel. Después se giró y enfiló hacia el aserradero mientras yo regresaba a casa.

Encontré a mi madre sola en nuestra cabaña.

—Max ha ido a conocer a *monsieur* Girard —me dijo, al tiempo que me servía en un tazón estofado de la olla que aún colgaba sobre el fuego—. Y Sofía está jugando con Jeanne Paget.

—Puso el tazón sobre la mesa y me sirvió un vaso pequeño de cerveza—. Entonces, ¿qué piensas de él? ¿De Max?

—Es un poco arrogante. —Me senté a la mesa y cogí mi cuchara—. Aunque también parece instruido.

—Y guapo. Seguro que te has fijado en lo guapo que es.

—Bueno, tengo ojos. —Tomé una cucharada y mastiqué lentamente, disfrutando de la exasperación de mi madre—. Sí, es guapo —reconocí finalmente. Y si las miradas que había recibido en la plaza eran un indicador, todas las mujeres de Oakvale estarían de acuerdo con mi evaluación—. Pero también Grainger lo es.

—Pero no puedes confiar en él de la manera en la que puedes confiar en Max. Y eso solo va a empeorar a medida que tu vida se convierta en la de una guardiana. —La cautela en su voz hablaba de largas horas y de agotamiento más allá de lo que había comprendido antes.

No estaba equivocada. Pero tampoco estaba siendo justa con Grainger.

—Mamá, quiero llevarlo al bosque oscuro conmigo.

—¿A Max? —Los ojos se le iluminaron—. Creo que es una gran...

—No. A Grainger.

La luz se apagó.

—¿Qué? Adele, ¿qué piensas...?

—Quiero llevarlo conmigo a ver a la abuela. Él se ha ofrecido a acompañarme cuando tú no puedas. Así que iremos por el camino, y si ocurre que nota que yo puedo ver mejor que él en la oscuridad...

—No. Eso es demasiado peligroso.

—No estoy sugiriendo que le digamos algo o dejar que me vea como una loba. Pero pienso que se puede confiar en él. Y yo tengo que comprobarlo. ¿Qué mejor manera de saberlo con certeza que facilitarle la comprensión de mis habilidades y ver cómo reacciona?

—No.

—Iremos despacio. Yo le señalaré algo que esté más allá de la luz del farol, una flor o un árbol con una forma interesante, y cuando levante la lámpara para ver mejor entenderá que mis ojos son muy penetrantes. Y...

—No.

—Y eso será todo por el momento. Empezaré dejando que se acostumbre a la idea de que yo puedo ver un poco mejor que él en el bosque oscuro, sin delatarme. Y una vez acepte eso... —Cerré la boca de golpe. No había necesidad de mencionar los siguientes pasos, antes de que ella estuviera de acuerdo con el primero—. Bueno, iremos lentamente, es lo que estoy diciendo. Se trata solo de tantear el terreno.

—¿Y qué ocurrirá cuando estés en el bosque oscuro con Grainger y veas un monstruo? ¿O a alguien que necesita protección, como el inesperado carro del comerciante? ¿Le vas a dar la espalda a tu deber para mantener tu secreto?, porque eso es a lo que te reducirías. Tendrás que decidir si revelarte y salvar una vida, o proteger a nuestra familia y dejar que alguien muera. Y si Grainger se precipita en la lucha, ese alguien podría ser él. ¿Qué escogerías, Adele?

—Yo... —Miré fijamente mi estofado tratando de encontrar la respuesta correcta a una pregunta imposible—. No lo sé —dije al fin—. ¿Qué es lo correcto en esa situación?

—No hay nada correcto. —Mi madre sacó el taburete que estaba junto al mío y se sentó—. La vida de una guardiana está llena de elecciones imposibles, y lo mejor que puedes hacer es evitar ponerte entre la espada y la pared. Lo que significa que nunca debes quedarte a solas en el bosque oscuro con un miembro de la guardia de la aldea.

—Entiendo. —Lancé un suspiro y cerré los labios porque discutir con ella no serviría de nada.

—¿Seguro? Si le muestras a Grainger lo que eres y él reacciona mal, será demasiado tarde. Y la verdad es que estarías poniendo a las familias de muchas otras guardianas en riesgo. Si se corre la voz sobre nosotras, la gente empezará a ver monstruos en cada sombra. Las guardianas serán cazadas por los mismos aldeanos a los que tratan de proteger, y, en el proceso, mujeres inocentes de las que se sospecha que son parte de nosotras resultarán dañadas. Tienes que tener todo eso en mente cuando decidas con quién casarte.

—Lo sé —musité, mirando desesperanzadamente mi tazón. Pero saberlo era una cosa. Aceptarlo era otra.

Un par de horas después del ocaso, un golpe resonó en la puerta principal y levanté la vista del delantal que estaba remendando.

—¡Adelante! —dijo mi madre, mientras utilizaba una paleta para sacar una hogaza de pan del horno.

La puerta principal crujió al abrirse, dejando entrar una gélida ráfaga para combatir el calor de ambos hornos, y Max apareció en la entrada. Mi hermana se levantó de un salto y fue a recibirlo, apretando a su muñeca de trapo contra su pecho.

—¡Sofia! Qué alegría volver a verte. Te he traído algo.

Max se arrodilló y sacó un pequeño objeto del bolsillo. Cuando ella gritó emocionada, vi que él sostenía un caballito tallado en un trozo de madera.

—¿Es para mí?

—Especialmente diseñado para ti —dijo Max ofreciéndole el caballo.

—¡Vaya! —Mamá le sonrió—. ¡Sin duda has conseguido cautivar a mi hija pequeña!

—La semana pasada estaba como loca con un insecto del jardín —le recordé, y Max rio. Sus ojos color miel se iluminaron con mi broma y tuve que admirar a regañadientes su buen humor.

Mamá se sacudió la harina de las manos y sacó un taburete para él de debajo de la mesa.

—¿Qué tal con *monsieur* Girard y su taller?

—Muy bien. La mayor parte del tiempo tiene una expresión algo amarga, pero en el taller sonríe solo con oler la madera fresca, y está muy bien equipado para el trabajo. Mi padre lo aprobaría.

—*Madame* Gosse dice que tiene la cara agria tan a menudo porque la voz de su esposa es del mismo tono que el canto de un gallo —anunció mi hermana con una risita.

—¡Sofía! —la regañó mi madre—. ¿Te gustaría que la gente hablara de tu voz en esos términos?

—Eso sería imposible, *madame* Duval. Sus dos hijas tienen unas voces encantadoras —insistió Max, y Sofía le sonrió.

—He cambiado de opinión. —Me miró audazmente con su nuevo juguete en una mano—. Creo que debes casarte con Maxime.

—Ayer dijiste que tenía que casarme con Grainger. Si dejara mis decisiones en tus manos, nunca lograría nada.

—¡Entonces debes casarte con los dos! —proclamó Sofía con otra risita.

—¡Por el amor de Dios, niña! —exclamó mi madre—. Ocupa tu molesta lengua con un poco de estofado, y luego a la cama.

—Debo disculparme por mi hermana —le dije a Max, mirándola mientras se servía un poco de estofado en un tazón—. No sabe cuándo morderse la lengua.

—Dice lo que piensa. Hay cierto encanto en ello.

—Esperemos que alguien esté de acuerdo contigo cuando tenga edad suficiente para casarse.

—Estoy seguro de que mi hermano pequeño estaría de acuerdo.

Mi mano se congeló a media puntada, pues su declaración me sacudió como un puñetazo en el estómago. Había olvidado al hermano de Max. Los arreglos de mi madre para Sofía con Alexander Bernard. ¿Se enteraría tan repentinamente como yo, justo después de su prueba? ¿Había alguna razón real por la que no se le pudiera decir antes? ¿Le haría daño estar mejor preparada, al menos para su compromiso?

Al ver mi expresión, Max se aclaró la garganta y elevó su voz en señal de un cambio de tema.

—Sofía, ¿quieres ver otra cosa que he hecho?

—¡Sí! —gritó con la boca llena de comida—. ¿Es otro caballo?

En lugar de contestar, se sentó en el taburete junto al suyo en la mesa y se inclinó para sacar de su morral un pequeño libro encuadernado en cuero suave.

—¿Qué es eso? —pregunté, mientras colocaba un tazón delante de él.

—Esto —dejó el libro sobre la mesa, invitándome evidentemente a examinarlo— es el objeto más valioso que poseo. Ábrelo.

Cogí el libro y desaté las delgadas tiras de cuero que lo mantenían cerrado; luego doblé la suave solapa delantera.

—¿Dónde lo conseguiste? —Los únicos libros que había visto pertenecían a la iglesia.

—Mi madre me lo dio. Gastó más de lo que debía cuando un comerciante se lo ofreció. ¿Qué te parece?

Hojeé el libro y descubrí que la mayoría de las páginas estaban en blanco. Intrigada, fruncí el ceño mirando a Max, y él se rio.

—En realidad es un libro mayor, un libro destinado a la contabilidad, pero yo lo utilizo para otro propósito. Empieza por el principio.

Así que abrí la primera página, y encontré el dibujo de una bella mujer con ojos redondos y muy abiertos, y un hoyuelo en su mejilla derecha. Se parecía mucho a Max.

—¿Tu madre? —adiviné.

—Sí.

—¿Tú dibujaste esto? —Me quedé mirando el dibujo, atónita—. Tienes mucho talento.

—Gracias —respondió, mientras le daba un mordisco a su trozo de pan, evitando mi mirada, como si de repente sintiera un poco de modestia.

Cautivada, volví la página y encontré un bello dibujo de una encantadora y pequeña cabaña que no había visto nunca. ¿La que había construido para nosotros en su aldea?

Era pequeña, pero bonita, todo lo que había prometido. Esta página era una imagen de la vida que me esperaba en Ashborne, si la eligiera, y mirarla fijamente de repente hizo que sintiera ese camino alternativo como algo, cuando antes solo era un...

un pensamiento pasajero, insustancial, una bocanada de humo en la brisa. Algo que podía alejar y olvidar una vez que Max se fuera a su casa.

¿Sería Ashborne más difícil de olvidar ahora que había visto un destello de él?

Pasé otra página y encontré a un adorable chiquillo unos pocos años mayor que Sofia observándome. Detrás de él, mirando por encima de su hombro, había un hombre que se parecía tanto al niño que solo podía ser su padre. En las esquinas de la página se veían una serie de esbozos menos detallados de aquel mismo hombre y el mismo niño desde varios ángulos, como si Max hubiera practicado capturando sus rasgos.

—¿Es tu hermano?

—Sí. Alexandre. Tiene doce años —dijo Max—. Y el que está detrás de él es nuestro padre. Alex también se está preparándose para ser carpintero.

Sofia se levantó del asiento y miró por encima de mi hombro.

—Se parece mucho a ti —dijo ella.

Max sonrió.

—Eso es lo que nos dice la gente. Pero él es un poco más callado que yo. Un poco tímido. Mi madre piensa que cuando crezca se le pasará.

Ciertamente lo esperaba, si pensaba cortejar a Sofia algún día...

La siguiente página tenía el dibujo de un edificio que reconocería en cualquier parte.

—¡Esta es nuestra iglesia! —Me giré hacia Max sorprendida—. ¿La has dibujado desde que estás aquí?

—Tuve un poco de tiempo libre mientras *monsieur* Girard y su esposa... discutían. Así que me fui a la plaza a dibujar. Es un edificio muy bonito.

—El orgullo de la aldea —le dije—. La comunidad se unió para construirla cuando yo tenía la edad de Sofia.

—Me gustaría ver el interior.

—Por supuesto. ¿Hace cuánto dibujas? —le pregunté mientras mi madre colocaba en la mesa unos vasos de madera con cerveza para Max y para mí. El dibujo no era un pasatiempo común en aldeas como las nuestras, donde escaseaba el papel—. ¿Cómo aprendiste?

—Hace unos años un monje se quedó atrapado en Ashborne cuando el río se congeló, así que decidió quedarse hasta el deshielo, en lugar de arriesgar un viaje por los bosques. Se resguardó en la iglesia y la aldea lo alimentó a cambio de sus sermones. La primera vez que le llevé comida de mi madre lo vi trabajando en algo. Me explicó que era ilustrador y que tenía en su posesión varios manuscritos sin terminar en los que estaba trabajando para pasar el tiempo.

»Le pregunté si podía observarlo. Y más adelante si me enseñaría. Y estuvo de acuerdo.

—¿Te enseñó a dibujar personas? —le preguntó Sofia.

—No. —Max sonrió ante el recuerdo—. Él trabajaba especialmente en letras iluminadas. ¿Has visto alguna?

Mi hermana negó con la cabeza.

—Son letras muy detalladas y llenas de color que se dibujan en un manuscrito. Por lo general, es la primera letra de un libro o de un capítulo. Puede llevarte semanas, a veces meses, terminarlas. Pero me enseñó cómo dibujar cosas más sencillas en trozos de papel. Y a mí me encantaba.

—Se te da muy bien —dijo Sofia.

—Gracias. Lo encuentro muy relajante.

—¡Deberías dibujar monstruos! —soltó de pronto, con los ojos radiantes ante tal posibilidad.

—Eso no suena muy relajante —resoplé.

—En realidad, pienso que ese sería un desafío realmente interesante —respondió Max—. Por desgracia, no puedo ver en el bosque oscuro, así que cualquier monstruo que dibuje tiene que salir de mi propia imaginación.

Sofia se encogió de hombros.

—Mamá inventa historias sobre ellos. Tú podrías inventar dibujos.

—O... —añadí— tal vez alguien que ha visto monstruos en la vida real te los pueda describir detalladamente.

La sonrisa de Max pareció iluminar toda la habitación.

—No puedo imaginar un regalo más generoso.

Al instante comprendí mi error. Estaba impresionada por su talento y su deseo de ayudar a las guardianas, pero no había tenido la intención de ofrecer mis propios ojos para su proyecto artístico.

Su madre parecía más adecuada para ese papel.

12

Salí de la cabaña con una cesta llena colgada del brazo y mi capa gris sobre los hombros, preparándome para una cruel ráfaga de viento gélido. Mi hermana se movía rápidamente en torno a mí, con una azada en la mano y nuestro cubo de leche vacío en la otra, su larga melena roja volaba hacia atrás mientras corría por el terreno que había detrás de nuestra casa en dirección al establo.

—¡Sofia! —Romy Paget apareció en la boca del callejón, llevando una pelota de cuero. Un instante después, su hermana Jeanne y el pequeño Tom se detuvieron detrás de ella, sin aliento, con las mejillas sonrosadas por el ejercicio y el frío—. ¡Ven a jugar con nosotros!

—¡Sí, ven! —le gritó Jeanne—. Vamos a ir corriendo con Tom hasta el granero, y tú eres la única que puede ganarle.

Que yo supiera, en la semana desde que lo había encontrado en el bosque, el pequeño Tom aún no había pronunciado una sola palabra. Sin embargo, había establecido una extraña y dulce amistad con las niñas Paget, que lo trataban como a un hermanito.

Sofia dejó caer el azadón y colocó el cubo en el lodo, pero yo le puse una mano en el hombro antes de que pudiera huir con sus amigos.

—Ella podrá ir después de que haya hecho sus tareas.

—Por favor, ¿puedes ordeñar la vaca por mí? —me rogó mi hermana, mirándome con sus grandes ojos verdes.

—Tengo que hacer repartos, Sofia, yo...

—¡Eh, devuélvemela! —gritó Romy, y cuando me giré vi a Tom sosteniendo la pelota de cuero.

Romy trató de quitársela, puesto que claramente acababa de arrancársela de las manos, y cuando ella alcanzó la pelota, él le mordió.

Romy gritó, apretándose el brazo, en donde la sangre brotaba de la herida.

—*Non!*—Jeanne, con sus pequeñas cejas fruncidas, le arrebató la pelota a Tom—. ¡No se muerde! Vuelve a casa inmediatamente. —Señaló en dirección a su cabaña, y el pequeño Tom agachó la cabeza y se dirigió enfurruñado a la casa de los Paget, más confundido que arrepentido.

—Déjame ver.

Me arrodillé junto a Romy y le cogí el brazo, pero ella se limpió las lágrimas y se pasó una mano sobre el mordisco, untando unas pequeñas gotas de sangre en su piel.

—Estoy bien —dijo, sorbiéndose la nariz—. Simplemente no sabe hacerlo mejor.

—Ya veo. —Me puse de pie y le alboroté el pelo—. ¿Por qué no te vas a casa para que tu madre te ponga una venda sobre la herida? Cuando Sofia acabe su trabajo, podrá ir. Tal vez vosotras tres podríais jugar con vuestras muñecas, dejando a Tom solo para que reflexione sobre su comportamiento.

—Muy bien —respondió haciendo pucheros. Romy le dijo adiós a mi hermana y ella y Jeanne se fueron en dirección a su cabaña.

—Leche y estiércol. —Señalé el cubo y el azadón—. Después podrás ir a jugar.

—Vale. —Sofia cogió el cubo y sonreí ante su dramático puchero mientras me dirigía al callejón.

—¡Elena! —llamé a mi amiga mientras rodeaba el frente de nuestra cabaña, contenta de encontrarla sentada en la plaza de la aldea—. ¡Me has ahorrado un viaje! —Atravesé la plaza en dirección a un banco hecho con un tronco partido, en donde ella y Simon estaban sentados.

El rubor de sus mejillas indicaba que estaba interrumpiendo una conversación privada, y la sonrisa de él me dijo que todo había ido muy bien. En los días posteriores a su compromiso, muchos de los miedos de Elena se habían disipado gracias tan solo al encanto de la compañía de Simon.

—Tengo el pedido de tu madre. Dos hogazas de centeno y una pequeña tarta de pasas como agradecimiento por tu ayuda con el trabajo de ayer.

—Gracias —me dijo mientras yo sacaba de la cesta el paquete envuelto en un paño—. Siéntate con nosotros.

Tenía unos minutos libres, así que me senté junto a Elena y me incliné hacia delante para poder ver a Simon.

—¿De qué estabais hablando?

—De niños —dijo él con una sonrisa—. Y de cuántos nos gustaría tener.

—¿Y habéis llegado a un acuerdo?

—Sí —rio Elena—. Hemos decidido tener «los justos» en lugar de «demasiados», como sugería al principio Simon.

—Qué específico y qué bien pensado. Espero...

—¡Adele!

Me di la vuelta en el banco al escuchar la voz de Grainger y lo vi corriendo hacia nosotros con la espada oscilando en su vaina. Algo de color rojizo le colgaba del puño, y cuando se detuvo sin aliento caí en la cuenta de que sostenía un zorro por la cola.

—¡Lo has atrapado! —Me puse en pie y una gota de sangre del pobre animal muerto me cayó en el zapato—. Y en este mismo momento, está claro.

—Sí. Y tendrás su piel como forro para tus zapatos, justo como lo solicitaste.

—*Merci, monsieur* Colbert. —Pasé la mano sobre la piel del zorro, admirándola—. Los dedos de mis pies agradecerán tu generosidad.

Me atrajo hacia él, cuidando de mantener al zorro a un brazo de distancia.

—Prefiero que me lo agradezcan tus labios.

—¿Mis labios? ¿Debo cantar tus alabanzas desde el centro de la plaza de la aldea? —bromeé, sonriéndole.

—Vamos —dijo Simon, riéndose—, dale al pobre hombre un beso, Adele. Se lo ha ganado. Venga, Elena. —Cogió el pan y tiró de ella con una mano—. Démosles un momento a solas.

—¿Entonces...? —susurró Grainger, mientras Simon escoltaba a mi mejor amiga a la cabaña de su familia—. ¿Me he ganado un beso?

—Tal vez un beso. En la mejilla. —Después de todo, estábamos de pie en medio de la plaza de la aldea.

—Aceptaré lo que sea —respondió.

Me puse de puntillas y le di un beso en la mejilla, donde dejé reposar mis labios un momento contra la áspera barba, mientras aspiraba su aroma.

—Si te traigo un conejo para tus guantes, ¿me habré ganado otro beso? —murmuró él mientras yo volvía a caer sobre mis talones, aún mirándolo.

—Por supuesto.

—Y si entrego ese conejo en un lugar más íntimo —preguntó, arqueando las cejas—, ¿podría tu beso acabar en mis labios en lugar de en mi mejilla?

—Esa es una buena posibilidad, sí —le aseguré con una sonrisa.

—*Mademoiselle* Duval, acaba usted de asegurar que Oakvale quede libre de plagas mientras dure el invierno.

Reí mientras lo empujaba al banco conmigo.

—Muy bien, siento como si le hubiera hecho a la aldea un servicio.

Puse la cesta en el suelo y enlacé mi brazo con el suyo, decidida a aprovechar aquel momento semiprivado, porque mientras Maxime había utilizado la semana desde que llegó para cautivar a mi madre y hermana y saber todo lo que pudiera sobre mí, yo aún no había encontrado la manera de probar que a Grainger se le podía confiar nuestro secreto.

—Grainger, ¿qué es lo más aterrador que has visto en el bosque oscuro?

Frunció el ceño, sorprendido por mi cambio de tema.

—No puedo ver nada en el bosque oscuro. Una vez vi un ogro muerto cuando mi padre lo arrastró hasta la luz de las antorchas fuera del camino, pero, excepto eso, he visto muy poco. A pesar de que escuchamos muchos ruidos que proceden del bosque.

—¿Tu padre mató al ogro?

—No, solo lo encontró. Parecía que lo había matado otra bestia. Probablemente un lobo. Y menos mal, porque no estaba lejos del pueblo.

¿Era mi madre, protegiendo a los aldeanos que la despreciaban? ¿O tal vez mi abuela?

—Pero ¿no sería genial que pudieras ver allí dentro? ¿O que alguien pudiera? ¿No ayudaría poder ver a qué te enfrentas? —Si aceptaba eso, entonces con seguridad podría entender lo útiles que eran el resto de mis habilidades.

—Nadie puede ver en el bosque oscuro, Adele.

—Ya, pero ¿y si alguien sí pudiera?

—Esa persona probablemente sería objeto de muchas sospechas sobre el origen de un don tan antinatural.

Brujería. La gente pensaría que la habilidad de ver en el bosque oscuro era brujería.

—Pero ¿tú qué piensas? —le pregunté; solo necesitaba que él estuviera dispuesto a guardar mi secreto—. ¿Tú qué pensarías?

—¿A qué viene esto, Adele? ¿Por qué me preguntas sobre monstruos que nadie verá jamás ni vivirá para contarlo?

—Por curiosidad. —Me encogí de hombros—. Oigo muchas cosas extrañas en el bosque cuando vamos a casa de mi abuela.

—Bueno, sin duda esa es una curiosidad peligrosa. Más te valdría sacar esos monstruos de tu cabeza totalmente y aceptar una escolta armada cuando tengas que ir al bosque. —Se inclinó hasta que sus labios me rozaron la oreja—. Conozco a cierto joven y apuesto vigilante que con gusto te acompañaría. —Te llevaré la próxima vez que no tenga escolta. Pero ¿realmente piensas que la curiosidad es peligrosa?

—Creo que consentirla es peligroso. Temer al bosque oscuro es natural y saludable, además mantiene a la gente a salvo.

Un malestar se me instaló en la boca del estómago.

—Entonces, ¿piensas que la curiosidad es... qué? ¿Antinatural y poco saludable?

—Inusual, como mínimo. La mayoría de la gente no quiere saber lo que hay allí dentro. Confían en el vigilante para mantenerse a salvo, como debe ser. Me preocupa que tu curiosidad pueda ser malinterpretada como una obsesión. Sobre todo, teniendo en cuenta... —Se le desencajó la mandíbula y frunció las cejas mientras estudiaba mi expresión afligida—. Lo siento, no quise decir eso como ha sonado.

—¿Sobre todo, teniendo en cuenta... qué? —¿Mi cabello rojo y mi naturaleza licenciosa?

Grainger no creía en ninguna de esas dos cosas.

Me cogió la mano y la apretó.

—Solo he querido decir que con tu abuela viviendo sola allí y tu padre vagando por el bosque solo y desarmado... —Se encogió de hombros—. Muchos en la aldea piensan que tu familia es extrañamente... receptiva al bosque oscuro, y si muestras interés en habilidades antinaturales y bestias extrañas me preocupa que empiecen a creer eso de ti también.

—Que soy receptiva a los monstruos —quise aclarar. Ni siquiera estaba segura de qué significaba eso; sin embargo, lo sentía como una bofetada.

—Y a... la atracción del mal.

—La gente ha dicho cosas como esas sobre mi familia desde que puedo recordar, Grainger. —Y si realmente fuera un monstruo, podría sentirme tentada a permitir que se comieran a esa gente—. Pero no pensaba que tú creyeras nada de eso.

—No lo creo —insistió, sosteniéndome la mirada—. Tú sabes que no lo creo.

—Pero te molesta. —¿Cómo no había podido ver eso? Yo le gustaba a Grainger a pesar de los rumores, y él los desechaba sistemáticamente como chismorreos inofensivos. Pero por supuesto que le molestaban.

Su mano apretó con fuerza la mía.

—Me molesta por ti. Porque te quiero y no deseo que lenguas ociosas te hieran. Por eso creo que deberías evitar hacer tantas preguntas sobre el bosque oscuro. Trata de no parecer tan interesada en lo que sea que esté dando vueltas por ahí en el bosque. Nada bueno puede salir de eso.

Observé su mirada, buscando un débil rayo de esperanza.

—¿Piensas que no hay nada bueno allí dentro? ¿De verdad?

—Adele, no sé qué hay. Pero sé que nada bueno puede sobrevivir durante mucho tiempo en la oscuridad.

—Romy no puede jugar mañana —anunció Sofia con un trozo de pan mojado en el estofado—. Tiene fiebre. Así que Tom, Jeanne y yo le contaremos cuentos mientras ella descansa. Solo que como Tom no habla, probablemente él solo escuchará.

—Toda una habilidad —bromeé, y mi hermana me sacó la lengua.

—¿Romy está enferma del estómago? —preguntó mi madre desde la silla en la que estaba cosiendo.

Sofia sacudió la cabeza y contestó:

—Su madre dice que solo es fiebre y cansancio.

—Bueno, estoy segura de que estará bien en unos días.

—Gracias, Adele —dijo Maxime cuando se tomó lo último que le quedaba del caldo en su tazón—. El estofado estaba delicioso.

—Dijiste lo mismo anoche.

Sonrió, con los ojos color miel brillando bajo el resplandor de la hoguera, y confesó:

—Y también era cierto.

—Eso es porque es el mismo estofado que comemos la mayoría de las noches.

—Adele —me amonestó mi madre—, harías bien en aprender a aceptar los cumplidos con gracia.

—Por supuesto, tienes razón. Gracias, Max —agradecí apretando los dientes.

El problema no era aquel cumplido; el problema era que Maxime Bernard estaba hecho de cumplidos. Todo lo que yo decía le parecía divertido. Cada tarea que realizaba la declaraba impecable. Su persecución era un esfuerzo recubierto de azúcar, como si yo fuera una mosca a la que atraer con miel.

Como si él no pensara en nada más en todo el día. Lo que me hacía consciente de cualquier cosa que yo hacía y me hacía escéptica de cada palabra que él decía.

—He ayudado con la cena —anunció Sofia, con la cabeza en alto mientras sumergía una cuchara hecha de cuerno en su tazón.

—¡Con razón estaba tan buena! —dijo Maxime levantándose de la mesa, y ella le sonrió—. ¿Estás lista, Adele?

—¿Lista para qué? —preguntó Sofia, mientras él descolgaba mi capa roja del gancho cercano a la puerta—. ¿Vais a dar un paseo tan tarde?

—Adele me prometió mostrarme la aldea.

—Ya conoces la aldea —dijo Sofia, olvidando su estofado—. No es tan grande, ¿sabes?

Max rio.

—Me has pillado. Solo quiero una oportunidad para darle una buena impresión a tu hermana.

—Entonces tendrías que traerle un regalo —dijo mi hermana, levantando su caballito a modo de demostración.

Max le guiñó un ojo y sonrió.

—¿Por qué no he pensado en ello?

—Sois incorregibles —dije, poniendo los ojos en blanco.

—¿Y eso qué significa? —preguntó Sofia frunciendo el ceño.

—Ha sido un cumplido —le aseguró Max.

—¡Claro que no!

Traté de arrebatarle mi capa, pero la alejó de mi alcance con una sonrisa. Después colocó la prenda sobre mis hombros, sin apartar su mirada de la mía, y sus dedos me rozaron la barbilla cuando la ató.

—Buenas noches, Sofia —dijo él mientras abría la puerta de entrada, dejando entrar una brisa helada.

Mi hermana le dijo adiós con la mano y luego, cuando ella se inclinó para comer algo, Max aprovechó para coger mi hacha del estante alto y me hizo señas para que cogiera mi cinturón de cuero y saliera a la oscura noche.

—Es bastante guapo —dijo Sofia sin conseguir susurrar, y Max rio mientras cerraba la puerta detrás de nosotros.

—No permitas que eso se te suba a la cabeza —le advertí, abrochándome el cinturón por debajo de la capa—. A ella también le gustan las serpientes arrastrándose por el barro.

Max me tendió mi hacha y yo la deslicé por una trabilla.

—¿Así que no estás de acuerdo con su afirmación? —preguntó, cogiendo el farol que mi madre había preparado para nosotros.

Me volví para mirarlo, y casi me enfadé por la intensidad con la que sus ojos color miel brillaban a la luz de la luna.

—Maxime, ¿estás buscando un cumplido?

—En realidad, sí.

—Pues me temo que vas a necesitar un cebo mejor —le anuncié, y me di la vuelta encaminándome hacia el extremo este de la aldea.

—*Mademoiselle*, me ofende. —Corrió para alcanzarme con una mano sobre el corazón, aferrándose a una herida fantasma.

Resoplé y caminé más rápido, esperando que él no viera bien en la oscuridad para esquivar los agujeros del camino. O que se diera cuenta de mi leve sonrisa.

Más adelante, el destello de un farol llamó mi atención y tiré de Max hacia la sombra del cobertizo junto al aserradero, ocultando nuestra luz de la vista.

—Si querías estar a solas conmigo, todo lo que tenías que hacer era pedirlo —se burló. Pero cuando vio que yo no sonreía, su gesto cambió—. *Monsieur* Colbert está patrullando esta noche, ¿verdad? Y no quieres que nos vea juntos.

Me asomé por la esquina del edificio y suspiré. El farol se había ido.

—Sí —reconocí—. Pero no porque estemos haciendo nada malo. No lo estamos haciendo.

Que nos vieran a mi madre y a mí por la noche llevando armas se habría añadido a la percepción de que las mujeres Duval eran anormalmente independientes. Eso hubiera podido esparcir rumores de que estábamos practicando brujería en el bosque oscuro. Pero que me vieran sola con Max era un peligro muy diferente.

Cualquiera que nos viera podría asumir que los hermanos Thayer tenían razón respecto a mi naturaleza lasciva. Y yo no debía hacer nada para generar más rumores sobre mí. No ahora que sabía que molestaban a Grainger.

—Sería muy difícil para mí explicarle que... —empecé a decir, y me encogí de hombros.

—¿Que me estás llevando al bosque oscuro en mitad de la noche para presentarme a tu abuela y posiblemente para luchar contra algún monstruo? Sí, es un poco complicado.

Entré al sendero y Max me siguió. En silencio. Lo conocía desde hacía pocos días, pero ya había entendido que el silencio no era su estado natural.

—¿No vas a tratar de convencerme de que, si me caso con Grainger, mi vida será una serie de mentiras y secretos, y que nunca podré confiar en él? —Una opinión que con seguridad compartía con mi madre y con mi abuela, considerando su interés personal en este asunto.

—Ese es tu problema, Adele. No quiero ganar tu mano basándome en lo que él no puede ser para ti. Quiero ganármela por lo que yo puedo ser para ti. Por lo que podremos ser el uno para el otro.

Su tranquila confianza era un cambio placentero respecto a su abierta arrogancia, pero fue su falta de voluntad para criticar a Grainger con el fin de obtener ventaja lo que realmente me sorprendió, y me encontré estudiándolo en la oscuridad. Reevaluándolo.

—¿Cómo sabes lo que podríamos ser para cada uno? Nos hemos conocido hace una semana.

—Al principio no lo sabía. Tengo una misión aquí, igual que tú, pero no sabía qué esperar de ti. Ni siquiera estaba seguro de que nos fuéramos a llevar bien. Y entonces te conocí. —Se volvió y me sonrió bajo la luz de la luna—. Sabía que serías rápida y fuerte en virtud de tu destino, pero ha resultado que también eres lista y graciosa y bella. Eres más de lo que me podía haber esperado, así que, mientras estoy cortejando a una guardiana en nombre de toda la aldea de Ashborne, por más egoísta que suene, estoy encantado de competir por tu corazón a título personal.

—Para —dejé escapar un suspiro frustrado—. Para ya. Por favor.

Max frunció el ceño.

—¿Parar qué?

—Cuanto más me alabas, menos impacto tiene. Ambos sabemos que no soy perfecta, pero, según tú, nunca me equivoco.

—Nunca he dicho...

—No te he dado precisamente una gran bienvenida, y sin embargo insistes en que mi pan rancio es «crujiente y delicioso», mis puntadas torcidas son «entrañables». Y piensas que soy bella cuando tengo estiércol en la frente y heno en el pelo.

Sus ojos se entrecerraron.

—¿Y prefieres que te encuentre poco atractiva?

—Preferiría que fueras sincero. Quiero que dejes de verme como si fuera una especie de ángel enviado para salvar tu aldea y entender que solo soy una chica.

—No eres solo una...

—Lo soy. Acabo de saber que soy una guardiana, pero toda mi vida he dado puntadas torcidas y he armado un lío limpiando el establo. Quiero a mi hermana, pero a veces desearía que desapareciera. Odio batir mantequilla, pero me pelearía contigo por el último grumo del fondo de la vasija cuando me siento egoísta. Solo soy una chica, y no puedes seguir pensando en mí como una especie de salvadora intachable porque te estás preparando para una gran decepción.

Max parpadeó a la luz de la luna. Los hombros se le hundieron un poco al exhalar y su mirada se sentía pesada por la gravedad de lo que estaba a punto de decir. Lo que sea que hubiera estado guardando.

—Sé que no eres perfecta, Adele. Yo solo... Nunca antes había intentado cortejar a una chica, y no esperaba que estuvieras enamorada de alguien más incluso antes de conocerme. Y la verdad es que no estoy emocionado de competir por tu mano. Quisiera que estuvieras tan entusiasmada de conocerme como yo lo estoy de conocerte a ti, y, puesto que no lo estás, yo solo... quería que supieras que realmente me gustas.

—¿Te gusto? ¿No es posible que pienses que te gusto porque crees que se supone que debemos estar juntos? ¿Porque tu familia, toda tu aldea, me necesita?

—No. —Me dedicó una sonrisa sincera mientras me recogía un mechón de pelo en la capucha—. Me gustas. Con tus puntadas torcidas incluso. Me gusta especialmente lo dispuesta que estás a decir lo que piensas, porque eso significa que siempre sabré a qué atenerme, incluso si ante tus ojos todavía no estoy donde quiero estar.

Me quedé mirándolo un momento, mientras lo que estaba diciendo penetraba en mí.

—Muy bien. Gracias por decirme la verdad —le solté; era bueno saber que su arrogancia procedía de su fingida confianza en su habilidad para ganarme. Pero, a pesar de lo desconcertado que estaba por tener que competir por mi mano, por lo menos sabía que estaba compitiendo. Grainger no tenía ni idea, y eso no me parecía justo.

Caminamos en silencio, y esta vez por iniciativa mía. Sentía que lo entendía un poco más; sin embargo, no sabía qué decir.

A las afueras de la aldea, Max se detuvo en el sendero, contemplando el punto en el que este desaparecía en el bosque oscuro. Nos paramos uno al lado del otro delante del halo, estudiando la gran y oscura extensión en un silencio solemne. Los primeros metros de árboles eran fácilmente visibles gracias al anillo de antorchas, pero más allá de eso el oscuro bosque era un océano antinatural de penumbra, tan tenebroso que desde donde yo estaba solo podía distinguir árboles y ramas insinuándose.

Max probablemente no podía ver nada.

—¿El bosque oscuro rodea por completo Ashborne?

—Desde antes de que yo naciera —confirmó—. Mi madre dice que se ha extendido a una velocidad aterradora en los últimos veinte años o más. Si no podemos hacer que retroceda, los monstruos finalmente ocuparán más territorio que la humanidad.

Entonces se volvió hacia mí y sus dedos temblaron, como si quisiera cogerme de la mano. En lugar de eso sujetó el dobladillo de su túnica de lana gris y empezó a levantarla, junto con una prenda de lino más ligera que llevaba debajo.

—¿Qué estás haciendo? —La alarma me atravesó y miré alrededor para asegurarme de que nadie nos había seguido, a pesar de que era medianoche.

—Enseñándote lo que está en juego para nosotros en Ashborne —contestó, levantando la tela, y antes de que pudiera oponerme, mi mirada se posó en una gruesa cicatriz rosada que comenzaba justo en su cadera derecha, fácilmente visible al resplandor de las antorchas.

—¡Oh! —gemí. Mi horror crecía a medida que él continuaba levantándose la camisa, exponiendo más y más la espantosa cicatriz que se extendía hacia su hombro izquierdo—. ¿Qué pasó?

—Estuve yendo al bosque oscuro con mi madre durante tres años para ayudarla lo mejor que podía. La primavera pasada enfermó y fui al bosque yo solo para cuidar de una pequeña caravana. Pero, a pesar de años de experiencia y entrenamiento, no puedo hacer lo que es natural para ti, Adele. Para lo que naciste.

»Nunca vi a la criatura que me atacó —continuó—. Si la caravana no hubiera escuchado mi grito, si no hubieran llegado corriendo con antorchas, asustando al monstruo antes de que este me diera algo más que un golpe superficial, nunca habría salido vivo del bosque.

Qué valiente tenía que ser, cómo profundamente debía de preocuparse por su aldea, para haber abandonado el camino en el bosque sin tener la capacidad de una guardiana de ver en la antinatural oscuridad.

Fascinada a la vez que horrorizada, toqué la gruesa línea que atravesaba su piel; mis dedos rozaron la cicatriz lisa y brillante.

—No puedo creer que hayas sobrevivido a esto.

—Por poco no lo hago. Si esta herida hubiera tenido cuatro marcas de garras en lugar de una, si hubiera habido alguna posibilidad de que me hubiera atacado un lobo, no me habrían dejado sobrevivir.

Max inspiró hondo y yo retiré la mano, avergonzada al darme cuenta de que seguía tocándolo. De repente fui consciente de que, bajo la herida cicatrizada, su carne estaba... muy bien formada.

Dejó que la camisa volviera a su lugar y una chispa de diversión brilló en sus ojos antes de que su expresión sombría regresara.

—Sé que no es justo que te cargue con nuestro peso, Adele, pero si no vienes conmigo, si no construyes una familia conmigo en Ashborne, cuando mi madre muera nuestro pueblo quedará completamente indefenso ante el bosque.

13

Las instrucciones de mi madre habían sido que llevara a Max directamente a la cabaña de la abuela y que no nos apartáramos del sendero. La semana anterior habíamos estado patrullando el bosque todas las noches, reforzando una zona de protección bien establecida y en gran parte deshabitada del interior del bosque. Porque, según mi madre, cuanto más se adentraba uno en él, más numerosas se volvían las amenazas, y si bien alguna bestia se acercaba ocasionalmente a Oakvale antes de retroceder ante el halo de luz, las únicas criaturas que en muy raras ocasiones invadían regularmente la aldea dispuestas a aventurarse más allá de las antorchas eran los lobos blancos.

Pero una experiencia de siete días no me capacitaba para ir de caza sin ella, incluso con Maxime a mi lado.

Así que esta noche solo visitaríamos a mi abuela.

—Adele —dijo Max cuando atravesamos la arboleda y entramos en el bosque—. Tengo un regalo para ti.

Puse los ojos en blanco.

—Mi hermana te está llenando la cabeza de ideas.

—No —rio—, esto lo traje de Ashborne. Y, para que quede claro, no es una obligación. Me gustaría que lo conservaras aunque decidas no casarte conmigo.

Se detuvo en el bosque, donde aún llegaba la luz de la luna y de las antorchas, y colgó nuestro farol en la rama de un árbol. Después colocó su bolsa de cuero en el suelo. Era grande y aún seguía curiosamente abultada, y cuando la abrió vi por qué.

—¿Qué es eso? —pregunté, mientras sacaba un extraño artefacto hecho de madera y metal. Había ciertos detalles de él que me resultaban familiares: una cuerda gruesa y tensa y un armazón similar al de un arco.

—Se llama ballesta. ¿Alguna vez habías visto una?

Negué con la cabeza, y cuando me ofreció el artilugio, lo cogí, ansiosa por examinarlo. Me sorprendió su peso.

El arma tenía un armazón en forma de arco, unido a una culata de madera que corría perpendicular a la cuerda. En la parte superior del arco había una palanca de hierro con dos ganchos que sujetaban la cuerda. Fascinada, tiré de la palanca, bufando por el esfuerzo, y eso tensó la pesada cuerda, como un arquero tira de la cuerda de un arco largo. Solo que este dispositivo, a pesar de su peso, era más corto y compacto.

—Vaya, no has tardado mucho en descubrirlo. —La voz de Max denotaba una satisfacción que calentó lo más profundo de mi ser.

Aparté ese sentimiento antes de verme obligada a estudiarlo verdaderamente, y en su lugar opté por concentrarme en el arma.

—Es... ¡maravilloso! ¿Hay flechas?

—Pernos. Solo puede disparar un par de ellos por minuto, pero con tu fuerza probablemente serás mucho más rápida una vez que descubras el truco.

—Si estoy rodeada de monstruos no hay tiempo para recargar, pero un solo disparo de esto, si mi puntería es buena, podría derribar a un enemigo y usar mi hacha con otro. —Al levantar la vista de la ballesta vi que Max sostenía un trozo de madera del tamaño de mi dedo. Su extremo estaba afilado, y pude ver varios más de estos «pernos» sobresaliendo de su bolsa—. ¿De dónde has sacado todo esto?

—Lo hice yo —contestó no sin cierto orgullo—. Con una pequeña ayuda del herrero de Ashborne para las partes de metal.

—¿Tú has hecho esto?

—Siento tu escepticismo como un rayo en el pecho, Adele.

—Lo siento, yo solo... ¡Es que es sorprendente! ¿Cómo le explicaste esto a tu amigo el herrero?

—Habíamos visto a soldados que llevaban estos aparatos y pensé que podríamos crear uno. Estuvo a la altura del reto siempre y cuando le pagara por su trabajo. A mi madre le gustó tanto que me pidió que le hiciera otro a ella. Con suerte, el herrero habrá terminado con su parte para cuando yo vuelva. Él cree que estoy usando este primero para cazar mientras estoy fuera.

—Bueno, supongo que eso podría ser cierto. Si esta cosa derriba a un trol, probablemente derribará también a un ciervo o a un jabalí.

—Sí, en un bosque normal. Pero para mí sería peligroso disparar una ballesta en el bosque oscuro, considerando que no puedo ver sesenta centímetros más allá del resplandor de mi farol. Dame. Déjame enseñarte cómo cargar un perno.

—Creo que lo entiendo. —Cogí el perno que me tendió y lo coloqué en la ranura tallada en el centro de la culata de madera. Luego doblé hacia atrás la palanca para tirar de la cuerda del arco—. ¿Este es el gatillo? —Mi dedo rozó un saliente de madera en la parte inferior del dispositivo.

—Sí, pero no tires de él hasta que no estés lista para...

—Lo sé.

Sentía la máquina como algo natural en mis manos. Deliciosamente pesada y sólida. Tenía sentido, no solo mecánicamente, sino... casi espiritualmente. Como si fuera parte de mí, como mi propio brazo.

—Es asombroso. ¡Muchas gracias! ¡Qué ganas de probarla!

La sonrisa de Max parecía aflorar desde lo más profundo de su ser.

—Bueno, sé que se supone que esta noche no debemos alejarnos del sendero, pero estoy seguro de que mañana tendrás la oportunidad. Con tu madre —dijo algo decepcionado de no poder estar en ese momento.

—Mereces ver tu creación en acción. Te prometo que vendré aquí contigo otra vez —le dije—. Pero por el momento no te separes de mí, ¿vale? Por tu propia seguridad.

—Por supuesto. —Y por una vez no había brillo en sus ojos. Ni una mueca en su rostro. Estaba totalmente serio—. No tengo tus habilidades, pero mis oídos son bastante buenos, y estoy feliz de prestarlos para la causa. De ayudarte en lo que pueda, mientras me dejes.

Parpadeé, intrigada por ese pensamiento.

—¿Estás contento con el arreglo? ¿Con la idea de pasar tu vida ayudando a una mujer? —dije, extrañada; esa no era la forma en la que funcionaba un matrimonio.

Max frunció el ceño.

—Tal vez no he sido lo suficientemente claro sobre eso. Yo no quiero ser tu ayudante. Quiero ser tu compañero. Tal vez no tenga tus extraordinarios dones, pero puedo contribuir a esta lucha. Y estoy deseando tener la oportunidad de demostrar mi valía.

—¿Quieres probarte ante mí? —La sorpresa resonó en mi voz.

—Por supuesto. El destino de toda una aldea depende de que yo te convenza de que vayas a casa conmigo. No te mentiré, supone una gran presión. Pero estoy preparado para el desafío. —Su sonrisa regresó como un eco de la confianza que desprendía desde el momento en que llegó a Oakvale. Pero ahora entendía cuál era la fuente: Max estaba volcado en proteger su aldea tanto como yo en proteger la mía, y parecía decidido a acometer la tarea con entusiasmo y una sonrisa.

—Muy bien —le dije por fin—. Vamos, antes de que el vigilante venga otra vez y vea nuestra luz.

Max cerró el zurrón y se lo echó al hombro, después descolgó el farol de la rama en la que lo había colocado. Inspiré hondo y levanté la ballesta con ambas manos. Después, juntos, nos encaminamos por el sendero.

A pesar de la indicación de mi madre, me encontré luchando contra el impulso de salirme del sendero y aventurarme en lo profundo del bosque, como si el mismo bosque estuviera tirando de una cuerda atada a algo muy dentro de mí. El oscuro bosque parecía determinado a convencerme de que por fin estaba donde pertenecía. Que había llegado... a casa.

Por supuesto, era un truco. Una escalofriante ilusión destinada a atraerme a la muerte. Así que me tragué el impulso irracional. Max y yo caminamos en silencio, instalados en nuestra burbuja de luz, un escudo que nunca me había parecido tan frágil después de haber visto con mis propios ojos los peligros que el bosque ofrecía. Por fortuna, a pesar de que del bosque salía un coro de sonidos extraños e inidentificables, la mayoría de ellos parecían provenir de muy lejos.

—Estoy deseando conocer a tu abuela —dijo Max suavemente, justo cuando el silencio empezaba a ser demasiado agobiante—. En verdad es una leyenda, por lo menos para mi familia. Escoger vivir sola en el bosque oscuro, entre las bestias...

—Ella es sin duda... inolvidable. Ella...

Un siseo agudo resonó a mi derecha. Me giré hacia el sonido con el pulso rugiendo en mis oídos, y con mi nueva ballesta apuntada y lista.

—¿Puedes verlo? —Max levantó el farol hacia la derecha, entornando los ojos en la dirección en la que había salido el siseo, pero su mirada estaba desenfocada. No podía ver más allá de la luz.

—Todavía no. Probablemente sea solo una serpiente.

—Es mucho más grande que una serpiente ordinaria —murmuró—. Suena como si fuera pequeña porque todavía no está muy cerca.

—¿Cómo lo sabes?

—Lo sé por el eco. Pero tienes razón en que es una serpiente. Hay otro sonido junto con el siseo. Una especie de... por debajo de ella. ¿Lo puedes escuchar?

Cerré los ojos y me detuve para poder concentrarme.

—Escucho una... especie de deslizamiento. ¿Podrían ser las enredaderas? Aquí, las enredaderas tienen su propia mente.

Max negó con la cabeza y dijo:

—¿Puedes escuchar cómo ese deslizamiento es... más pesado? ¿Cómo el sonido es más denso?

—Sí. —Ahora que lo mencionaba... Abrí los ojos y fruncí el cejo bajo el resplandor del farol—. ¿Cómo lo haces? ¿Cómo puedes escuchar detalles tan específicos?

Su sonrisa irradiaba satisfacción, mientras su rostro se ensombrecía en cada recodo y cada grieta por el bajo ángulo de la luz.

—He tenido mucha práctica.

Pero sin duda había más que eso.

—Estás siendo modesto.

—Con frecuencia no se me acusa de eso —contestó, riéndose suavemente entre dientes—. Pero sí, los últimos tres años los dediqué a concentrarme en mi oído para compensar la paralizante oscuridad.

Fruncí el ceño tratando de entender.

—¿Escuchas en el bosque oscuro? ¿Para qué?

Max se encogió de hombros.

—Pisadas. Exhalaciones lo suficientemente especiales como para ser identificadas. Deslizamientos. Gruñidos. Jadeos. A veces incluso un silencio inquietante. Me he entrenado para identificar a muchos de los monstruos que viven en el bosque oscuro por los sonidos que hacen. Como te he dicho, no podría disparar una ballesta en la oscuridad, pero puedo ayudarte. Te puedo decir qué es lo que se aproxima y en qué dirección. Y cuántos son.

—¿Y eso era lo que estabas haciendo cuando te hirieron?

La luz del orgullo se apagó en sus ojos.

—Sí. Mis oídos pueden ser una ayuda para ti, pero no son suficientes por sí solos. No puedo hacer para Ashborne lo que puedes hacer tú.

Sin embargo, por mucho que me resistiera a admitirlo, él estaba mejor preparado para estar aquí que cualquiera de los vigilantes de la aldea. Además, su habilidad era resultado de años de práctica y dedicación, a pesar de que él no tenía la obligación de correr esos riesgos.

—Así que ¿es una gran serpiente? —pregunté, al no saber qué más responderle.

—Sí. —El brillo de los ojos volvió—. Es enorme, con una fila de púas que le recorren todo el lomo cuando se ve amenazada. Solo he podido ver atisbos de ella porque no salen a la luz a propósito. Pero mi madre la ha descrito al detalle.

—¿Y es una amenaza pequeña mientras tengamos el farol? —susurré dando otro paso, cediendo a las exigencias de mis piernas para seguir avanzando.

Él asintió.

—Solo conozco una criatura a la que no le frena la luz del fuego.

—¿El lobo blanco?

—No. A ellos no les molesta la luz del día, y por ello representan la amenaza más grande para una aldea. Ocasionalmente se colarán dentro del halo, pero no se le acercarán a nadie que lleve una antorcha. Solo conozco una bestia que sí lo hará.

—¿Qué bestia es esa? —De pronto me sentí avergonzada por mi propia ignorancia, a pesar del hecho de que llevaba siendo guardiana solo una semana, y envidiosa por sus tres años de experiencia en el bosque oscuro, incluso aunque no pudiera ver las criaturas sobre las que me había hablado.

¿Sentía Max celos de mi visión? ¿De mi velocidad y fuerza? No podía dejar de preguntarme cómo se sentiría realmente respecto al hecho de que, incluso aunque se entrenara toda una vida, nunca podría ver los monstruos contra los que luchaba.

—*Fear liath* —replicó—, mi madre dice que provienen de muy lejos en el norte, pero la propagación desenfrenada del bosque oscuro por el entorno ha permitido que criaturas de muchos lugares diferentes se mezclen en el bosque maldito.

—¿Qué es un *fear liath*? —murmuré mientras la luz del farol se balanceaba a nuestro alrededor, proyectando sombras muy intensas detrás de las ramas de los árboles.

—Nunca se me han acercado lo suficiente como para ver más allá de una silueta humana, pero miden una vez y media la altura de un hombre. Producen una incontrolable sensación de temor. De pánico. Cuanto más se acercan, más desesperada empieza a parecer tu misión. Más inevitable tu muerte. La primera vez que vi uno mi miedo se volvió tan avasallador que, si no hubiera estado mi madre para tranquilizarme, me habría echado a correr gritando por el bosque, abandonando y olvidando mi farol, solo para escapar de esa sensación. Para recuperar la esperanza.

—¿Habrías corrido solo por el bosque oscuro? ¿Sin tu farol? —Mi voz sonaba cargada de escepticismo, pero Max asintió—. ¿Eso no te habría puesto a merced de cualquier bestia que te encontrara primero?

—Sin duda. Sé que no tiene sentido si nunca lo has experimentado, pero así de fuerte es la influencia de los *fear liath*. ¿Nadie de Oakvale... ha desaparecido nunca? ¿No has perdido a un grupo entero en el bosque oscuro, sin ninguna explicación?

Asentí lentamente. Dos veces en toda mi vida habíamos perdido a todo un grupo de comerciantes cuando, en lo más crudo del invierno, la aldea se desesperó tanto que decidió hacer un viaje a través del bosque oscuro para abastecerse en la aldea vecina. No encontramos ni un solo cuerpo.

—Cuando la gente abandona el camino y deja atrás la luz, es probable que sea porque ha entrado en pánico bajo la influencia del *fear liath*.

Seguimos por el sendero durante otro par de minutos en silencio, mientras consideraba la amenaza que ese *fear liath* representaba. ¿Tenía menos influencia en una guardiana o solo fue la experiencia de la madre de Max lo que le permitió conservar la cabeza cuando él entró en pánico?

Finalmente vi la bifurcación en el sendero que nos llevaría al calvero de mi abuela.

—¿Todavía oyes a la serpiente? —Podía percibir los deslizamientos ocasionales, pero eran débiles y no estaba segura de que no fueran las enredaderas.

Max asintió.

—Nos está siguiendo a cierta distancia.

—La cabaña de mi abuela está solo a unos minutos de aquí. Pronto veremos las luces de las antorchas que mantiene encendidas.

Se detuvo a mi lado; los ojos le brillaban de emoción bajo la vacilante luz del farol que sostenía.

—Quieres cazar la serpiente, ¿verdad?

Levanté mi regalo.

—Estoy ansiosa por probar esto —admití. Y no solo por el sentido del deber de proteger a mi aldea. Era emocionante pensar en el poder que ejercería con un arma así—. Pero se supone que no debemos alejarnos del sendero, lo que significa que tenemos que atraer a la bestia hacia nosotros. Y si lo hiciéramos, este sería el mejor lugar. —Porque si no podíamos matarla, podríamos huir hacia la seguridad del calvero de la abuela.

Su mueca se convirtió en una verdadera sonrisa.

—Estoy listo cuando tú lo estés.

—¿Hay algo más que puedas decirme sobre esta serpiente?

Meditó un momento, con su mirada color miel sosteniendo la mía a la luz del farol.

—Será rápida. Mucho más rápida de lo que uno podría esperar de una criatura tan grande. Mantente en movimiento para que no pueda atacarte. Apúntale a la cabeza. Después de que hayas disparado un tiro, si no se ha muerto pásame la ballesta y yo cargaré otro perno. —Max depositó el farol en el centro del camino de tierra, después colocó el zurrón en el suelo junto a él y sacó un segundo perno—. ¿Lista?

—Sí. —No.

Luchar contra los monstruos era mi destino. Mi obligación con el mundo. Aunque atraer intencionadamente a una bestia del bosque oscuro sin mi madre a mi lado aún parecía tonto, incluso si la cabaña de la abuela estaba lo suficientemente cerca como para correr hacia ella en caso de emergencia.

—Muy bien. Aquí va. —Max levantó el farol a la altura de su cara, y su mirada sostuvo la mía durante un segundo, como si me estuviera dando la oportunidad de cambiar de opinión.

Al ver que no lo hacía, me guiñó un ojo. Entonces apagó la llama.

—Escucha. —Los ojos de Max estaban cerrados. Los nudillos

le crujieron mientras su mano apretaba el perno que tenía en el puño.

De repente se me ocurrió que estaba depositando en mí una confianza increíble e irracional.

—¿Por qué? —murmuré, mientras esperábamos en la oscuridad.

—¿Por qué qué? —Su respiración era profunda y regular. No había el menor signo de que estuviera mínimamente preocupado.

—¿Por qué piensas que puedo hacer esto? ¿Por qué me confías tu vida cuando apenas me conoces?

El silencio se instaló entre nosotros y me di cuenta de que tenía los ojos abiertos, como si tratara de mirarme.

—Eres la nieta de Emelina Chastain. La hija de Celeste Duval. Esto está en tu sangre y pasaste la prueba. Además, tu madre ha hablado de lo capaz que eres —dijo por fin—. Y, Adele, no solo te estoy confiando mi vida, espero confiarte las vidas de cada hombre, mujer y niño de mi aldea. No hay dudas en mi mente de que estás a la altura del desafío.

Entrecerré los ojos mientras escudriñaba el entorno oscuro, determinada a no decepcionarlo.

De pronto el deslizamiento se hizo notablemente más ruidoso y venía acompañado por un siseo. Me giré hacia el sonido justo en el momento en el que una enorme y sombría forma se retorció en la oscuridad con un movimiento lateral en forma de S, como haría una serpiente común. Se deslizó rápidamente hacia mí, con las hojas muertas crujiendo bajo su peso; unas finas púas caían en cascada sobre su cabeza y se extendían a lo largo de su espina dorsal. Incluso con la mayor parte del cuerpo de la serpiente en el suelo, su cabeza estaba a la altura de mi cintura.

Con el corazón acelerado levanté la ballesta y apunté a la enorme y triangular cabeza de la serpiente. La bestia se alzó hasta que me sobrepasó, siseando y abriendo una boca que reveló un conjunto de inmensos y afilados colmillos, así como varias hileras de puntiagudos dientes y una larga y bífida lengua.

Tiré del gatillo.

La fuerza del proyectil me subió por el brazo hasta el hombro, como si me hubiera estampado contra la pared de un granero. La serpiente siseó al clavarse el proyectil profundamente en la carne, justo debajo de su mandíbula.

—¡Recarga! —grité mientras le lanzaba la ballesta a Max, y para mi asombro cerró los ojos otra vez mientras la cargaba, tanteando la ranura de la culata con los dedos de una mano. Sin duda, tenía mucha práctica.

Mientras él tiraba de la palanca hacia atrás para tensar la cuerda, saqué el hacha del cinturón y empuñé el mango al tiempo que levantaba el brazo por encima de la cabeza. La serpiente era demasiado grande y demasiado peligrosa con aquellos enormes colmillos como para enfrentarse a ella de cerca. Así que me arriesgué y lancé el hacha con toda la fuerza que pude reunir. Viajó de punta a punta hasta estrellarse contra el cuello de la serpiente, incrustándose en la carne escamosa de la bestia.

El monstruo siseó otra vez y sus movimientos se hicieron más lentos.

—¿Dónde la has golpeado? —preguntó Max mientras me entregaba la ballesta cargada.

—En el cuello. Junto al primer perno.

La serpiente volvió a sisear con su lengua serpenteando hacia mí. Luego comenzó a moverse hacia un lado, y por un segundo pensé que iba a retroceder. Entonces...

—¡Muévete! —gritó Max, y como no entendí lo suficientemente rápido en qué dirección, se lanzó sobre mí sacándonos del camino de tierra, justo cuando la enorme cola de la serpiente trataba de golpearnos.

Aterricé en la maleza con la cara en el suelo y el brazo de Max en la espalda, pero él se puso de pie al instante. Me levanté de un salto un segundo después y cogí la ballesta del suelo.

Si no nos hubiera sacado del sendero, la cola de la bestia nos hubiera golpeado a los dos, aplastándonos y arrojando nuestros cuerpos rotos a lo más hondo del oscuro bosque.

—Está herida. —Max se volvió, siguiendo el sonido de algo que se deslizaba y se movía a nuestro alrededor, a pesar de que sus ojos se hallaban cerrados—. Pero tiene escamas muy gruesas, y músculos más gruesos aún. Vas a tener que darle en la cabeza.

—De acuerdo —dije mientras apuntaba siguiendo a la bestia, que daba vueltas a nuestro alrededor—. Pero si fallo, corremos. Sigue el sonido de mis pasos.

—Entendido —accedió Max, mientras la bestia se lanzaba sobre nosotros de nuevo, con su cuerpo escamoso retorciéndose en el suelo mucho más rápido de lo que parecía posible; Max tenía razón sobre eso—. Mátala, Adele.

Respiré hondo para estabilizar mi puntería. Luego incliné la ballesta un poco para compensar el tirón hacia abajo del gatillo. La serpiente se abalanzó sobre nosotros otra vez, siseando, un poco fuera de juego por sus heridas.

Tiré del gatillo.

El perno perforó el cráneo de la serpiente, justo entre los ojos, con un nauseabundo ruido sordo. La bestia soltó un chillido, un sonido que no parecía provenir de una serpiente. Entonces su lengua bífida cayó inerte y el monstruo se estrelló contra el suelo con suficiente fuerza como para hacer temblar la tierra a nuestros pies.

Durante un momento me quedé mirando boquiabierta el enorme cuerpo de la serpiente.

—¡Bien hecho! —Max sabía claramente lo que el golpe seco había significado.

—¡No me lo puedo creer! —murmuré asombrada.

—Créelo —me dijo, acercándose con los ojos abiertos y dirigidos hacia mi rostro, a pesar de que él no podía verme—. Cree en ti, Adele.

—Has participado igual que yo en ello —insistí con el corazón acelerado por nuestra victoria.

—Entonces cree en nosotros. Podríamos ser un equipo increíble. Lo que tú haces es importante y peligroso. No podemos permitirnos olvidarlo. Pero la victoria siempre es emocionante y necesitarás a alguien con quien compartirla. —Extendió la mano y encontró mi mejilla en la oscuridad. Su dedo pulgar me recorrió el labio inferior—. Alguien que pueda entender la aceleración de tu pulso que te mantiene despierta por la noche. La vertiginosa euforia que sigue al éxito en la batalla. Alguien que pueda celebrarlo contigo. Alguien que te celebrará a ti.

La cabeza me daba vueltas. Sentía como si me fuera a caer. Como si hubiera saltado desde un acantilado, con el aire helado soplando junto a mí, muy lejos del suelo.

Como si no pudiera volver a tocar nunca más la tierra.

Y comprendí que Max ahora estaba indisolublemente ligado a ese sentimiento de triunfo. Su caricia era parte de ese momento, y sin importar lo que ocurriera a continuación siempre lo sería.

No estaba segura de cómo sentirme acerca de eso.

¿Lo habría hecho a propósito? ¿Se habría insinuado intencionalmente en la euforia de la victoria para ganar ventaja en la batalla por mi corazón? ¿Por mi mano?

¿Eso era inteligente por su parte o manipulación? ¿O simplemente era un instinto, provocado por el aumento de su propio pulso?

La verdad era que no lo conocía lo suficientemente bien como para estar segura.

Me eché hacia atrás y su mano se alejó de mi mejilla.

—Recojamos nuestras armas.

No intentó tocarme otra vez, pero podía escuchar su respiración agitada. Su pulso también acelerado por la euforia de aquel momento.

Lo alejé del sendero hacia la penumbra impenetrable del oscuro bosque. Cuando me detuve junto a la enorme bestia caída, volvió a colocar el zurrón en el suelo y tendió una mano.

—¿Los pernos? —me pidió.

Coloqué la correa de la ballesta en mi hombro y luego tuve que plantar un pie sobre las gruesas escamas de la serpiente para retirar los pernos, uno a uno, de su carne. Estos habían penetrado profundamente y, de no ser por el enorme tamaño de la bestia, el primero podría haber sido mortal. Pero la serpiente tenía músculos gruesos y sus escamas eran una especie de blindaje.

Max sacó un paño del zurrón y limpió los pernos, después los guardó mientras yo utilizaba el pie para apoyarme y liberar mi hacha. Acepté el paño que me ofrecía y limpié la hoja, a continuación utilicé su borde afilado para arrancar algunas de las gruesas escamas del basilisco.

En la oscuridad no podía decir de qué color eran.

—Hemos llamado la atención —murmuró mientras lo conducía de nuevo al sendero—. ¿Puedes oírlo?

Yo sí podía, aunque había tantos sonidos cerniéndose sobre nosotros ahora que no podía distinguir ninguno en particular.

—Está bien —le dije, a pesar de que el corazón golpeteaba en mi pecho—. Casi hemos llegado al calvero.

—Estuviste genial —susurró Max, apretándome el brazo con gentileza—. Sabía que lo estarías.

Pero en todo en lo que podía pensar mientras lo guiaba al lado derecho de la bifurcación era en lo aliviada que me sentía por no haberlo defraudado. Por no haber hecho que nos mataran a ambos.

—Tu ballesta y tus oídos fueron muy valiosos —dije por fin.

—Me habría gustado no haber estado cegado por el bosque oscuro. —Su suspiro trajo consigo la primera verdadera frustración que le escuchaba, y lo sentí como otra ojeada detrás de su encantadora sonrisa. Como una muestra de sus verdaderos pensamientos—. Pero ten la certeza de que, si alguno de los monstruos se aventurara fuera del bosque oscuro y saliera a la vista, no dudaría en pelear a tu lado. Si tú quisieras...

—Y ahora —le contesté, resoplando—, has vuelto hábilmente al tema de nuestra unión.

Max rio por lo bajo sin enfocar los ojos en la oscuridad.

—Nunca nos hemos alejado de ese tema, Adele. —Se aclaró la garganta—. Así que, puesto que ya sabes qué espero del matrimonio..., ¿qué quieres tú?

Exhalé lentamente, caminando todavía, mientras unos pasos y extraños bufidos se nos acercaban.

—Sé que tú y tu aldea necesitáis una guardiana. Pero por más egoísta que pueda sonar, lo que yo necesito es a alguien que me desee no por lo que yo pueda hacer por él y su aldea, sino por lo que soy. Y tú en realidad no me conoces aún. No has podido.

—Conozco lo suficiente como para saber que quiero conocer más. —No podía verme. Sin embargo, otra vez me estaba mirando directamente, como si sus ojos se dirigieran a mi rostro mediante alguna fuerza independiente de la mirada.

Y con sus palabras resonándome en la cabeza y el fantasma de su contacto rondando aún mi mejilla, un calor comenzó a surgir en la boca de mi estómago. Empujándome hacia él, no solo aquí, en este sendero del bosque oscuro, sino en mi cabeza. En mi...

—Vosotros dos, venid aquí antes de que ese ogro que se acerca sigilosamente por detrás os parta por la mitad.

Levanté la vista y vi a la abuela de pie en el sendero que teníamos delante con la luz de su cabaña iluminando su silueta por detrás.

—Abuela...

—¡Moveos! —nos apremió, y yo tiré de Max hacia ella tan repentinamente que tropezó y cayó al suelo.

—¿Por qué no has traído una luz? —pregunté a mi abuela, mientras nos empujaba hacia el calvero.

—Porque no vengo de casa.

—¿Cómo? ¿De dónde vienes entonces? —dije, exhalando, mientras atravesábamos el denso bosque y llegábamos al claro iluminado que rodeaba la cabaña; y como la abuela no respondió me volví para mirarla con el ceño fruncido—. ¿Nos estabas siguiendo?

—Os estaba protegiendo, igual que protejo a cualquiera que vaga por el bosque oscuro sin estar preparado.

—¡Estábamos preparados!

—No hace falta que te hagas la ofendida. Pero acabas de pasar tu prueba, niña. Afortunadamente, tienes un buen cómplice aquí. —Su mirada se elevó para ver a Max, y mi cara se encendió cuando me di cuenta de lo que había presenciado entre nosotros—. Y tú debes de ser Maxime Bernard. Yo soy...

—*Madame* Emelina Chastain —dijo—. *Enchanté*.

Una sonrisa se extendió lentamente por el rostro de mi abuela cuando él le ofreció su mano, y pude comprobar que Max había cautivado a otro miembro de mi familia.

—Supuse que tarde o temprano Adele te traería a conocerme, y estoy muy complacida de que haya sido temprano.

Ella sabía que lo traería. Lo que significaba que ella sabía exactamente por qué había venido a Oakvale. Tal y como yo había sospechado, mi madre y mi abuela estaban en esto juntas.

—Tu buena fama te precede, abuela —le dije—. Se moría por conocerte.

—Bueno, la parte de morirse es completamente innecesaria, muchacho. Pero yo también estoy encantada de conocerte. Eres el hijo de Michele Marchand, *non?* ¿El primogénito?

—Sí. Aunque ahora es Michele Bernard. —Los ojos de Max se abrieron cuando vio el calvero—. Esto es increíble. ¿Es... seguro?

—Bueno, mejor no pases muy cerca de la arboleda, pero mientras conserve las antorchas encendidas y corte cualquier semilla que gane terreno, parece que lo es.

—Sorprendente... —exhaló Max.

—Un momento, ¿conoces a su madre? —pregunté, mientras seguíamos a mi abuela a través del claro en dirección a su cabaña.

—No mucho, pero nos hemos visto alguna vez. Una mujer admirable. Fuerte y lista.

—Así es —convino Max—. Y está ansiosa por conocer a Adele.

La abuela miró hacia atrás justo a tiempo para ver mi ceño fruncido.

—¿Qué te pasa, niña? ¿No quieres vivir en Ashborne? Si la memoria no me falla, es una bonita aldea. Junto al río, igual que Oakvale.

Pero esa comparación significaba muy poco. La mayoría de las aldeas se formaban sobre la orilla de un río para tener acceso a agua limpia, así como por la facilidad de viajar.

—Es complicado —respondí cuando abrió la puerta de su cabaña y nos hizo entrar a su cálido interior—. Hay muchas cosas sobre las que pensar.

—Sí, supongo que sí —dijo, mirando a Max, quien se encogió de hombros.

—No soy el único hombre que aspira a su mano.

—Eso he oído. —La abuela frunció el ceño y se volvió—. ¿Por qué no le sirves a nuestro invitado un poco de estofado?

Cogí un tazón del estante.

—Oh, en realidad no es necesario —dijo Max—. Ya hemos cenado.

Reí, sabiendo que mi abuela insistiría.

—Tonterías —dijo ella, justo a tiempo.

Llevé a Max a una silla que había frente a la chimenea y le serví en su tazón un poco de estofado de una olla que colgaba sobre el fuego.

—Generalmente es venado —dije al entregarle el tazón.

—Bueno, hoy es conejo —informó la abuela, mientras abría un cofre que había a los pies de su cama, de donde sacó un fajo de brillante pelaje blanco.

—Rectifico. —Dejé a Max junto al fuego y crucé la habitación, olvidando mi propia comida—. ¿Eso es...?

—Sí, es para tu capucha. Hay suficiente para adornar toda tu capa, pero una guardiana no puede mostrar tanto pelaje de lobo blanco hasta que haya adquirido más experiencia. Así que, si quieres llevar algo a casa, puedes forrar ropa de abrigo. O hacer unos guantes para Sofía.

—Es tan suave... —Pasé la mano sobre una gruesa capa de pelo, maravillada por su fina textura. Por su color impecable.

—Se hacen guantes maravillosos —dijo Max comiendo de su estofado—. El año pasado mi madre me regaló un par por Navidad.

—Hablando de regalos, veo que ya tienes uno —comentó mi abuela, señalando con la cabeza la ballesta que había apoyado contra el muro junto a la puerta principal.

—¿Llegó a verla en acción? —le preguntó Max mirando el lejano muro, como si pudiera ver en el bosque oscuro, en el lugar en el que habíamos luchado con la serpiente.

—¡La vi! —Sonrió la abuela—. Es una temible pieza de artesanía.

La intensa mirada de Max atrapó la mía, y cuando habló, mi cara empezó a arder como brasas de carbón.

—Un arma es tan feroz como el guerrero que la empuña.

14

—¡Adele! ¡Buenos días! —llamó Grainger, que venía corriendo por el callejón embarrado que había entre la panadería y la cabaña de al lado—. Esperaba encontrarte de camino al aserradero.

—Buenos días —saludé, cuando él entró en el pequeño patio de la parte trasera de nuestra cabaña.

—¡Días, Grainger! —Sofia balanceó el cubo de leche vacío que tenía a un lado, y con la otra mano agarró fuerte el caballo que Max había tallado para ella.

Unas semanas antes se había despertado y se lo había encontrado en la mesa, luciendo una nueva crin hecha de pelo blanco como la nieve.

Pelo de lobo blanco recortado del paquete que la abuela nos había enviado.

Desde entonces, Sofia apenas se separaba del caballo.

—¿Va todo bien? —Grainger frunció el ceño y me estudió la cara—. Se te ve un poco pálida y últimamente pareces cansada. De hecho, ayer casi te quedaste dormida durante el almuerzo.

—*Monsieur* Colbert, su preocupación es innecesaria, pero muy agradable —le sonreí.

La verdad era que sentía que apenas lo había visto en todo el mes, aunque me había propuesto almorzar con él casi todos los días. Entre mi entrenamiento y la creciente atención de Max, la organización de mis días había cambiado y no iba a permitir que mi relación con Grainger se viera afectada por las nuevas exigencias de mi tiempo.

—Todo va bien —le aseguré—. Es que he estado muy ocupada.

—¡Está haciendo ropa para Tom! —intervino Sofia—. Y yo la estoy ayudando.

—Elena y yo nos ofrecimos como voluntarias para asegurarnos de que el niño tenga lo que necesita —le expliqué—. Lo esencial, por lo menos.

Pero la causa real de mi palidez y de mi semblante un poco demacrado era que había pasado la primera mitad de cada noche del mes anterior en el bosque oscuro cazando bestias y perfeccionando mi puntería con la ballesta.

Mi madre era una instructora meticulosa y me enseñó montones de monstruos diferentes del bosque oscuro, mientras me hacía profundizar en los fundamentos de luchar tanto en mi forma de lobo rojo como en mi forma humana. Pero, por más fascinantes que fueran las bestias y sus historias, la criatura más notable del bosque oscuro era, sin ninguna duda, mi madre. Ella siempre había sido decidida e independiente, había llevado la panadería y criado a dos hijas sola desde la muerte de mi padre, pero en el bosque parecía realmente cobrar vida. ¡Y era terrorífica! Rápida y fuerte, con sorprendentes reflejos y una coordinación fenomenal que me hacía preguntarme si alguna vez yo desarrollaría aquellas habilidades.

Sin embargo, un par de semanas antes se había quejado de que estaba cansada y le pidió a Max que comenzara a acompañarme.

Creí que estaba cansada; yo sin duda lo estaba. Pero también creía que era una excusa muy conveniente para enviarme al bosque oscuro con Max, de modo que me demostrara lo útil que podría ser en mi vida. A pesar de que nunca me había enviado sola a medianoche con otro chico.

La sutileza no era la mejor cualidad de mi madre. Sin embargo, su apuesta fue muy inteligente. Yo había mejorado de manera importante con la ballesta, y Max y yo habíamos caído en un cómodo ritmo, en el cual él podía recargar la ballesta en segundos mientras yo luchaba con mi hacha, duplicando efectivamente el número de golpes que podía asestar. Todo mientras él escuchaba a las bestias que se aproximaban.

Y, aunque durante el día me había mantenido alejada de Max en la aldea, después de cada matanza en el bosque oscuro me sentía atraída hacia él físicamente, sin aliento por nuestra victoria. Había llegado a anticipar el roce de sus dedos contra los míos mientras nos pasábamos una y otra vez la ballesta. La sensación de su brazo bajo mi mano, mientras lo guiaba por la oscuridad.

No hablábamos sobre aquellos pequeños roces. Sobre cómo había llegado a asociarlos —a asociarlo a él— con la euforia de la caza. Y a pesar de lo culpable que me sentía durante el día por aquellos instantes robados, mis aventuras en el bosque con Max casi parecían tener lugar en algún otro mundo, uno alejado de mi vida en Oakvale. En un ámbito propio donde las expectativas y los rumores de la aldea no importaban. En donde ni siquiera existían.

Durante el último par de semanas había vivido en dos mundos, con Grainger iluminando mi vida como el sol durante el día y con Max brillando de noche como el encantador resplandor de la luna. Esa doble existencia no podía durar. Yo sabía que no podía durar. No obstante, no tenía ni idea de cómo reajustar las dos mitades de mi vida sin perder nada importante. Una ráfaga de viento sopló por el callejón, sacándome de mis pensamientos. Grainger me atrajo hacia sí y la sensación familiar de sus manos en mi cintura me provocó un estremecimiento de bienvenida. Los almuerzos no habían sido suficiente. Lo había echado de menos. Así que me puse de puntillas y le di un beso en los labios.

—*Mademoiselle* Duval, la gente hablará —bromeó cuando me acomodé sobre mis talones otra vez, y yo reí.

—La gente siempre está hablando de algo. Al menos mantendremos a la aldea entretenida durante los largos meses de invierno.

—Hablando de que la gente murmura, ¿te has enterado de que a *madame* Gosse le falta una gallina? —me preguntó mientras me soltaba.

—No he oído nada. ¿Hay otro zorro en la aldea?

—No se le ha visto aún, pero esta noche tengo patrulla y estaré pendiente. —Su atención se centró en el tazón humeante de gachas de avena que tenía en mi mano izquierda—. ¿Rompiendo tu ayuno?

—Es para Max —le informó Sofia, y yo apreté la mandíbula conteniendo un suspiro—. No ha venido a desayunar, así que mamá ha dicho que se lo lleváramos al establo.

—¿Al...? —Grainger me miró interrogante—. ¿Se está quedando aquí? Suponía que estaba con los Girard.

—En el establo —aclaré, por si se le hubiera escapado ese detalle—. Está durmiendo en el establo. Mi madre lo invitó. Es amiga de su madre.

—Eso he oído. —El ceño se le frunció más—. Iré contigo para saludarlo. He visto el trabajo de Maxime en la iglesia y es muy bueno. Estaba pensando en pedirle que me ayude con un pequeño proyecto que quiero empezar —añadió con un guiño cómplice en mi dirección.

Sobresaltada, casi me ahogué con el aire. Grainger le iba a pedir a Max ayuda para construir una cabaña en terrenos de su padre. Nuestra cabaña. Donde planeaba vivir como mi esposo.

De pronto, sentí como si la noche y el día fueran a colisionar y a aplastarme entre ellos.

—No creo que se haya levantado —empecé, pero esa presunción murió cuando una sola nota, clara y alta, sonó en el establo y después se convirtió en una melodía familiar.

Max silbaba la cancioncilla que siempre parecía estar tarareando por lo bajo mientras cruzábamos la aldea hacia el bosque oscuro.

—Vamos —dijo Grainger, dirigiéndose al establo, y yo corrí tras él por el barro medio helado, mientras mi hermana se adelantaba.

—¡Max! —Sofia abrió de golpe la puerta del establo—. ¡Te hemos traído el desayuno!

Sorprendido por nuestra entrada, Maxime se dio la vuelta sosteniendo un disco hecho de paja trenzada enroscada sobre sí misma.

—El desayuno —repitió Sofia, señalando el tazón que yo sostenía—. ¿Qué es eso? —Su mirada se fijó en el disco de paja.

—Es un blanco de tiro con arco —le respondió Grainger.

—Así es. —A Max se le notaba incómodo por primera vez desde que lo había conocido.

Había estado trabajando en el blanco durante varios días, pues intentaba llevarlo al calvero de mi abuela, donde podría practicar con mi ballesta, a salvo tanto de las bestias del oscuro bosque como de las miradas indiscretas de la aldea.

Pero evidentemente se suponía que nadie en Oakvale podía ver ese último regalo para mí.

—¿Eres arquero? —Grainger se adelantó para inspeccionar el blanco, del cual aún colgaba una corta cola de cuerda de paja sin asegurar.

—No de oficio. A pesar de que la mayoría de los hombres de Ashborne saben manejar un arco.

—¿Flechero entonces? —Grainger frunció el ceño tratando evidentemente de entender por qué un flechero estaría ayudando al carpintero de la aldea... y quedándose en nuestro establo.

—No. Solo estaba... tratando de mantenerme ocupado.

—Toma. —Le ofrecí el tazón, y Max bajó el blanco para poder cogerlo, obviamente ansioso por un cambio de tema.

—Muchas gracias.

—Bueno, creo que mejor me voy al aserradero —dijo Grainger, olvidando que le iba a pedir a Max su ayuda—. Adele, ¿me acompañas?

—Me encantaría, pero me temo que la vaca no espera. A menos que mi encantadora hermana pequeña desee ordeñarla por mí.

—Soy encantadora solo cuando desea algo de mí —le susurró Sofia a Max, quien le dedicó una sonrisa comprensiva—. Si ordeño la vaca, ¿me dejas ayudarte con el pan de jengibre de *monsieur* Beaumont?

¿Estaba dispuesta a hacer una de mis tareas a cambio de ayudarme con otra de mis tareas?

Me encogí de hombros y suspiré exageradamente, para diversión de Grainger.

—Bueno, supongo...

—¡Romy! —gritó una voz aguda y familiar desde unas cabañas más abajo—. ¡Tom! —Era Jeanne Paget—. ¡Romy! ¿Dónde estás?

Sofia echó a andar por el callejón con el cubo de la leche vacío columpiándose a su lado, y yo me di la vuelta para seguirla, con los chicos pisándome los talones. Rodeamos nuestra cabaña y vimos a la mayor de las chicas Paget dirigiéndose hacia nosotros, examinando la plaza de la aldea y los callejones entre las cabañas mientras llamaba a los dos niños.

—¡Jeanne! —la llamé—. ¿Qué ocurre?

Se dirigió por el camino de tierra hacia nosotros.

—Romy y Tom no estaban en el desván esta mañana cuando me he levantado, y papá me ha dicho que los buscara.

—¿Y cómo está Romy? ¿Ya está mejor? —le pregunté.

Jeanne se encogió de hombros.

—Todavía tiene fiebre durante el día, pero por la noche se siente mejor. Mamá dice que su enfermedad es «persistente», pero yo creo que finge estar enferma porque prefiere jugar que dormir.

—A lo mejor Romy y Tom están jugando al escondite —me dijo Sofia dándome el cubo de leche—. ¡Te ayudaré a buscarlos!

—Bueno, ve a ayudar a Jeanne. ¡Pero no te acerques al bosque oscuro! ¡Regresa tan pronto como los hayas encontrado!

—Bueno, yo también debo irme —dijo Grainger.

—Y yo —dijo Max, mientras me entregaba el tazón vacío—. A *monsieur* Girard le gusta empezar el día temprano.

Y con eso ambos se dirigieron en direcciones opuestas. Max hacia la casa del carpintero y Grainger hacia el aserradero, dejándome sola en el camino entre ellos, con un tazón vacío y un cubo de leche en la mano.

Pasé la mañana horneando con mi madre, sofocándome por el calor del horno, incluso con la puerta de la entrada abierta para proporcionarnos alivio. Max volvió para comer y Sofia lo siguió por la puerta menos de un minuto después.

—Han desaparecido —dijo ella, mientras mi madre le colocaba un trozo de pan duro y un pedazo de arenque salado—. ¿No crees que Tom podría haber vuelto al bosque oscuro? Intentando regresar a su casa en Oldefort con su familia. Y podría haberse llevado a Romy con él. Los Paget están muy preocupados.

La expresión de mi madre mostraba que los Paget no eran los únicos preocupados.

—Estoy seguro de que estarán bien —afirmó Max con su primer pedazo de pescado—. Muy poca gente vagaría por el bosque oscuro sin una buena razón.

—¿Volver a casa no es una buena razón? —preguntó Sofia.

Como Max no tenía respuesta para aquello, le pellizcó la nariz y le dijo que comiera.

Ella obedeció sin quejarse.

—Adele —dijo mi madre cuando regresó a su masa—. Creo que te enviaré a ver a tu abuela esta tarde con una hogaza de pan. —Pareció meditarlo un momento—. O tal vez lo lleve yo misma, si tú puedes terminar aquí. —Pero por supuesto lo que realmente haría sería buscar en el bosque oscuro que rodeaba a la aldea cualquier señal de que Romy y Tom se habían adentrado allí.

—¡Yo quiero ir! —soltó Sofia con la boca llena de arenque.

—No —respondió mi madre, dejando de amasar.

—Pero yo quiero conocer la cabaña de la abuela. Ver monstruos. —Se encogió de hombros—. También quiero conocer Ashborne. Max dice que es precioso, y mientras el río esté congelado no puedo ir sin tener que atravesar el bosque oscuro. —Mi hermana frunció el ceño mientras modificaba su pensamiento—. No puedo ir a ningún sitio sin atravesar el bosque oscuro. Y yo quiero ir... a todas partes.

—¿Por qué demonios quieres hacer eso? —le pregunté, más bruscamente de lo que pretendía. Su voluntad de ponerse en peligro me aterrorizaba.

—A ti te puede asustar salir de Oakvale, ¡pero yo quiero ver cosas! —proclamó Sofia con los ojos brillantes ante la perspectiva.

—No me asusta —le solté. Había estado en el bosque durante semanas, luchando contra los monstruos. Pero no se lo podía decir—. Pero este es mi hogar y no necesito nada más. Tengo amigos aquí. Soy feliz aquí.

—No, no lo eres. —Sofia entornó los ojos—. Tienes una amiga. Y Elena pronto no tendrá tiempo para ti porque se va a casar con Simon...

—Simon también es mi amigo —insistí.
—... y va a tener bebés.
—Eso no...
—Y la gente habla de ti. De nosotras. Yo los escucho y...
—¿Has escuchado a la gente hablar de nosotras? —El horror se deslizó como agua helada por mi espina dorsal. Había asumido que a mi hermana pequeña no le afectaban los rumores sobre nosotras, pero considerando su gusto por escuchar a escondidas, debí haberlo imaginado—. No deberías prestar oídos a chismorreos sin fundamento.

—¿Qué dicen? —Max me miró, luego a Sofia y otra vez a mí.
—Que somos brujas. Que Adele es impúdica y lasciva. —Los ojos de mi hermana pequeña se entrecerraron y mis mejillas ardieron. Se giró hacia nuestra madre, cuyo amasado había empezado a parecer agresivo—. ¿Qué es «ser lasciva»?

—Es una completa tontería —le dije—. Son solo personas crueles que hablan de cosas de las que no saben nada.

—Bueno, no sé por qué quieres quedarte aquí con todas esas personas crueles, cuando puedes vivir donde quieras.

—Esta aldea puede no ser perfecta, pero es nuestro hogar —le dije, y me sentí incluso más ligada a Oakvale ahora que entendía realmente mi habilidad, mi deber, para protegerla.

—Bueno, cuando sea mayor viajaré y veré cosas. Pero ya tengo suficiente edad para ir a ver a la abuela, ¿no es así, mamá?

—No —dijo nuestra madre otra vez con los dientes apretados—. Decididamente no.

—Eres una pequeñaja tonta —dijo Max con una sonrisa y otro pellizco de nariz. Luego me brindó una mirada tranquilizadora por encima de la cabeza de mi hermana—. El bosque oscuro no es un lugar para niños. Pero no temas, Sofia. La aventura te espera algún día. Lo puedo sentir en mis huesos.

Tan solo me quedaba confiar en que ella estuviera dispuesta a esperar hasta ese día.

A regañadientes mi hermana regresó a su comida, y unos minutos más tarde Max se encontró con mi mirada.

—¿Es cierto eso? —Su afable sonrisa se había desvanecido en una expresión de profunda decepción—. ¿No quieres dejar nunca Oakvale?

Una punzada se me clavó en el pecho.

—Max...

Era consciente de que Sofia estaba escuchando mientras comía y, a pesar de que mi madre no había hecho una pausa en su labor, yo sabía que también estaba oyendo.

No estaba segura de qué decir. Había sido honesta con Max sobre Grainger desde el principio. Sobre los planes que tenía para mi propio futuro, antes de que mi madre me hablara de sus planes para mí. Sin embargo, después del tiempo que habíamos pasado en el bosque, después de la conexión que habíamos establecido, de pronto sentía que seguir siendo leal a Oakvale significaría herirlo. Y por muy inoportuna que fuera su llegada, no quería hacerle daño.

Sin embargo, al permitirme establecer un vínculo con Max, había herido a Grainger, incluso aunque él no lo supiera.

No habría manera de hacer feliz a todo el mundo. De cumplir con todas mis obligaciones. De conservar todas mis relaciones intactas. Y una parte de mí deseaba poder congelarnos a todos en ese momento, mientras aún tenía a Max y a Grainger. Antes de que tuviera que decidir si abandonar a mis vecinos o dejar indefensos a los habitantes de Ashborne.

Exhalé lentamente, luchando contra una presión terrible que se estaba gestando en mi interior. Una terrible culpa.

—Está bien —dijo él por fin, al observar mi muda lucha—. Entiendo. —Sin embargo, comió en silencio, mientras mi madre me lanzaba miradas decepcionadas desde la mesa en la que ahora estaba enrollando la masa en pequeñas bolas.

Mantuve mi boca llena de comida para que nadie esperara de mí que dijera nada más.

Después del almuerzo cargué el cesto con varios retazos grandes de lino en los que había estado trabajando por las tardes.

—¿No vas a repartir pasteles esta tarde? —me preguntó Max mientras se ajustaba el cinturón a la cadera.

—Hoy no. Elena está cuidando a los niños de *monsieur* Martel y prometí hacerle compañía. Vamos a coser una nueva camisa para el pequeño Tom.

Ya le habíamos hecho un par de calcetines largos de lana y una capa, tarea que se nos había pasado muy rápido porque, como era nuestra costumbre, nos pasábamos las horas charlando mientras trabajábamos. Sin embargo, por primera vez en nuestras vidas, la conversación se inclinaba de un lado. Elena me contó todo sobre los preparativos para su boda y, a pesar de lo emocionada que me sentía por ella, los detalles me resultaban agridulces al mismo tiempo, porque no había tenido tiempo de ayudarla con ellos y porque cada palabra que decía me recordaba que yo no había podido darle todavía a Grainger una respuesta respecto a nuestro compromiso.

Aunque me sentía feliz de escuchar lo unidos que estaban Simon y ella, sobre todo porque apenas la había visto en las últimas semanas, me dolía no poder compartir las cosas con ella. Contarle la nueva división en mi vida y pedirle consejo sobre cómo volver a unir los pedazos. Pero no tenía derecho a divulgar los secretos de mi familia sin su conocimiento o su permiso, a pesar de que ocultarle cosas a Elena me hacía sentir que la estaba perdiendo. Que nos estábamos separando.

Afortunadamente, parecía que ella no notaba esa distancia. Al menos hasta que la emoción de su boda no hubiera pasado.

—¿Puedo ir contigo hasta el taller de carpintería? —me preguntó Max, devolviendo mis pensamientos a la tarea que tenía entre manos.

Titubeé, reacia a levantar más rumores dando otro paseo por la aldea con él. Pero era solo un paseo por la aldea con un amigo de la familia, no un escándalo, por mucho que así lo vieran.

—Por supuesto.

Cogió mi capa de diario y me la colocó sobre los hombros.

Mi madre y Sofia iban unos pasos por detrás de nosotros, camino de casa de *madame* Paget para saber si los chicos ausentes habían aparecido, antes de que mi madre se fuera al bosque.

—¿Así que estás lista para probar el blanco hoy por la noche? —me preguntó Max, acercándose para murmurar por encima del parloteo de mi hermana.

—Sí.

Durante las semanas anteriores había practicado con mi nueva arma sobre varias bestias del bosque oscuro, pero, si bien mi puntería había mejorado, esperaba que el blanco de paja me permitiera sentirme más a gusto con el arma sin la presión de una situación de vida o muerte.

—Agradezco mucho...

Un grito me paralizó a medio paso y cuando levanté la vista vi a Elena que volvía por el camino de tierra desde el patio del herrero, ignorando cómo su falda se arrastraba por el barro. Iba tapándose la boca con una mano y con la otra aferraba con fuerza el brazo del pequeño de los Martel, mientras contemplaba el enorme granero que había al lado del taller al aire libre de *monsieur* Martel.

Mi madre y yo corrimos al lado de Elena con Sofia y Max pisándonos los talones, en el momento en el que *madame* Gosse salía de su cabaña al camino, tras haber escuchado el grito. *Monsieur* Martel soltó el martillo y salió del taller con su hijo mayor a rastras. Tenía la frente arrugada por la preocupación hasta que vio a sus dos hijos más pequeños ilesos.

—Elena, ¿qué pasa? —le pregunté.

Ella por fin se destapó la boca y la mano empezó a temblarle mientras señalaba el granero.

—He encontrado a Romy Paget y al pequeño Tom. En el granero. —Ahora todo su brazo temblaba—. ¡Margot, aléjate de ahí! —Elena se lanzó hacia delante y sujetó del brazo a la pequeña Martel de cinco años antes de que se aventurara hacia las oscuras profundidades de su granero.

—¿Elena? —*Monsieur* Martel frunció el ceño—. ¿Pero qué está ocurriendo aquí?

—Romy y el pequeño Tom están en su granero, *monsieur* —dijo—. Y ambos están cubiertos de sangre.

Un escalofrío me recorrió la espina dorsal y Sofia se aferró a mi mano con los ojos abiertos y asustada.

—*Mon dieu!* —*Madame* Gosse ahogó un grito, mientras *monsieur* Martel acercó a su hija pequeña hacia él—. Iré a buscar a *madame* Paget.

—Elena, mantén a los niños contigo —dijo mi madre, y reconocí su tono de mando por nuestras sesiones de entrenamiento en el bosque—. Los demás, esperad aquí. —Entonces corrió hacia el granero con su capa ondeando a su paso.

Le tiré mi cesta a Sofia y salí tras mi madre con el pulso rugiéndome en los oídos casi tan fuerte que tapaba los pasos de Max golpeando la tierra detrás de mí.

Mis ojos tardaron unos segundos en acostumbrarse a la oscuridad del granero, pero el olor del estiércol y el ganado eran normales.

—Ahí... —murmuró mi madre, y la seguí hacia la derecha, donde se podía escuchar el susurro del heno en el establo abierto del fondo.

—*Mon dieu.* —Mi madre cogió aire mientras miraba fijamente hacia el interior del establo.

Me asomé por debajo de su brazo y vi al pequeño Tom de pie en una cama de heno, completamente desnudo, manchado de sangre de pies a cabeza. Detrás de él, Romy Paget yacía inmóvil. También desnuda y cubierta de sangre.

Ahogué un grito de sorpresa y Max enmudeció detrás de mí.

—Maxime, por favor, ayuda a Adele a mantener a todos atrás. Especialmente a *madame* Paget. Ella no debe ver esto.

Tom parpadeaba, mudo e impasible ante nuestro horror.

—Espera —dijo mi madre, mientras Max se daba la vuelta para hacer lo que le había indicado—. ¿Me puedes dar tu camisa?

—Por supuesto.

Max dejó el zurrón de cuero en el suelo y se quitó la camisa por la cabeza.

Me quedé mirando el establo de los caballos salpicado por la sangre, paralizada de horror, hasta que...

Romy se movió.

No, seguramente lo había imaginado.

—Mamá. —Pasé a su lado y me arrodillé junto a la niña, incómodamente consciente de que Tom parpadeaba en silencio hacia mí a unos pocos metros de distancia. Y efectivamente Romy inhaló de nuevo, su pequeño pecho apenas se levantó—. Está viva. De hecho, no encuentro... —Fruncí el ceño, estudiándola más de cerca—. No hay heridas, esta no es su sangre.

—¿Qué? —Mi madre pasó junto a Tom y se arrodilló a mi lado, mientras algo de color claro llamaba mi atención. Una pluma. Y una vez que vi la primera, todas las demás parecieron saltar sobre mí desde la oscuridad.

—Es una gallina —dije, al tiempo que mi madre pronunciaba la palabra «gallina» como una exhalación de alivio—. Probablemente la que le faltaba a *madame* Gosse esta mañana.

—¿*Madame* Duval? —preguntó Max.

Levanté la vista y lo encontré mirándonos, sosteniendo su camisa con una mano y con su torso lleno de cicatrices expuesto.

—Están bien. Romy duerme y aún está caliente. —Mi madre puso una mano en la frente de la niña y la quitó inmediatamente, sorprendida—. Sí, está realmente enferma. ¿Podrías cogerla, por favor, Max?

—Por supuesto.

Me moví hacia atrás para dejarle sitio y Max me dio su camisa mientras se arrodillaba para coger a la pequeña Romy, acunándola en sus brazos. Mientras la llevaba al centro del establo, coloqué su camisa sobre la pequeña.

—Adele, ¿traes a Tom?

—Claro —respondí, y mientras mi madre se agachaba para coger el zurrón de Max, me arrodillé frente al niño desnudo para ponerme a su altura—. Tom, ¿qué le ha pasado a Romy? ¿Y a la gallina? —Su cabeza yacía en el suelo, a unos centímetros del montón de heno donde ella había permanecido—. ¿Te la has comido? —Por impensable que pareciera aquella idea, el niño estaba cubierto de sangre y no quedaba nada del pájaro, salvo la cabeza, algunas plumas y lo que ahora comprendía que eran unos cuantos huesos llenos de sangre—. Tom, ¿te has comido la gallina? ¿O ha sido Romy?

El niño no respondió nada. Ni siquiera podía asegurar que hubiera entendido mi pregunta.

—Adele —me llamó mi madre.

Me levanté y cogí de la mano a Tom, tratando de ignorar la pegajosa sensación de la sangre seca en su palma y sus dedos.

La pequeña multitud que se reunía resopló cuando salimos del granero con los dos niños.

—No pasa nada. Están bien —anunció mi madre—. El zorro ha atacado de nuevo y parece que los niños encontraron los restos de la gallina de *madame* Gosse.

Sin duda, esa era una interpretación muy libre de lo que habíamos encontrado, ciertamente, pero ni Max ni yo la discutimos.

—¿Estaban jugando con el cuerpo? —respiró con fuerza *madame* Rousseau y con una mano se presionó el pecho.

El murmullo de la multitud se hizo eco de su conmoción.

—Posiblemente, Romy estaba delirando por la fiebre —dijo mi madre—. Dudo que supiera lo que estaba haciendo.

—¿Y el chico? —preguntó la madre de Grainger desde un lado de la multitud que se había congregado.

Antes de que mi madre pudiera responder, *madame* Paget se abrió paso entre la aglomeración. Con la mano de Jeanne entrelazada en la suya.

—¡Celeste! —gritó—. ¿Qué ha pasado?

—Romy sigue enferma. —Con actitud decidida mi madre se abrió paso entre el gentío mientras conducía a *madame* Paget fuera del granero. Max y yo las seguimos—. Vamos a limpiarla y a llevarla a la cama.

La multitud se dispersó cuando llevamos a los niños de vuelta a la cabaña del techador, siguiendo nuestra estela y murmurando preguntas y suposiciones.

Madame Paget condujo a Max y a mi madre a la habitación de atrás de su casa, donde le pidió a Max que acostara a Romy sobre el colchón de paja. Mientras *madame* Paget empezaba a lavar a la niña enferma con trapos y agua de un cubo, mi madre envió a Jeanne y a Sofia a jugar a nuestra cabaña, y después nos llamó aparte a Max y a mí.

—Adele, lleva a Tom fuera y aséalo —murmuró mi madre—. No es ningún peligro para ti, pero no dejes que nadie más se le acerque. Especialmente a su boca. ¿Me entiendes?

—¡No! —contesté, agitando la cabeza y observando a Romy a través de la cortina abierta de su cuarto—. No entiendo nada.

—Te lo explicaré cuando haya visto a Romy —insistió, mientras se dirigía hacia la puerta—. Tú mantenlo atrás y lejos de cualquiera, incluido Max. Lo digo en serio, Adele. ¡No dejes que nadie se acerque a ese niño!

15

Llevé a Tom a la parte de atrás de la cabaña del techador y Max llenó un cubo con agua de lluvia del tonel y me lo dio, pero, tal y como mi madre había indicado, permaneció a varios metros de distancia del niño y empezó a vigilarlo con preocupación.

—¿No crees que quizá pudo encontrar a la gallina muerta y simplemente... se puso a jugar con ella? —susurré mientras limpiaba la sangre de las pequeñas y regordetas mejillas de Tom.

No entendía del todo qué estaba ocurriendo, pero las extrañas e inquietantes instrucciones de mi madre me decían que, a pesar de que ella culpaba al delirio de Romy, en realidad creía que Tom era la fuente de todo el problema.

—No puedo imaginar por qué haría eso. —Max se apartó, estudiando la cara del niño mientras yo le limpiaba con un paño, poco a poco, la sangre—. ¿Realmente lo encontraste en el bosque oscuro?

Asentí. No podía recordar habérselo dicho, pero Tom era un tema de especulación frecuente en la aldea.

—Desnudo y solo junto al carro de sus padres. A ellos los mató un lobo blanco, pero el niño no tenía ningún rasguño. Sin embargo, mi madre lo trata como si fuera peligroso no solo para las gallinas. —Tom me miró mientras yo limpiaba la frente del niño, pero, a pesar de que estábamos hablando de él, de sus padres muertos, no hizo ningún intento de comunicarse—. ¿Qué estoy pasando por alto? —le pregunté a Max mientras enjuagaba el paño en el cubo.

—No estoy seguro todavía. ¿No habla?

—No, hasta ahora. Lo encontré un poco antes de que tú llegaras, y no creo que haya pronunciado una palabra desde entonces, aunque a veces asiente con la cabeza.

—Entonces, ¿entiende?

—Eso parece. —Volví a enjuagar el paño y, cuando empezaba a limpiar el hombro del niño, lo miré directamente a los ojos—. ¿Tom? ¿Entiendes lo que estamos diciendo? ¿Te comiste a esa gallina cruda?

Pero él solo parpadeó.

Max frunció el cejo ante el niño, manteniendo la distancia, y le dijo:

—Abre la boca, por favor.

Para mi sorpresa, el chico obedeció, evidentemente más dispuesto a seguir instrucciones que a responder preguntas.

—¿Eso es...? —Eché un vistazo dentro de su boca—. Hay una pluma entre dos de sus dientes. —Y decidí dejarla ahí, considerando su historia de mordeduras—. ¿Por qué te comiste una gallina cruda? Sé que *madame* Paget te da de comer.

Pero, por supuesto, Tom no me dio ninguna respuesta.

—Sofia y yo encontramos sangre y plumas en nuestro establo hace un tiempo —le dije a Max mientras me incorporaba—. Supusimos que un zorro se había comido la gallina que echábamos en falta.

Sin embargo, ahora teníamos pruebas extrañas y horripilantes de lo contrario. Al parecer, Romy y Tom se habían apoderado de la aldea durante la noche, sin que lo supiéramos ni la guardia ni Max ni yo.

—¿Qué le pasa a la pequeña...? —preguntó Max—. ¿Su nombre es Romy?

Asentí.

—Tiene una especie de fiebre. Empezó como una hinchazón y calor donde Tom la mordió, pero se extendió y persiste.

—¿Él la mordió? —El ceño de Max se hizo más profundo. Después me alejó gentil pero insistentemente del pequeño Tom, que aún me observaba en silencio—. ¿Tu madre sabe lo del mordisco?

—No estoy segura. ¿Por qué? ¿Qué significa?

—No quiero sacar conclusiones precipitadas. —Pero de repente esas conclusiones estaban muy claras.

—No. —Agité la cabeza—. Eso no es posible. Tom no tenía

ni rasguños ni mordeduras. Nunca tuvo fiebre. No puede haber sido infectado...

Y, sin embargo...

—¡Mamá! —la llamé desde la puerta trasera de la casa de los Paget.

Por encima de su hombro pude ver que habían lavado y vestido a Romy con una camisa limpia y que su madre le estaba aplicando un paño húmedo en la frente. Las mejillas de la niña brillaban de color escarlata en la penumbra por la fiebre.

Mi madre se puso de pie y miró más allá de mí hacia el patio, donde Tom seguía cerca del barril, y Max a varios metros de él. Luego me siguió hasta la puerta, empujándola para cerrarla.

—¿Qué pasa? —murmuró ella.

—Eso es lo que quiero saber. ¿Qué está pasando? —La detuve en medio del patio con una mano en su brazo—. Tú sabes que no había un zorro, ¿verdad? ¿Sabes que se comieron la gallina de *madame* Gosse? ¿Y probablemente la nuestra?

—Soy consciente —respondió suspirando—. Pero si lo hubiera dicho, la aldea entera habría venido tras el niño con un azadón. —Porque los niños pequeños no solían matar gallinas con sus manos ni comerse la carne cruda. Desnudos—. Habrían ido también a por Romy.

—Sabías que era sangre de la gallina, ¿verdad? ¿Antes incluso de que vieras lo que había quedado del ave? —le pregunté. Mi madre asintió—. ¿Cómo?

—Podía olerla. Huele bien la sangre de tu paño —sugirió—. Y recuerda ese olor la próxima vez que te cortes rebanando pan. La próxima vez que mates un pollo. La sangre de diferentes fuentes tiene diferentes olores. Deberías poder decirlo ahora. —Ahora que había ascendido—. Si prestas atención.

Mi mente daba vueltas a ese conocimiento mientras seguía a mi madre el resto del camino a través del patio.

—¿Qué está ocurriendo? —murmuré mientras ella estudiaba a Tom, todavía salpicado de sangre siniestra desde el cuello hasta los pies—. ¿Sabías que había mordido a Romy?

—Me lo imaginé cuando caí en la cuenta de que los niños eran los que estaban cazando a nuestras gallinas y *madame* Paget acaba de confirmar mi sospecha. Aunque debería haberme dado cuenta antes. Debería haber venido a ver a Tom el día que lo encontraste. —La culpa distorsionó sus facciones—. Estaba distraída por tu prueba y el compromiso de Elena, y asumí que si no tenía mordiscos o rasguños no era un peligro para la aldea. Pero si me hubiera entretenido en examinarlo ese día, o cualquier otro, lo habría sabido. Habría podido evitar todo esto.

—¿Deberíamos estar discutiendo esto delante de Tom?

Mi madre me miró de forma extraña.

—Él ya sabe todo lo que estamos diciendo, Adele.

—¿Y exactamente qué estamos diciendo?

—¿Debo asumir...? —Max dejó la pregunta sin terminar mientras su mirada se posaba acusadoramente sobre Tom.

—¿Considerando que Adele lo encontró en el bosque? ¿Que parece que no sabe hablar, que muerde y que evidentemente puede atrapar y comerse un pollo crudo, en medio de la noche? Pues sí.

—¿Estás diciendo que es un lobo? Pero no tenía ni un solo rasguño cuando lo encontré, y siendo un niño pequeño no puede ser un lobo rojo. ¿Cómo es posible? —pregunté.

Mi madre se arrodilló y presionó su nariz sobre el cabello del niño, como si estuviera besando la punta de su cabeza de la manera en la que besaba a Sofia varias veces al día. Pero su profunda inhalación reveló la intención que tenía.

Volvió a maldecir en voz baja mientras se levantaba.

—Huélelo.

Me arrodillé y olí el cabello del niño, sorprendida de que aún pareciera contento de estar allí de pie. Olía ligeramente a sudor, un sudor limpio, prepúber, y no tan ligeramente a sangre. Pero debajo de eso había algo más. Algo extrañamente distintivo y... malo. Diferente. Aunque familiar.

—Huele como a un lobo blanco —musité, mirando a mi madre con el ceño fruncido por la confusión—. Pero ¿cómo, si no fue mordido?

—Hay algo más. Cierra los ojos —susurró mi madre—. Inhala su olor otra vez, y déjalo rodar por tu mente. Deja que esta lo asimile.

De nuevo hice lo que mi madre me pedía y un súbito entendimiento me golpeó con la fuerza de un gélido viento del norte que me quitaba el aliento, impactando en mis sentidos.

—Tom no fue infectado por un lobo blanco —murmuré—. Él ya era un lobo blanco.

—Así es —me contestó, y me arrastró varios metros lejos del niño.

Max me siguió, mientras Tom se sentaba en el suelo y se ponía a dibujar en la tierra.

—¿Así que no es el hijo del comerciante asesinado en el bosque?

Mi madre movió la cabeza lentamente y bajó la voz hasta poco más que un murmullo.

—Sospecho que es el hijo del lobo que los mató. El lobo que mataste durante tu prueba.

Respiré profundamente mientras pensaba en ello, observando al niño dibujar formas en el suelo. Se le veía tan pequeño. Y extrañamente inocente, a pesar de estar cubierto de sangre.

Sangre de gallina. No sangre humana.

—Muy bien. Entonces es un hombre lobo —dije por fin. Después bajé la voz aún más—: Pero es solo un niño. Sí, se ha escapado y ha matado a un par de gallinas, pero si eso es lo peor...

—Eso no es lo peor. —La sombría declaración de Max coincidía con la mirada lúgubre de sus ojos color miel.

—Y sé que prefiere salir de noche —continué—, pero está perfectamente bien durante el día. Así que tal vez es diferente del resto de lobos blancos. Tal vez es un poco como nosotras...

—Adele, él no es diferente de otros de su especie —dijo mi madre—. Esa es la razón por la que mantenemos antorchas encendidas. Porque a diferencia de los otros monstruos del bosque, no es la luz la que ahuyenta a un lobo blanco, es el fuego. Y no son como nosotras. De hecho, su especie es el reverso de la nuestra.

—¿Qué significa eso?

—Los lobos blancos son capaces de adoptar una forma humana, pero, incluso así, nunca dejan de pensar como lobos. Los lobos rojos son personas que pueden adoptar la forma de un lobo, pero, incluso así, nunca dejan de pensar como humanos. Lo que significa que, a pesar de nuestras similitudes, a pesar de que ambos somos *loup garou*, nuestras diferencias son profundas. Los lobos blancos devoran carne humana. Por eso no pueden vivir en aldeas, como nosotras. Muy pronto serían descubiertos y los matarían. Aunque no sin antes llevarse a la mitad de la aldea con ellos.

—*Mon dieu* —susurré, cuando empecé a entender la distinción que estaba haciendo—. ¿Y yo he traído a un pequeño lobo blanco a la aldea? ¿Para que se aproveche de nuestras gallinas? Y... —Mi mirada encontró la puerta de los Paget—. ¿De nuestros niños? ¿Intentará comerse a Romy? ¿Por eso la mordió?

Mi madre intercambió otra mirada con Max, y en un minuto devastador finalmente entendí lo que había desatado en la aldea.

—Él ya la ha mordido. —Y ella tenía fiebre, igual que mi padre cuando lo sacaron del bosque oscuro—. ¿Está infectada?

Mamá asintió.

—Sí, y si sobrevive a la fiebre la pequeña Romy Paget se convertirá en un lobo blanco y en un terrible peligro para todo Oakvale.

A pesar de todas las preguntas que daban vueltas en mi cabeza, mi madre insistió en que continuáramos la discusión en la privacidad de nuestra cabaña.

Después del estado en el que habíamos encontrado a los niños, no fue difícil decirle a *madame* Paget que nos permitiera llevarnos a Tom con nosotros, así que Max y yo nos dirigimos a la panadería y mi madre se quedó a ayudar a Romy.

Mientras esperábamos a que llegara, terminé de lavar a Tom, después le presté al chico mi túnica de repuesto y lo senté a la mesa con un trozo de pan y encurtido de arenque.

Pero antes de que pudiera empezar a interrogar a Max sobre lo que sabía de los lobos blancos, alguien llamó a la puerta principal.

Levanté la vista y encontré a Grainger de pie en la entrada. Su mirada se endureció cuando vio a Max sentado a la mesa.

—Adele, he oído que has tenido un poco de emoción. ¿Va todo bien?

—Sí —dije, inhalando profundamente y luchando por esconder mi frustración por la interrupción.

Grainger no podía saber que su amable impulso de ver cómo estaba yo se interponía con la información que necesitaba desesperadamente. O que sus celos estaban agravando la ansiedad que ya parecía agotar el aire fresco de mis pulmones.

—Elena encontró a Romy Paget y al pequeño Tom, aquí, en el granero de *monsieur* Martel, cubiertos con la sangre de la gallina que le faltaba a *madame* Gosse. Sin duda, encontraron los restos.

—¿Y jugaron con ellos? Es una extraña elección de juguete.

—No estamos totalmente seguros de lo que ocurrió, pero Max tuvo la amabilidad de ayudarme a limpiar a Tom y a alimentarlo.

Aunque resultaba obvio por la manera en la que el niño estaba comiendo que su estómago seguía lleno de gallina cruda.

—¿Cómo está Romy? —Grainger se volvió hacia mí sin dirigirle ni una palabra a Max—. ¿Aún tiene fiebre?

—Me temo que no tiene buena pinta —dijo Max.

La mirada de Grainger se volvió hacia él.

—¿Conoces a los Paget?

—Nos hemos encontrado al pasar.

—Lleva aquí un mes y toda la aldea lo quiere —murmuró Grainger, esperando claramente que yo fuera la excepción a esa afirmación.

Fruncí el ceño. Mis sentimientos hacia Grainger no habían cambiado, pero me gustaba Max. Aún no tenía la seguridad de lo que significaba ese «gustaba», o cuán arraigado estaba, pero de lo que sí estaba segura era de que no me gustaba la nueva disposición de Grainger de atacar abiertamente a Max. Incluso aunque entendiera por qué se sentía provocado.

Antes de que pudiera idear una respuesta, mi madre entró en la cabaña.

—Buenas tardes, *madame* Duval —dijo Grainger—. Me dice Adele que Romy Paget sigue enferma.

—Sí, desgraciadamente la fiebre ha resultado ser muy persistente.

—Me apena escuchar eso. Debo regresar. Adele, ¿me acompañas?

Me tragué mi frustración, un sentimiento extraño, ya que nunca antes había estado tan poco emocionada de pasar tiempo con Grainger, e hice acopio de modales, aunque en realidad quería hablar con mi madre y con Max.

—Por supuesto. Una parte del camino al menos.

—*Monsieur* Bernard se siente como en casa con tu familia —dijo Grainger cuando empezamos a bajar por el camino embarrado.

—Él es...

—Lo sé. Es un amigo de la familia.

—Sí, y me está ayudando con Tom —dije, mirando hacia la panadería, lo que hizo que Grainger frunciera el ceño.

Pero a pesar de lo conflictivas que me seguían pareciendo mis noches en el bosque oscuro con Max y el efecto que estaban teniendo en mi relación con Grainger, la revelación del cachorro de lobo blanco había puesto las cosas en una perspectiva totalmente nueva.

Sentía mi dilema personal como algo mucho menos importante ahora que sabía que toda la aldea estaba en riesgo por una amenaza que yo había llevado a nuestro entorno. De repente, descubrí que tenía poca paciencia con los celos de Grainger, a pesar de que no había manera de que él conociera el problema más grande.

—¿Ahora estáis a cargo del cuidado del niño?

—Al menos de momento. *Madame* Paget está desbordada de trabajo. Y yo debería volver. Tengo mucho que hornear, y estamos tratando de averiguar por qué exactamente dos niños pequeños estaban jugando con una gallina muerta. Algo que no será fácil con Romy desmayada por la fiebre y Tom en silencio —farfullaba, intentando evidentemente compensar lo que no podía decirle a Grainger con todo lo que sí podía contarle. Y por muy frustrada que estuviera en ese momento, guardarle secretos seguía haciéndome sentir... mal.

—¿El niño aún no ha dicho nada?

—Ni una sola palabra.

—Es muy raro. —Grainger exhaló pesadamente—. Bueno, te dejo volver. Pero espero que nos veamos mañana.

—Por supuesto —respondí, luchando contra la impaciencia, mientras él se inclinaba para besarme en la mejilla.

La sensación de sus labios permaneció como un cálido recordatorio de nuestra conexión, que me hacía sentir culpable y confundida mientras me apresuraba a llegar a mi casa.

Dentro encontré a Tom acurrucado en el suelo, profundamente dormido, lo más lejos posible del fuego. Cerré la puerta principal, a pesar del calor del horno, para evitar que nos escucharan.

—Muy bien, ¿puede alguien explicarme por favor qué sucede con Romy Paget? Lleva semanas con fiebre, ¿cuánto tiempo más va a seguir así?

—No lo sé —admitió mi madre—. Si fuera un adulto, ya habría sucumbido a la fiebre o se habría convertido en un lobo blanco, pero no tengo experiencia con niños infectados. De hecho, esta es una tragedia a la que no esperaba tener que enfrentarme nunca.

—¿Si yo mordiera a alguien, o Sofia lo hiciera, pasaría lo mismo? —Ella ya era mayor, por supuesto, para saberlo bien, pero la mayoría de los niños pequeños muerden, especialmente con la dentición. ¿Los cachorros de lobo rojo eran entonces peligrosos para los humanos?

—No. —Mi madre limpió con un paño la superficie de trabajo, después sacó el tazón más grande del estante y espolvoreó harina—. Un lobo rojo solo puede nacer, y solo puede ser hembra. Ese no es el caso de los lobos blancos. Su naturaleza pasa por una infección en el útero o por una mordedura, como en el caso de Romy. Y los lobos blancos pueden ser hembras o machos.

—O niños y niñas. Pequeños, inocentes niños y niñas... —murmuré mirando a Tom, que seguía durmiendo en el suelo.

—Desgraciadamente —empezó mi madre, y al levantar la vista me encontré tanto a ella como a Max mirándome— ellos pueden ser más peligrosos para esta comunidad que un adulto infectado, porque no suponen ninguna amenaza obvia. Si se encontrara a un adulto, hombre o mujer, cubierto con sangre de una gallina sacrificada, nuestros vecinos asumirían que él o ella estaba loco, en el mejor de los casos, o en el peor, que era practicante de algún arte oscuro. Pero *madame* Paget no dudará en cuidar a su niña enferma. Y no tiene ni idea de que cualquier cosa que moleste a Romy, hambre, dolor, la misma fiebre, puede provocar que ataque por un instinto que posiblemente no entienda o no controle.

—¿Crees que mordería a su propia madre?

Max se encogió de hombros.

—Así es como un cachorro de lobo se defiende.

Y de repente se me ocurrió lo fácilmente que Tom habría podido morder a Grainger cuando llevó al niño a la aldea el día que lo encontré. O...

—¡Sofia! —El nombre de mi hermana brotó de mi boca—. Ella jugó con Tom y Jeanne a principios de esta semana.

—Él no es más peligroso para tu hermana que para ti, porque las mujeres de nuestro linaje no pueden ser infectadas por un lobo blanco. —Mi madre se inclinó sobre su trabajo, amasando la masa desde los hombros—. Sin embargo, si Tom o Romy muerden a alguien más, la bola de nieve que es esta epidemia en ciernes empezará a rodar colina abajo, adquiriendo velocidad y tamaño mientras aplasta a toda la aldea.

—¿Epidemia?

—Normalmente cuando un lobo blanco muerde, mata y consume, a menos que sea ahuyentado antes de que su víctima muera, como fue el caso de tu padre. —Mi madre se limpió una mancha de harina de la barbilla con el antebrazo—. Pero estamos hablando de niños. Mientras son jóvenes, sospecho que tienen más tendencia a arañar o a morder para defenderse que a matar. Lo que quiere decir que, si se sienten amenazados o acorralados, o incluso confundidos, pueden arremeter e infectar a personas que no tienen ni idea de lo que les ha pasado. Que a su vez pueden infectar a otras. Y así sucesivamente.

A pesar de que ya estaba padeciendo vívidas imágenes mentales de Tom y Romy convirtiéndose en pequeños monstruos sedientos de sangre, no se me había ocurrido que pudieran desatar una plaga de infecciones de lobo blanco en Oakvale.

La culpa me golpeó como una ráfaga de aire helado, robándome el aliento. Me dejé caer en un taburete junto a la mesa.

—Esto es por mi culpa. Yo lo traje aquí. —Volví a mirar a Tom y, cuando lo vi observándonos, todavía acurrucado en el suelo, otro escalofrío me recorrió la columna vertebral.

¿Podía entendernos? Más allá de eso, incluso si conociera las palabras que estábamos diciendo, ¿entendía realmente de qué estábamos hablando?

—Pero ¿qué otra cosa se suponía que podía hacer con él? No tenía ni idea de que era un lobo blanco. No podía dejar morir a un niño solo en el bosque oscuro. Eso es lo que le hubiera ocurrido, ¿verdad?

—¿Sin su madre? —Mi madre se encogió de hombros—. Probablemente.

Bajé la voz aún más, con la esperanza de que Tom no escuchara.

—¿Crees que la abuela sabía de él cuando atrapó a su madre? —La bestia cuya sangre estaba destinada a desencadenar mi propia transformación.

—Imagino que no lo sabía —dijo mi madre—. No lo habría dejado solo en el bosque.

Pero por su comentario no podía saber cuál habría podido ser la alternativa.

La abuela seguramente sabría que cualquier cachorro de lobo blanco que dejara vivo se convertiría en otra amenaza que habría que eliminar, antes de que pudiera arrancar del camino a un aldeano aterrorizado y comérselo. ¿Habría escogido a un lobo blanco diferente para que yo lo matara, si hubiera sabido que existía ese cachorro? ¿O lo que decía mi madre era que la abuela debería haber matado al pequeño Tom cuando capturó a su madre?

Por horrible que fuera ese pensamiento —lobo o no, seguía siendo solo un niño—, la verdad era que si hubiera dejado a Tom a su suerte en el bosque oscuro la pequeña Romy no habría sido mordida.

Me giré otra vez hacia Tom y me reconfortó ver que se había vuelto a dormir.

—Entonces, ¿qué vamos a hacer con respecto a Romy?

—Aunque suene muy fuerte —dijo Max, mirando hacia una jarra de cerveza intacta—, lo mejor para todos es que sucumba a la fiebre.

—Eso suena muy duro —afirmé—. Especialmente teniendo en cuenta que *madame* Paget ya ha perdido a dos niños.

Por supuesto, la mayoría de las madres habían perdido hijos. Nosotros habíamos perdido a nuestro hermanito a las dos semanas de nacer, varios años antes de que Sofía viniera al mundo.

—Perderla por la fiebre sería muy compasivo, considerando la alternativa —insistió mi madre, mientras añadía el fermento de una vasija de barro a la levadura—. Ya sabéis lo que les ocurrirá a ambos si alguien descubre lo que son.

Las llamas crepitaron en mi memoria, acompañadas del olor fantasma a carne quemada.

—¡Pero solo son niños! —exclamé, y hasta el momento solo habían demostrado ser un peligro para las gallinas de la aldea.

Mi madre metió la masa madre en la harina, descargando su frustración en la masa con movimientos rígidos y ásperos, y afirmó:

—Y, sin embargo, se volverán monstruos despiadados que buscan la violencia y se alimentan de carne humana.

—¿Eso es cierto? —pregunté, devastada por la perspectiva.

—Por desgracia —contestó mi madre con los dientes apretados.

Una ola abrumadora de desesperanza se estrelló sobre mí, succionando el aire de mis pulmones.

—Entonces, su destino es más o menos el mismo. O muere por el fuego que arde bajo su piel, o por el que la aldea encienda en torno a ella.

—No. —Mi madre dejó la masa y se limpió las manos en el delantal—. Es nuestro deber asegurarnos de que no sufra ninguno de esos destinos.

El miedo se instaló en mi alma como el humo, demasiado denso para respirar.

—¿Quieres matarla? —pregunté suavemente—. No. —Romy era solo una niña. ¡Mi madre y yo estábamos delante cuando nació!

—No creo que podamos permitirnos esperar y ver si se recupera —dijo Max, y se me erizó el vello de los brazos—. Lo más seguro para toda la aldea es...

—No —repetí—. Tiene que haber una alternativa a matar a una niña.

—Adele, sé que esto es difícil. —Mi madre rodeó su área de trabajo para acercarse más a mí—. Pero tenemos una responsabilidad con la aldea. Es parte del deber de una guardiana.

—Aislamiento —dije, decidida a encontrar alguna manera de salvarla—. Podemos aislarla de manera que nadie más resulte infectado, mientras esperamos a que la fiebre pase.

Max se reclinó en la silla.

—¿Cómo vas a explicar eso a su familia?

—¿Y después qué? —preguntó mi madre con suavidad—. Si sobrevive, ¿qué haremos con ella? —Miró a Tom—. ¿Con ambos?

—¡No lo sé! ¿Soltarlos en el bosque oscuro y esperar que alguna loba blanca los adopte? O permitir que la naturaleza siga su curso. De cualquier manera, es mejor que matar a una niña de cinco años —musité tan bajo que casi yo misma no conseguía escuchar mi propia voz—. No me puedo creer que estemos hablando de esto.

—No tenemos otra alternativa que hablar de esto —zanjó mi madre; levanté la mirada y me encontré con sus brillantes ojos verdes relampagueando de frustración—. Nuestro deber es proteger a nuestros vecinos de la amenaza del bosque oscuro, incluso cuando esa amenaza se adentra en la aldea misma. Incluso cuando esa amenaza tiene la apariencia de un niño inofensivo. Debes estar preparada para tomar decisiones difíciles, y en este caso, eso implica sopesar la supervivencia de toda una aldea frente a las vidas de dos...

La puerta principal se abrió de golpe, interrumpiendo a mi madre a media frase, y Sofia irrumpió en la habitación con una ráfaga de viento gélido. Tenía los ojos muy abiertos, sus rizos rojos eran un lío salvaje y enredado que volaba sobre sus mejillas sonrojadas por el frío.

—¡*Madame* Paget me envía y he venido corriendo!

—¿Qué ocurre? —preguntó mi madre, recomponiéndose visiblemente mientras empujaba la puerta para cerrarla—. ¿Es Romy? ¿Está empeorando la fiebre?

—¡No, ha bajado! Está despierta y pregunta por Tom —contestó Sofia; seguí su mirada y vi que el chico se había despertado—. ¿Puedo llevarlo con ella?

—¡No! —grité, y Sofia se sobresaltó, sorprendida por mi respuesta.

—¿Por qué no? —Miró confusa a su alrededor, pues la tensión se había apoderado de ella—. ¿Qué ocurre?

—Nada. Yo llevaré a Tom. —Mi madre se quitó el delantal y lo colgó de un gancho cerca de la puerta, dejando que la masa fresca fermentara en su mesa de trabajo.

Empecé a sugerir que tal vez Tom debía quedarse en nuestra casa, pero entonces llegué a una conclusión a la que mi madre evidentemente ya había llegado: los Paget estaban en peligro con Romy en su casa, y complacer la petición de la niña podría mantenerla tranquila, lo que evitaría que mordiera o arañara a alguien.

—¿Tom? —Mamá extendió una mano hacia el niño, que estaba en el suelo, y él se levantó para cogerla.

—¿Puedo ir? —preguntó Sofia.

Mi madre dudó.

—Sí, pero deja que Tom le haga compañía a Romy. Tú y Jeanne podéis jugar en la plaza. —Un plan que sin duda intentaba mantener a Jeanne alejada de los dos lobeznos blancos.

—Bueno, hasta aquí ha llegado mi idea del aislamiento —dije, cuando la puerta se cerró detrás de ellos.

—Fue de buen corazón —dijo Max; sin embargo, por su tono pude deducir que pensaba que también era poco práctica—. Pero ahora tenemos que enfrentarnos a la realidad. Hay dos cachorros de lobo blanco en Oakvale, y si no hacemos algo terminarán mordiendo a alguien. A alguien más, en el caso de Tom.

—Y, presumiblemente, en algún momento Romy se transformará en un pequeño cachorro de lobo, como Tom evidentemente ha estado haciendo por las noches. ¿Tienes idea de cuándo ocurrirá eso?

—No —contestó Max, moviendo la cabeza—. Pero cuando ocurra, la aldea asumirá que la familia Paget ha caído bajo una influencia maligna.

Un escalofrío me recorrió la piel. ¿Tendría razón? ¿Mis vecinos creerían que los Paget... se mostraban receptivos al bosque oscuro?

—¿Tiene viruela? —Sofia removió el trozo de venado asado que había en su tazón.

—No, no es viruela —dijo mi madre, y colocó un segundo tazón de caldo y venado delante de Jeanne Paget, junto con un trozo de pan duro.

—¿Es la peste? —preguntó Jeanne mientras mojaba su pan en el caldo.

—No, solo es fiebre —le respondí—. Y tu hermana se está recuperando.

Mi madre había convencido a *madame* Paget de que dejara a Jeanne pasar la noche con Sofia, de manera que se pudiera concentrar en cuidar a Romy, quien aún se sentía débil. Pero no habíamos tenido suerte a la hora de tratar de salvar a *madame* y *monsieur* Paget del riesgo de un mordisco, porque no podíamos decirles que su hija era una loba blanca.

Ello significaba que todo lo que podíamos hacer era esperar que, a pesar de sus nuevos instintos lupinos, Romy no mordiera a sus propios padres, y que ellos supieran lo suficiente sobre la tendencia de Tom a morder para mantenerse alejados de su boca. Porque Romy no se separaría de él.

Y porque traerlo de nuevo con nosotros solo habría logrado poner a Jeanne bajo el mismo peligro de un mordisco que sus padres corrían con Romy. De esta manera, por lo menos el peligro se había restringido a una sola cabaña.

Mientras las niñas comían, mi madre me hizo señas para que la siguiera a la habitación de atrás.

—Deberías haberlos visto —me susurró mientras se sentaba en el borde de su colchón de paja y reanudaba el trenzado de la mecha de la vela que había comenzado el día anterior—. Tan pronto como la vio, Tom se subió a la cama de Romy y los dos se acurrucaron para dormir, como cachorros de la misma camada.

Suspiré al tiempo que me hundía en la cama junto a ella.

—En cierto modo supongo que son.

—No va a haber una solución agradable para esto, Adele. Necesito saber que lo entiendes.

—Lo sé —dije, toqueteando el borde de la manta—. ¿Crees...? ¿Aún piensas que tendremos que matar a los niños? —murmuré.

—No veo que tengamos otra alternativa que darles un fin fácil y humano. Rápido. Me ofrezco a vigilarlos a ambos esta noche para que *madame* Paget pueda dormir un poco, después me ocuparé de ello. Creo que me las puedo arreglar para que sus padres crean que la fiebre de Romy volvió por la noche y que sucumbió a ella. Pero Tom... Bueno, lo que Sofia pensó cuando no lo encontrábamos tiene sentido, lo de salir a hurtadillas por la noche, así que ¿quién puede decir que no se adentró en el bosque, tratando de encontrar el camino a su casa?

—¿No crees que se verá como una coincidencia que Tom huya la misma noche que Romy muere?

—No creo que tengamos otra alternativa. Además, creo que la gente estará dispuesta a pensar que una vez que Tom perdió a su mejor amiga en la aldea, deseó regresar a su casa. Ha pasado por muchas cosas, aun cuando nuestros vecinos no comprendan bien la tragedia.

—¿Y puedes hacer eso? ¿Puedes vivir contigo misma después de haber arrebatado a otra mujer a su hijo, bajo su propio techo?

Sus manos se quedaron inmóviles, con los nudillos blancos mientras sujetaba la mecha que estaba tejiendo.

—En verdad no tengo otra alternativa.

—¿Igual que no tuviste otra alternativa cuando dejaste que papá muriera?

Mi madre se estremeció.

—Así es —dijo por fin—. A veces una guardiana no tiene alternativa. De hecho, con mucha frecuencia no tiene una buena alternativa.

—¿Quién lo encontró?

—¿No lo recuerdas? —preguntó, y yo moví la cabeza.

Los recuerdos de ese día eran de mi padre. Del horror de su pierna mutilada y de sus ojos vidriosos por la fiebre.

—El padre de Grainger, *monsieur* Colbert, estaba patrullando y vio a tu padre internarse en el bosque. Encendió una antorcha y fue tras él, y en pocos minutos lo oyó gritar. Siguió los alaridos y alejó al lobo blanco con su antorcha y su espada, después arrastró a tu padre fuera del bosque. Pero era demasiado tarde para salvarlo.

—Así que dejaste que lo quemaran.

La exhalación de mi madre pareció desinflarla.

—No había manera de dejarlo vivir, *chère*. Ninguna. Estaba infectado. Se habría convertido en un lobo blanco, y no son como nosotras. Él comprendió lo que estaba ocurriendo y no estaba dispuesto a liberar a una bestia como esa en la aldea.

—¿Cómo...? —La pena creció en mi interior, nueva y palpitante—. ¿Cómo pudiste soportarlo? ¿Cómo pudiste quedarte allí quieta y...? —Mi voz se quebró bajo la agonía del recuerdo.

—Ese fue el peor día de mi vida, Adele. Lo más difícil que he tenido que hacer no ha significado nada. —Se aferró al borde del colchón con las manos blancas por el esfuerzo—. Tuve que estar allí y no hacer nada mientras ataban a tu padre al poste y apilaban leña a su alrededor. Tuve que quedarme quieta cuando encendieron la leña. Mientras gritaba, devorado por las llamas. Porque él no quería oír mis quejas. Intenté convencerlo de todos modos, mientras le ponía cataplasmas en las piernas. Mientras el cura, el barón y *monsieur* Colbert discutían su destino en el salón. Porque ¿cómo no iba a tratar de evitarle una muerte tan horrible? Pero suplicar por la vida de una bestia que consume carne humana habría arrojado la sospecha de brujería sobre nuestra familia, y él no me habría permitido ponerme en peligro o poneros a vosotras, niñas. Creía que someterse a su destino era su deber. Que en última instancia me estaría protegiendo, protegiéndonos, de un monstruo.

De sí mismo. Ella no tenía que decir esa parte en voz alta para que yo la escuchara. Para comprender finalmente su sacrificio.

Yo había estado allí. Había visto a mi padre en la cama y había escuchado a mis padres murmurar. Había visto a papá atado al poste y olí su carne quemada. ¿Cómo pude comprender tan poco de lo que estaba ocurriendo?

—No tenía elección; sin embargo, nunca me lo he perdonado —dijo mi madre—. Y no te culparé si no puedes perdonarme tampoco ahora que ya lo sabes.

¿Qué tendría que perdonar, si él hizo su propia elección? ¿No haber encontrado la oportunidad de matar a mi padre ella misma? ¿De concederle un final menos doloroso?

Eso era exactamente lo que estaba intentando hacer para Tom y Romy. Sin embargo, esto no era lo mismo. Mi padre había tomado su propia decisión, pero los niños no tendrían esa oportunidad.

—Tiene que haber otro medio, mamá. Déjame llevarlos al bosque. Los puedo alejar lo suficiente para que no encuentren el camino de regreso, y que puedan... vivir allí. Tal vez otros lobos blancos los encuentren y los acojan.

Movió la cabeza lentamente.

—Solo crecerán y se convertirán en dos amenazas más para la aldea. Al final, tendremos que cazarlos de todos modos.

—Por lo menos no estaremos matando a dos niños inocentes e indefensos. Se supone que somos guardianas. Pero ¿en qué somos diferentes de los monstruos del bosque oscuro si estamos dispuestas a hacer eso?

Volvió a suspirar.

—Somos un tipo de monstruo diferente, Adele. Las bestias del bosque hacen cosas horribles a las personas. Nosotras hacemos cosas horrorosas para proteger a la gente. Y eso rara vez es fácil. Rara vez es ordenado, limpio o bonito. Sin embargo, hay que hacerlo. Incluso cuando eso nos convierte en monstruos.

Pero yo no podía vivir con eso. Con ser un monstruo.

¿Matar a las bestias? Sí.

¿Ocultar una parte de mí a mis amigos? Si debía hacerlo...

¿Matar a niños pequeños mientras dormían? No. No podía aceptar eso como parte de mi destino.

—Preguntémosle a la abuela. —Cogí la mano de mi madre y la apreté, sosteniendo su mirada ferozmente a la luz de las velas—. Ella no sabe nada de esto todavía, tal vez tenga una mejor idea. —O tal vez le gustara mi plan más que el de mi madre.

—Necesitamos actuar rápidamente...

—Un par de horas. Solo estoy pidiendo un par de horas, mamá. Max y yo podemos ir a hablar con ella ahora mismo para ponerla al corriente. Pedirle su consejo. Todo lo que te pido es que te quedes aquí con Sofia y Jeanne hasta que regresemos. Solo que... no hagas nada hasta que no sepas su opinión. ¿De acuerdo?

Finalmente, asintió con la cabeza.

—Pero solo un par de horas. Necesitamos hacer lo que sea que hagamos antes de que salga el sol, Adele. No podemos permitir que este riesgo continúe ni un día más.

16

Me cerré la capa, agradecida por su calor, pero, a pesar de la gélida temperatura, no podía ponerme la capucha porque cada vez que lo hacía veía pelaje blanco brillante en los bordes de mi visión. La abuela había cosido el ribete de mi capucha hacía semanas, pero ahora, cada vez que lo veía, recordaba que había salido del cadáver de la madre de Tom.

—Adele, ¿estás bien? —preguntó Max.

Si no hubiéramos estado ya en el bosque oscuro, de regreso a casa, se habría detenido y me habría mirado directamente a los ojos, tratando de dilucidar el problema. Hacía eso mucho, y la mayoría de las veces acertaba.

—No, no estoy bien. —A pesar de mi esperanza de que ella estuviera de acuerdo conmigo, el sombrío consejo de la abuela no había supuesto una sorpresa—. Entiendo que la única manera de proteger Oakvale es eliminar a Romy y Tom de la aldea, de una manera u otra. También entiendo que estaremos corrigiendo el problema que he causado.

—Tú no sabías...

—No importa que no supiera que él era un lobo blanco. No importa por qué sucedió esto. Lo que importa es que coloqué a todos en esta situación, y ahora tengo que arreglarla. Lo que importa es que esos niños, por peligrosos que sean, no tienen malas intenciones y no han hecho nada malo. No han herido a nadie. Pero ellos son los que van a sufrir a causa de mi error.

—Tom mordió a Romy —señaló Max, y aunque probablemente estaba tratando de que me sintiera mejor respecto a lo que había hecho, me dieron ganas de sacarle su calmada lógica a puñetazos.

No quería sentirme mejor por esto.

—Tom no estaba tratando de infectarla. Solo estaban peleando por un juguete, como los cachorros se mordisquean entre sí por un hueso. Porque fue criado como un animal en el bosque, y eso es lo que hacen. —Suspiré y mis pasos se empezaron a tornar lentos—. Entiendo que no pueden quedarse en la aldea, pero creo que lo mejor para todos sería llevarlos a ambos al bosque y...

—No, Adele. —El tono de Max era amable, pero se le notaba... frustrado—. Lo mejor para todo el mundo es eliminar la amenaza, en lugar de dejarla crecer lo suficiente como para que termine comiéndose a un ser humano. Exactamente lo que tu abuela y tu madre te han dicho.

—¿Realmente crees que debemos matarlos? —Mi mal genio estalló y me volví hacia él en el sendero—. ¿Y si se tratara de tu hijo? ¿Y si se tratara de nuestro hijo?

Mi pregunta lo cogió tan de sorpresa que se tropezó y el farol osciló proyectando sombras que se movieron a nuestro alrededor.

—¿Nuestro?

—Hablando hipotéticamente. —Las palabras se precipitaron mientras el calor se acumulaba en mis mejillas—. ¿Podrías abandonar a nuestro hijo en el bosque oscuro para dejar que la naturaleza «siguiera su curso»? ¿O podrías «eliminar la amenaza» representada por nuestra propia carne? ¿Un niño al que habrías enseñado a hablar y a caminar? ¿Un niño al que yo habría parido?

—Adele, no tendríamos ninguna alternativa. El que el niño fuera nuestro no nos daría el derecho para amenazar a niños que pertenecen al resto de la aldea.

—Lo sé... Es que yo... —exhalé otra vez. Y entonces confesé—: Quiero que esto sea tan difícil para ti como lo es para mí. Necesito saber que no es fácil para ti sentenciar a muerte a dos niños pequeños, Max. De otro modo... —De lo contrario, ni siquiera tenía sentido fingir que lo consideraba un pretendiente, porque no podría pasar el resto de mi vida con alguien que era capaz de tomar una decisión tan horrible con tanta facilidad.

—*Mon dieu* —susurró, mientras la comprensión parecía recorrer sus facciones a la luz de su farol. Luego me cogió la mano y me la estrechó—. Por supuesto que esto es duro para mí. Me horroriza lo que esto significa para esos niños, pero he intentado guardarme mis sentimientos personales porque no cambian nada. Y porque no quería hacértelo más difícil. Intentaba ayudarte no enturbiando las aguas.

—¿De verdad?

—Sí. Por Dios, Adele, esto no es lo que deseo. —Su mirada sostuvo la mía con una feroz sinceridad, que, extrañamente, me hizo sentir un poco mejor—. Pero es lo que tu aldea necesita.

—Lo sé. Pero, en el futuro, si me vas a dar tu consejo, me gustaría saber no solo lo que piensas, sino lo que sientes.

Me apretó la mano y una pequeña sonrisa asomó a las comisuras de sus labios.

—Entonces, ¿sí tendremos un futuro?

—Otra vez. Hipotéticamente —dije mientras retiraba suavemente mi mano y echaba a andar por el sendero—. Vamos, es tarde y...

Un grito estremeció la noche, y me di la cuenta de que estábamos más cerca de la aldea de lo que pensaba. Eché a correr mientras Max me seguía con la luz del farol arrojando sombras sobre el sendero.

—¡Que alguien atrape a esa cosa! —gritó la voz de una mujer mientras salíamos del bosque—. Tiene a mi gallina.

Un rayo blanco salió disparado de detrás del granero de los Rousseau, y un segundo después, *madame* Rousseau, la madre de Elena, la siguió, sujetándose la falda mientras corría.

Max y yo observamos, atónitos, mientras ella cazaba lo que parecía un pequeño perro con un pollo colgando del hocico.

Solo que no era un perro.

—Oh, no —gemí, cuando Grainger apareció a la vista desde la otra dirección, con su farol oscilando a cada paso.

Su espada tintineaba a un lado, pero cuando se detuvo y dejó la luz, sacó su arco junto con una flecha del carcaj que traía en la espalda. Apuntó y la flecha susurró en la oscuridad, luego el pequeño cachorro blanco cayó al suelo con un aullido de dolor.

—¿Lo has atrapado? —preguntó *madame* Rousseau entornando los ojos en la oscuridad que se cernía más allá de su vela.

—¡Atrás! —gritó Grainger, y ella se detuvo patinando sobre el barro helado; sus zapatos se asomaban por debajo del dobladillo de su falda que aún tenía levantada—. No está muerto. Y... no es un zorro. Mi pulso se aceleró con un amargo rayo de terror.

—¡Grainger! —Corrí hacia el cachorro herido, cerrando mi capa para cubrir mi hacha y mi cinturón de cuero—. ¡Detente!

—¡Adele! —murmuró Max ferozmente, al tiempo que sus pisadas golpeaban detrás de mí.

—¿Adele? —Grainger me miró con extrañeza bajo el resplandor de su farol. El recelo le hizo fruncir las cejas cuando vio a Max detrás de mí—. ¿Qué haces fuera tan tarde?

—Yo estaba... Estábamos... —El pánico se apoderó de mí. Había sido pillada de noche con Max, Grainger había matado a uno de los cachorros del lobo blanco y no tenía una buena forma de explicar ninguno de los dos sucesos.

—¿Qué es eso? —preguntó *madame* Rousseau mirando al cachorro confundida—. Escuché un ruido detrás de nuestra cabaña y luego las gallinas empezaron a chillar. En la oscuridad pensé que era un zorro, pero nunca había visto un zorro blanco.

—No es un zorro. —Grainger se alejó deliberadamente de mí y se acercó al lobezno con su espada en una mano, su farol en la otra y el arco colgando del hombro—. Vaya a buscar más luz, por favor —añadió cuando *madame* Rousseau titubeó, todavía entrecerrando los ojos para ver al animal herido.

Asintió y se dirigió de nuevo hacia su cabaña, al otro lado del granero.

Exhalé lentamente.

—Grainger...

—Es un lobo —dijo, con la voz más fría que yo había escuchado jamás—. Solo un cachorro, pero...

El lobezno empezó a temblar justo cuando la luz del farol de Grainger cayó sobre él. Me lancé hacia delante, pero Grainger extendió un brazo para detenerme.

—Un lobo dolorido morderá.

No podía hacerse una idea de cuánta razón tenía.

—Nunca había visto uno tan blanco. Hay una pequeña línea gris en su pelaje. —Grainger apoyó ligeramente la bota en la pata de la pobre criatura y yo me estremecí cuando le arrancó la flecha del hombro. La herida manaba sangre—. Probablemente porque aún no ha madurado. —Frunció el ceño cuando el temblor del lobo se convirtió en una convulsión de todo el cuerpo—. ¿Qué le está pasando?

Antes de poder decidir qué decir, un sonido espantoso salió del cachorro, entonces me di cuenta de qué estaba pasando exactamente.

«Oh, no».

Grainger retrocedió sobresaltado y su farol osciló bruscamente a medida que el pelaje del cachorro empezaba a transformarse en piel. Un segundo después se arrodilló más cerca, sosteniendo el farol en alto para poder iluminar la rareza.

—*Mon dieu* —murmuró—. Es un hombre lobo. Ese cachorro ¡es un *loup garou*!

Lo único que pude hacer fue negar con la cabeza y retroceder, imitando la conmoción y el miedo, porque tenía que creer que Max y yo estábamos tan sorprendidos y confundidos como él.

—Hasta ahora solo había visto a uno escabullirse del bosque oscuro. —Grainger se puso en pie y dirigió la mirada hacia los árboles, con una nueva preocupación que se veía muy clara por el hundimiento de su frente—. No era un cachorro. Mantened la distancia. —Extendió los brazos y nos conminó a alejarnos aún más al tiempo que sacaba la espada—. No tenemos ni idea —dijo— de lo que es capaz este pequeño monstruo.

Horrorizada por el rumbo de los acontecimientos, solo pude quedarme y observar, fingiendo confusión, con los brazos cruzados sobre mi capa. Esperando a ver a cuál de los pequeños cachorros acababa de disparar. Cuál era el que se exponía ante toda la aldea.

No tuve que esperar mucho tiempo.

Unos pocos segundos después de empezar, el proceso se acabó y una niña familiar yacía en el suelo ante nosotros, desnuda y temblando, sangrando por un espantoso agujero en el hombro. Sus ojos estaban vidriosos de dolor y conmoción.

—*Mon dieu* —volvió a murmurar Grainger, mirándola con total estupefacción—. Es Romy Paget.

—No sabemos qué significa esto —insistí suavemente, luchando por encontrar algo que decir que no me incriminara a mí o que empeorara las cosas para Romy.

—Esto es brujería —declaró Grainger con los ojos abiertos mientras contemplaba a la niña—. Ha caído en las garras de un monstruo.

Max me lanzó una mirada intranquila por encima de su hombro y mi mente se activó mientras trataba de encontrar una respuesta sensata a la conclusión de Grainger.

Unas pisadas resonaron cuando *madame* Rousseau regresó, esta vez con su marido, así como con Elena y uno de sus hermanos. Desde el centro de la aldea llegaron más voces y faroles, mientras mis vecinos salían a investigar el alboroto de medianoche.

—¿Dónde está el zorro? —preguntó *monsieur* Rousseau, con las piernas desnudas y la carne de gallina bajo el dobladillo de su túnica de noche.

Aunque no había ningún zorro, la gallina robada estaba a un palmo de la cabeza de la niña semiinconsciente, con el cuello roto y heridas que sangraban lentamente por donde sus dientes habían perforado la piel.

—¿Esa es Romy Paget? —preguntó Simon Laurent, mientras otros aldeanos se arremolinaban, sus padres y hermanos entre ellos. Mi madre no estaba allí, no pudo haber escuchado el grito de *madame* Rousseau desde el otro lado de la aldea, pero solo era cuestión de tiempo que el alboroto llegara hasta ella—. ¿Qué le ha ocurrido?

—¡Oh, no! —Elena trató de arrodillarse al lado de la pequeña, pero yo me puse delante y me arrodillé junto a Romy, preocupada porque pudiera morder, aunque parecía a punto de perder el conocimiento mientras temblaba en el suelo—. ¡Está herida! ¡Está desangrándose y puede morir, si no se congela antes!

Elena se quitó la capa y la colocó sobre la niña, aunque yo no le permití acercarse más.

—¡No te acerques, Adele! —Grainger me cogió del brazo y frunció el ceño—. Esa pequeña es un lobo.

—¿De qué diablos está hablando? —reclamó el padre de Elena, claramente dispuesto a retornar a su cálida cama, a pesar de la tragedia que se estaba desarrollando ante él.

—Le disparé a un lobezno con una gallina en el hocico, después se convirtió en la pequeña Romy Paget —explicó Grainger—. Es un hombre lobo.

El silencio se instaló entre la multitud y todas las miradas se centraron en él.

—Esa es una acusación muy seria —dijo al fin *monsieur* Laurent, el padre de Simon.

—Y, sin embargo, es verdad. Hace un momento, esa niña era un lobo —insistió Grainger—. Robó una gallina de su corral.

—¿*Madame*? —*Monsieur* Laurent se giró hacia los Rousseau, con el ceño fruncido por la confusión—. ¿Es cierto que Romy Paget robó su gallina?

—Era un zorro, creo. —La madre de Elena arrugó la frente—. No podía ver bien en la oscuridad, así que pudo haber sido un pequeño lobo. Pero claramente no era una niña.

—Era un lobo joven —insistió Grainger—. Extrañamente blanco, y llevaba una gallina en el hocico. Esa gallina. —Señaló a la gallina muerta y la multitud miró al ave como si su existencia pudiera aclarar la situación—. Le disparé a la criatura con mi arco. *Madame* Rousseau fue a conseguir más luz y, mientras tanto, el lobo empezó a convulsionar. Un momento después la niña yacía en el suelo, desnuda como el día que nació y herida en el mismo lugar que el lobo.

—Brujería... —murmuró *madame* Gosse, con una mano apretando su pecho.

Detrás de ella un murmullo de miedo recorrió a la multitud y se me erizó el vello de la nuca.

—Debemos encontrar la fuente de la infección antes de que se extienda —dijo Grainger—. ¿La niña ha estado en el bosque oscuro o hay un lobo entre nosotros, aquí en Oakvale? Tendremos que interrogar a su familia y...

—Grainger, tú conoces a los Paget —interrumpí desesperada por detener un alud que parecía coger fuerza mientras rodaba colina abajo—. Son buenas personas. —Apelé a él tanto con mi mirada como con mis palabras—. No le han hecho daño a nadie.

Pero si mis vecinos creían que Romy había sido infectada con licantropía, pronto se darían cuenta de que la única mordedura en su mano provenía del pequeño Tom. Y si su familia intentaba defenderla, todos en la familia Paget podrían ser acusados de brujería por proteger a los suyos. Tal y como Max había predicho.

—Pueden ser buenas personas —dijo Grainger—, pero Romy no ha estado en el bosque, que yo sepa. No ha sido atacada por un hombre lobo, lo que significa que desconocemos la fuente de esta infección. El vigilante de la aldea tiene la obligación de erradicar la corrupción del bosque oscuro dondequiera que esta surja, y si nos conduce a los Paget, entonces la aldea tiene una tarea que llevar a cabo. Por el bien de todo Oakvale. —Su mirada se encontró con la mía—. Un lobo es un lobo, sin importar el rostro que utilice durante el día.

Sin importar su rostro. Incluyendo el mío.

De pronto, sentí el suelo moverse bajo mis pies. Como si el mundo se derrumbara por debajo de mí.

Max me miró con empatía, pero no parecía sorprendido por la declaración de Grainger. De hecho, casi parecía aliviado de escucharla en voz alta. Como si desde el momento en el que llegó a la aldea hubiera estado esperando que Grainger pronunciara aquellas palabras para que yo las escuchara.

—Grainger... —empezó Elena con palabras entrecortadas y un tono cauteloso—. Pensemos en esto por un momento. Romy es solo una niña y, tienes razón, no ha estado en ningún momento cerca de un hombre lobo, así que ¿cómo podría haberse infectado? —Dejó que sus palabras calaran—. Ya es muy tarde y no has dormido. Sin duda, tus ojos te engañaron, tal vez estabas dormido de pie.

—¿Crees que lo he soñado? ¿Piensas que le disparé a una niña en un sueño?

Ella se encogió de hombros y Simon se acercó a su lado mientras hablaba.

—No se le puede encontrar ningún otro sentido a todo esto.

—Sentido o no sentido, es la verdad. —Grainger se irguió, seguro de la exactitud de su relato. Convencido a llevar a cabo su labor—. Ellos también lo vieron. —Se volvió hacia Max y hacia mí, y su mirada expectante atrajo la atención de toda la multitud.

—Yo... Yo no estoy segura de lo que vi —tartamudeé—. Como dijo *madame* Rousseau, estaba muy oscuro.

—¡Romy! —gritó *madame* Paget. Un segundo después se abrió paso hasta el centro del gentío, con su marido pisándole los talones y llevando un farol—. ¿Qué ha ocurrido? —gimió al ver a su hija y cayó de rodillas junto a ella.

La dejé porque Romy había perdido el conocimiento y no podía morder.

—¿Qué os pasa? —*Madame* Paget miró a la multitud con la acusación escrita en cada línea de su rostro—. ¡Está herida! ¿Por qué nadie la atiende?

—Tiene razón. Llevemos a Romy adentro —dije, ansiosa por la oportunidad de que la multitud se disolviera antes de que la gente empezara a coger azadas.

—¡No! —Grainger volvió a bloquear mi brazo cuando traté de alcanzar a la niña—. No es seguro tocarla, y, por cruel que parezca, no tenemos otra alternativa que acabar con su sufrimiento.

—Tiene razón —dijo *madame* Gosse, y el corazón se me cayó a los pies cuando un inquietante murmullo de asentimiento se elevó de entre la multitud.

—¡No permitas que viva una bruja! Todos lo oímos en la iglesia ¡no hace ni un mes!

—¿Qué está diciendo? —preguntó *madame* Paget, apretando con la mano la herida de su hija—. ¿Qué le ha ocurrido?

La mano de Grainger se tensó sobre su farol.

—*Madame*, debe retirarse por su propia seguridad. Disparé a un cachorro de lobo, pero lo que yace en este lugar es su hija. —Volvió a observar a la multitud—. Retrocedan todos, por favor. —Extendió los brazos para hacer retroceder a la gente—. Romy Paget ha sido infectada por un hombre lobo y es un peligro para todos nosotros.

—La licantropía es una maldición del demonio... —murmuró alguien de entre la multitud, mientras el círculo se alejaba lentamente de nosotros.

—Antinatural...

—¡Es brujería!

—¡Disparates! —gritó *madame* Paget, mientras los miraba, todavía presionando la herida de su hija—. ¡Es solo una niña!

—Lo siento, *madame* —dijo Grainger—, pero lo vi con mis propios ojos. También Adele. Dile tú, Adele.

El pánico invadió mis venas, ardiendo como fuego bajo mi piel.

—Yo...

—¡Eso no es más que una frívola superstición! —rugió *monsieur* Paget, levantando su farol de manera que las sombras se alejaran de su rostro—. Es solo una niñita que se está recuperando de una enfermedad.

—¡Grainger Colbert está inventando historias para encubrir su propia culpa! —declaró su mujer, con los ojos brillantes de lágrimas—. ¡Por disparar con un arma a una niña! ¡Deberías estar avergonzado! —añadió, dirigiéndole una mirada de angustia.

Otro murmullo surgió entre los que estaban allí reunidos y pude sentir la confusión de la multitud. Su cambiante sentimiento.

Grainger se giró hacia la madre de Elena.

—*Madame* Rousseau. Usted me vio dispararle al lobo. Dígales.

—Yo... —Con los ojos abiertos y la nariz roja por el frío, echó un vistazo a la multitud, que seguía creciendo a medida que se reunía más gente—. Estaba oscuro. Pensé que había visto un zorro. El que ha estado matando gallinas por toda la aldea. Pero ahora no veo un zorro.

—¿Está usted diciendo que no había un zorro? —*Monsieur* Laurent se volvió hacia mí, evidentemente esperando una confirmación.

No podía negar lo que había visto, lo que sabía, y dejar que nuestros vecinos creyeran que Grainger había matado a una niña a sangre fría o por negligencia. En cuyo caso con seguridad sería sometido a juicio. O podía admitir la verdad y condenar a la familia Paget a la acusación de brujería. En cuyo caso con seguridad serían quemados.

—Era un lobo —insistió Grainger—. Pero ahora...

—Era... —Mi voz se quebró, y me aclaré la garganta mientras montones de miradas diferentes se posaron sobre mí con un peso insoportable—. Era un lobo —dije y vi cómo Grainger aflojaba el tenso agarre de su farol—. Uno joven.

Grainger exhaló lentamente, con el alivio inundando sus facciones.

—Es como dice Adele. Ella nunca diría una mentira.

—Pero un lobo natural, no un *loup garou* —continué, y la multitud lanzó un grito ahogado, mientras Grainger me miraba con estupor—. Era el cachorro de un lobo que robó la gallina de *madame* Rousseau. *Monsieur* Colbert le disparó una flecha. Pero erró y le dio a la pequeña Romy. Fue un accidente, ¿verdad, Max?

—Por supuesto. —Max asintió de manera definitiva—. Le estaba apuntando al lobo y le dio a la pequeña Romy. El lobo se asustó y soltó a la gallina, después huyó al bosque. No se puede culpar a monsieur Colbert. Fue una desafortunada tragedia.

Monsieur Laurent se volvió hacia Grainger.

—Hijo, ¿fue un accidente?

—¡No! —insistió Grainger, con los ojos desorbitados y sorprendido por mi traición—. No había ninguna niña, yo le disparé a un cachorro de lobo, blanco como una capa de nieve nueva, y se transformó en Romy Paget. La niña Paget es un hombre lobo. ¿De qué otra manera estaría fuera por la noche, bajo el frío, sin ropa?

—¡Porque así es como duerme, y como lo hacen la mitad de los niños en la aldea! —dijo *madame* Paget.

—Desde que le dio fiebre, empezó a caminar dormida —añadió el padre.

Max se arrodilló para levantar a la niña inconsciente.

—La ayudaré a llegar a casa —dijo—. Solo espero que no sea demasiado tarde. —Pero por la mirada que me echó me di cuenta de que, por trágico que fuera, creía que la muerte de Romy a manos de Grainger sería una bendición para los dos. Y para todo el pueblo.

Aturdida, cogí su farol y coloqué la capa de Elena sobre la pequeña.

—Que alguien vaya a ver a *monsieur* Colbert —dijo *madame* Gosse, acomodándose como siempre al cambiante deseo de la multitud— y que le diga que su hijo ha perdido la cabeza.

—¡Coged su arco! —gritó una voz, mientras Max llevaba a Romy por el camino embarrado, con los Paget y el resto de la multitud siguiendo sus pasos—. ¡Antes de que le dispare a alguien más y diga que está maldito!

—Adele. —Grainger me agarró del brazo, reteniéndome con él. Su mirada me rogaba que saliera en su defensa. Que confirmara su relato condenando a la familia Paget por brujería.

—Diles que fue un accidente —le rogué suavemente—. Te creerán si te retractas. Di que estabas cansado y confundido. Di que te equivocaste.

—Sé lo que vi. —Su mano se cerró sobre mi brazo, lo suficientemente fuerte como para hacerme daño—. Tú viste al lobo, Adele. Yo lo sé.

—Vi a una niña. —Luchando contra las lágrimas, me zafé de su mano—. Y si quieres conservar tu buen nombre, tu posición, necesitas haber visto lo mismo. —Temblando de culpa, lo dejé mirándome con estupor mientras me apresuraba a alcanzar a Max.

Mi madre nos encontró en la plaza de la aldea, y por la alarma de su rostro supe que acababa de escuchar la conmoción de la procesión hacia la cabaña de los Paget.

—¿Qué ha ocurrido? —Levantó su vela para ver la pequeña forma en los brazos de Max—. ¡Romy! ¿Qué le ha pasado?

—Grainger le disparó con una flecha —dijo *madame* Gosse—. Ha perdido la cabeza.

—Fue un accidente —le dije, mientras *monsieur* Paget cogía a su hija de los brazos de Max—. Se colocó entre su arco y el lobo que había robado la gallina de *madame* Rousseau.

—Llevadla dentro. —Mi madre giró a *madame* Paget por los hombros—. Caliéntela. Le preparará una cataplasma. Max, Adele, ¿os podríais quedar con Sofia y Jeanne?

—Por supuesto —dijo Max.

—¿Dónde está Colbert? —*Madame* Gosse volvió a preguntar—. Que alguien despierte al capitán de la guardia y le diga que su hijo ha perdido la cabeza.

—Él no ha... —afirmé, suspirando, mientras la culpa y la frustración hacían que la cabeza me palpitara—. Está muy oscuro y no hay luna. Grainger estaba cansado y desorientado. Es muy fácil confundir una sombra con otra bajo esas circunstancias.

—Adele. —Mi madre señaló con la cabeza hacia nuestra cabaña, y Max me cogió del brazo, en parte guiándome y en parte arrastrándome hacia mi casa.

Cuando la puerta se cerró detrás de nosotros, escuché a *madame* Gosse hacer una terrible declaración más.

—Convocaremos por la mañana el tribunal de la aldea. Aquel que mata a un niño debe enfrentarse a un juicio.

17

Justo antes del amanecer mi madre regresó a la panadería, con la piel pálida y demacrada, el vestido manchado de sangre. Yo había ido a la cabaña de los Paget dos veces durante la noche para ayudar con la herida de Romy, pero dos veces me volví a casa.

La segunda vez envió a Tom conmigo y con instrucciones por lo bajo de que lo mantuviera separado de Jeanne y Sofia. Pero eso resultó más fácil decirlo que hacerlo.

El pequeño niño rubio, que durante el día era tan tranquilo y dócil, por la noche no deseaba nada más que jugar; es decir, cazar en la oscuridad. Lo que tenía sentido, teniendo en cuenta que él y Romy probablemente habían estado cazando gallinas por las noches toda la semana.

Max y yo nos habíamos turnado para jugar con él, manteniéndonos muy lejos de su boca, de modo que estuviera ocupado y dentro de la cabaña. No podíamos saber si era consciente de que Romy se había ido a cazar gallinas sin él, y no parecía importarle en lo más mínimo la herida de su pequeña amiga.

Mi madre suspiró al cerrar la puerta, y se apoyó en ella.

—¿Y bien? —le pregunté, levantándome de la mesa—. ¿Cómo está Romy?

—Creo que sobrevivirá. Ha perdido mucha sangre. Pero han pasado horas y no hay señales de fiebre. Posiblemente porque ya no es humana. Aunque su madre se inclina más a atribuir ese milagro a un poder superior. —Se quitó la capa y la colgó de un gancho cercano a la puerta—. ¿Y las niñas?

—Aún duermen y no se han enterado de nada —le respondió Max.

Mi madre se derrumbó en el asiento junto a él, y le serví algo de caldo de la olla que había colgado sobre el fuego hacía una hora. Sopló sobre la superficie del tazón, luego sorbió de él.

—Los padres de Romy están angustiados y confusos respecto a lo que ha pasado, pero lo que he deducido es que Grainger le disparó a Romy creyendo que era un zorro... ¿y ahora la acusa de ser un hombre lobo?

—La vio cambiar desde la forma de lobo cuando le disparó —dijo Max en un murmullo, mirando hacia la habitación del fondo donde dormían las niñas.

—Todo esto es insoportable. —Parpadeé para contener las lágrimas antes de que estas cayeran—. Tuve que mentir para proteger a Romy y ahora Grainger me odia.

Mi madre suspiró.

—Sé lo terrible que puede resultar, pero tal vez sea para... —No pudo acabar la frase.

—No digas que es lo mejor —le espeté—. Tenías razón, ¿vale? No me puedo casar con él. Pero eso no significa que quiera que me odie. Y ahora... —Inspiré hondo—. Ahora se habla de un juicio. Todo porque mentí.

—Parece que no tenías elección —dijo mi madre—. Pero es algo más serio que eso. Los Paget lo acusan de decir que fue brujería para encubrir su propio descuido y la gente parece creerles. Pero si Romy se transforma de nuevo o si se despierta y dice algo que apoye su afirmación, los Paget serán condenados por brujería, lo que desencadenará una plaga de paranoia en el pueblo que acabará posándose sobre nuestro techo.

—Lo sé. —La mitad de la aldea ya pensaba que estábamos malditas—. Por eso mentí. —¿Por qué habría traicionado si no al hombre con el que una vez quise casarme?

Mi madre acunó su tazón con las dos manos.

—¿Puedes convencerlo de que se equivocó en lo que vio? ¿De que estaba soñando o de que las sombras le jugaron una mala pasada a sus ojos?

—Lo intenté, pero no tiene ninguna duda sobre lo que ocurrió, y parece determinado a proteger a la aldea. Sin mencionar su propio honor.

—Tienes que convencerlo de que está equivocado —dijo mi madre, al tiempo que levantaba el tazón para beber otra vez—. Y debemos lidiar con Tom y Romy antes de que se conviertan en la prueba de que no lo estaba. —Suspiró—. Habría sido un extraño consuelo para todos si Grainger hubiera acertado en su puntería.

—Me sorprende que no acabaras con ella mientras la estabas cuidando —musité.

—Si hubiera tenido un momento a solas para darle un fin apacible, lo habría hecho. —En honor a mi madre, la confesión pareció pesarle—. ¿Qué dijo tu abuela sobre los cachorros?

—Coincide contigo en que deben ser sacrificados humana y rápidamente por el bien de la aldea. Pero eso fue antes de que Grainger le disparara a Romy. La gente le está prestando mucha más atención a la pobre niña ahora, lo que lo hará más difícil.

—Y, sin embargo —dijo mi madre levantando las cejas—, esta nueva herida hará su muerte más fácil de creer.

—No hay garantía de eso. Déjame soltarlos en el bosque oscuro —pedí en voz baja, insegura por si Tom entendía o no lo que estábamos diciendo si se despertaba—. Con suerte, la gente pensará que tuvieron otra aventura nocturna y entraron al bosque.

—Esa sigue siendo una sentencia de muerte para dos niños pequeños —insistió Max—. Pero en lugar de darles un fin rápido y pacífico, los estarás condenando a morir de hambre en el bosque, eso si no se los comen antes a ellos.

Me volví hacia él con la rabia bullendo en el pecho.

—Tú no tienes nada que decir en esto. No formas parte de esto. No estás casado con una guardiana y no vas a ganar mi mano sin hacer nada, solo porque no me puedo casar con Grainger.

—¡Adele! —exclamó mi madre, horrorizada.

—Lo siento. —Me retiré un mechón de pelo de la cara y suspiré—. Es solo que hace un mes pensaba que mi futuro incluía a

Grainger y nuestros hijos y una pequeña cabaña en las afueras de Oakvale. En su lugar, me diste un hacha y una ballesta, y he pasado noches cazando monstruos, seguidas de mañanas en las que apenas puedo mantener los ojos abiertos. Y eso está bien. Por lo menos, estaba bien porque pensaba que todo sería por el bien de la aldea. Y que podría desempeñar esta nueva tarea e incluso tener mi matrimonio y mi pequeña cabaña junto a la de Elena. Pero ahora... Ahora mi deber me ha hecho traicionar a Grainger frente a toda la aldea y Max parece pensar que puede ocupar su lugar. ¿De qué me sirve perder todo con Grainger, poner a toda la aldea en su contra, si Romy y Tom van a morir de todas maneras? He sacrificado a Grainger para nada.

—No. —Mi madre me cogió la mano y no me permitió retirarla—. Estabas protegiendo al resto de los Paget. Y a nosotras. Si la gente llega a pensar que una fuerza malévola está trabajando en la aldea, ¿cuánto crees que tardarían sus sospechas en recaer sobre nosotras? Y si se ponen en nuestra contra, tendremos que huir de Oakvale, y no habrá nadie que proteja a esta aldea de sus propias supersticiones. Mucho menos del bosque oscuro.

—Y si te hace sentir mejor, nunca intenté ocupar el lugar de Grainger —añadió Max—. Quiero mi propio lugar en tu vida, no el suyo.

—Lo sé. Lo siento. —Sin embargo, a pesar de la evidente empatía por la situación en la que me había colocado, ninguno de ellos había cambiado su forma de pensar respecto a los niños—. Mamá, por favor, déjame llevar a los niños al bosque esta noche.

Movió la cabeza lentamente.

—Se supone que estamos eliminando selectivamente a la población del bosque oscuro, no aumentándola.

Max negó con la cabeza.

—Lo más seguro es ocuparnos de ellos ahora, de una vez por todas. De otro modo, la sangre de alguien que lleguen a matar caerá sobre nuestras cabezas.

—¿Quieres decir, en mis manos? —solté, irritada.

Él suspiró lentamente.

—Sí.

—Adele, hay que ocuparse de ellos... para siempre.

—Lo sé. Pero si ambos mueren aquí en la aldea, sus muertes no parecerán naturales —señalé tan racionalmente como pude—. En especial, considerando que Tom no está enfermo o herido. Sin embargo, si vagan por el bosque oscuro, cuando ya tienen una historia de vagabundeo por las noches... Nadie pondrá en duda eso. Así que déjame hacerlo. Los llevaré al bosque hoy por la noche. Y haré mi trabajo.

Mi madre frunció el entrecejo.

—¿Quieres...?

—No, no quiero. Pero ahora es tanto mi responsabilidad como la tuya, y me estoy ofreciendo a... manejarla... para siempre. A mi manera. Lejos de la aldea, en donde ninguna de nosotras sea sospechosa.

Me estudió el rostro, tratando de entender por qué le hacía esa oferta, cuando desde el principio había estado intentando de salvar a los niños. Me encogí de hombros.

—Ahora soy una guardiana y debo empezar a tomar decisiones difíciles. ¿No es eso lo que ambos habéis dicho?

Finalmente mi madre asintió.

—Muy bien. Puedes llevarlos esta noche al bosque. Pero lleva a Max contigo.

—Está bien. —Eso no entraba en mis planes, pero podría solucionarlo.

—Estás haciendo lo correcto —dijo él suavemente.

—Lo sé. —Eso, al menos, era la pura verdad.

Mi madre se levantó con su tazón vacío.

—Me voy a cuidar a Romy para relevar a su madre. Vosotros dos necesitáis descansar. Podéis dormir por turnos, siempre vigilando a Tom. No lo dejéis jugar con las niñas. Y Max, mantente alejado de su boca.

—Yo lo vigilaré. Tú duerme.

Sentí la insistencia de Max como una disculpa por no estar de acuerdo conmigo; sin embargo, no se había disculpado en realidad. Y yo no esperaba que lo hiciera. Él y mi madre tenían razón sobre lo que Oakvale necesitaba. Pero yo tenía razón respecto a que Tom y Romy merecían crecer. La cruda realidad era que no había una alternativa favorable sobre qué hacer con los cachorros. Todas nuestras opciones eran horribles.

Hacerles creer que había cambiado de opinión era la única forma de evitar que mi madre matara a la pobre Romy mientras dormía.

Sin embargo, de alguna manera me sentía peor por mentirle a Max que por mentirle a mi madre. A pesar de lo que había dicho, sabía que él no tenía la intención de ocupar el lugar de Grainger en mi vida. No quería estar en desacuerdo conmigo. De hecho, probablemente quería decirme que yo nunca había cometido un error en toda mi vida. El hecho de que hubiera dicho lo que pensaba, sabiendo incluso que me enfadaría con él, me indicaba que siempre podría confiar en que me diría la verdad, aunque eso no fuera lo que yo quisiera escuchar.

Así que le ofrecí una triste sonrisa para hacerle saber que las cosas estaban bien entre nosotros. Después me dirigí a la habitación del fondo y me acomodé en la cama de mi madre, donde me quedé dormida, por lo menos eso sentí, hasta que Sofia se abalanzó sobre mí.

—Ufff —solté al abrir los ojos, y me encontré de frente a mi pequeña hermana, con su cabello rojo revuelto—. ¿Qué pasa?

—¡Despierta, dormilona! ¿Podemos tomar miel con nuestro pan? ¿Y leche?

—Solo si hay leche. Ve a ordeñar a la vaca. —Me senté y me pasé la mano por el pelo enredado—. Y lleva a Jeanne contigo.

—También voy a llevar a Tom.

—¡No! —La cogí del brazo antes de que pudiera salir de la cama—. Tengo otra ocupación para él. —La seguí hasta la entrada de la cabaña, donde Tom estaba apilando troncos partidos contra la pared cerca de la chimenea.

—Nos hemos mantenido ocupados —dijo Max, orgulloso—. Y las chicas ya han dado de comer a las gallinas y han ido a por agua fresca.

—Gracias. Yo... ¿Quieres dormir? —le pregunté—. Yo puedo vigilarlos.

En lugar de contestarme, Max estudió mi cara.

—Estoy bien. Ve a verlo —dijo por fin.

—¿A quién?

—A Grainger. —Se me acercó y bajó la voz—: Por poco que me importe, sé lo que sigue significando para ti. También sé lo difícil que te resultó hacer lo que hiciste anoche. —Su voz era extremadamente amable, después de la discusión que habíamos tenido un par de horas antes.

Parecía sincero.

—¿Qué hiciste anoche? —preguntó Sofia.

Me giré y me la encontré observándonos desde la puerta.

—¡Ve a ordeñar la vaca!

—¡Ya voy! —gritó—. Pero ¿qué le hiciste a Grainger?

—Nada. Ve a ordeñar la vaca.

—¿Entonces por qué está encerrado?

Miré a mi hermana y luego me volví hacia Max con el estómago revuelto.

—¿Está detenido?

Max asintió.

—Ha pasado la noche bajo custodia en el cobertizo detrás de la iglesia. *Madame* Gosse vino mientras dormías, con la mandíbula aleteando más que las alas de un pájaro. Dijo que su padre lo había puesto bajo su custodia, que gritaba que Romy era un lobo y que tú eras una mentirosa.

Gemí.

—*Madame* Gosse dijo que había perdido la cabeza —comentó Sofia sagazmente, al tiempo que Jeanne se le unía en la puerta—. ¿Qué ha pasado?

Cerré los ojos un momento pensando si contárselo o no. Después, con un suspiro, me hundí en una silla junto a la mesa y le hice un gesto con la mano a mi hermana y a su amiga. Si lo iban a escuchar de alguien, mejor que fuera de mí.

—Grainger hirió a Romy con una flecha anoche. Fue un accidente —añadí, cuando los ojos de Sofia se abrieron y los de Jeanne se llenaron de lágrimas—. Mamá piensa que Romy se va a curar, *chère*. No hay señal de fiebre.

Sin embargo, por muy cierto que fuera, yo lo sentía como una mentira; Romy no iba a estar bien.

—¿Por qué le disparó? —preguntó Jeanne.

—Le estaba apuntando al lobo que había robado una gallina de *madame* Rousseau —le explicó Max—. Pero estaba muy oscuro y era difícil ver bien.

—¿Eso es lo que le pasó a nuestra gallina? —preguntó Sofia—. ¿No fue un zorro?

—Probablemente —le contesté, exhalando despacio y apartándole un mechón rojo de la cara.

Jeanne frunció el ceño.

—¿Entonces por qué está Grainger en la cárcel si fue un accidente?

Sofia de pronto pareció preocupada.

—¿Qué le va a pasar?

—No lo sé —le respondí—. Pero voy a ir a hablar con él y ver cómo está. Regresaré tan pronto como pueda.

Me puse la capa de todos los días y me dirigí hacia la puerta.

La aldea zumbaba con una extraña energía a pesar de que la mayoría habíamos dormido muy poco. *Madame* Gosse y otras mujeres estaban reunidas en la plaza, chismorreando, y por lo poco que pude escuchar mientras pasaba junto a ellas sin dirigirles la palabra, la historia estaba creciendo con cada nueva versión.

Para mi tranquilidad, cuando llegué no había guardias en nuestra improvisada cárcel. Era un cobertizo con dos cuartos, a uno de los cuales el herrero le había colocado una cerradura mucho antes de que yo naciera.

Fuera de la celda solo había un taburete y una llave colgada de la pared. A través de la ventana que había en la puerta pude ver a Grainger acostado en un suelo de paja que necesitaba limpieza.

Me aclaré la garganta y él abrió los ojos. Cuando me vio se irguió y se sentó, con el ceño fruncido, pero no hizo el intento de ponerse de pie.

—¿Has venido a condenarme con más mentiras? —Su voz estaba ronca por el aire frío; su mirada era dura.

Grainger nunca me había mirado antes con otra cosa que no fuera amabilidad brillando en sus ojos. Durante años me había hecho sentir segura y amada, y este cambio en él me dejó dolida, luchando por respirar a través de una sofocante nube de culpa y arrepentimiento.

Merecía su ira. Pero revolcarme en mi propia culpa no resolvería nada, y admitir que había mentido solo haría más difícil para mí convencerlo de que cambiara su historia. Para salvarse.

—Grainger, estoy tan triste —dije por fin—. Pero no puedo decir que vi algo que no vi.

Por fin se puso de pie.

—Tú lo viste.

—Vi a una niña herida —insistí, decidida a ayudarlo para expiar lo que le había hecho, aun cuando él no pudiera ver que eso era lo que estaba haciendo.

—Yo sé que lo viste, Adele. —Su enfoque íntimo me atravesó como una cuchilla sacando sangre fresca—. Sabes que Romy Paget no es humana.

—Lo que sé es que no querías hacer daño a una niña, y me iré a la tumba diciéndoselo a la gente. —Respiré hondo y lo miré, preparándome para otra mentira—. Pero el lobo se escapó, Grainger. Disparaste a una niña, y lo que creíste ver fue simplemente un engaño de las sombras. Fue el cansancio jugando con tu mente. Has estado despierto todo el día y toda la noche, patrullando bajo el frío. Si les dices que fue un accidente, puede que te perdonen...

—No puedo hacer eso. No puedo mentir e ignorar una amenaza tan grave para nuestra aldea. Para nuestro hogar.

—... pero si continúas contando esa historia, van a pensar que estás loco. O que estás encubriendo tu negligencia. Lo que podría provocar que el tribunal decida que eres un peligro para la aldea.

—¿Yo soy el peligro? —La ira enrojeció su cara, y mi corazón sufrió por él. Por nosotros. Por lo que nunca podría ser.

Si yo no hubiera mentido sobre él ahora, él habría dicho una verdad sobre mí más tarde, y yo sería la que estaría en esa habitación encerrada, esperando ser enjuiciada. Pero comprender la certeza de este momento, de esa puerta de una celda entre los dos, no lo hacía más fácil de aceptar.

—Esa criatura es una bestia oculta en el cuerpo de una niña, Adele. Trajo el mal del bosque oscuro directamente a nuestra aldea, y la única manera de proteger Oakvale de esa influencia corrupta es purificar su alma mediante el fuego. Y si no puedes admitir lo que viste, lo que es, solo puede ser porque el demonio también te ha atrapado.

—Grainger...

—Tal vez Lucas y Noah Thayer tienen razón acerca de ti —escupió, y mi cara se enrojeció como si me hubiera abofeteado—. Tal vez estás protegiendo a esa niñademonio porque tú eres igual que ella. Y la sincronización de esta revelación no es una coincidencia.

«Oh, no».

Me alejé de los barrotes con el corazón martilleándome.

—Tom no tiene nada...

—¿Tom? —Agitó la cabeza con el ceño fruncido—. Estoy hablando de Maxime Bernard. Todo estaba bien en Oakvale antes de que él llegara. Eso no es casualidad, Adele. Es un extraño y no sabemos nada sobre él. Él ha podido traer consigo este mal...

—Max no tiene nada que ver con esto —le espeté, mientras un nuevo miedo crecía en la boca de mi estómago.

Al igual que la enfermedad, la sospecha era una amenaza para cualquiera sobre el que recayera, y los extraños eran especialmente susceptibles. Había escuchado historias de acusaciones en aldeas pequeñas que habían pasado de vecino a vecino. Cada uno de los acusados culpaba a otro en su propia defensa, hasta que no se podía confiar en nadie. Hasta que toda la aldea se sumía en el caos y la violencia. Eso no podía ocurrir en Oakvale.

—Y Romy... —Me mordí la lengua antes de decir demasiado, antes de admitir que Tom probablemente había matado a mi gallina la noche anterior a la llegada de Max, porque no había necesidad de decirle más de lo que ya sabía—. Estoy intentando ayudarte, Grainger. Yo...

—Ayúdame diciendo la verdad. Tú y Maxime visteis lo mismo que yo. ¿Por qué te callas en presencia de semejante mal?

—¡*Mademoiselle* Duval! —Una voz profunda gritó mi nombre; me giré y me encontré con el padre de Grainger de pie en la puerta, con su espada a la cintura. Verlo me provocó un nuevo dolor en el cuerpo.

Pensé que sería mi suegro. Que viviría en sus tierras. Que mecería a mis hijos sobre sus rodillas.

—¿Qué estás haciendo aquí? —preguntó.

—Estoy..., estoy tratando de ayudarlo, *monsieur*.

Su expresión se dulcificó.

—No es mucho lo que puedes hacer por él, niña, y me temo que juntarte con él no te hará ningún favor.

—Adele. —La voz de Grainger se quebró a la mitad de mi nombre, y cuando me volví lo vi mirándome a través de la ventana de la puerta—. Por favor, di la verdad. No me hagas esto.

Las lágrimas anegaron mis ojos, borrando su cara.

—Debes irte —dijo *monsieur* Colbert—. Mi hijo no está bien. Es incapaz de escuchar razones y consejos.

El cansancio de su voz dejaba ver que él había hecho sus propios y exhaustivos esfuerzos al respecto.

—¿Qué le va a ocurrir? —le pregunté mientras a regañadientes seguía a *monsieur* Colbert fuera del cobertizo.

—Por la tarde me reuniré con el padre Jacque y el administrador del patrimonio del barón Carre, ya que él no está aquí para completar el tribunal en persona. El cargo de los Paget es el intento de homicidio de un niño, y por un crimen tan serio la aldea no desea esperar al deshielo para llevarlo a la corte. Hoy decidiremos su destino.

—No trataba de matarla, *monsieur* Colbert. —Sujeté el brazo del vigilante y de esa manera capté toda su atención—. Lo juro por mi vida. Él solo... falló.

—Te creo. —El dolor en el rostro de *monsieur* Colbert me rompió el corazón—. Pero si él no dice eso en su propia defensa, mucho me temo que hay muy pocas esperanzas para él.

—¿Cómo está? —preguntó Max en el momento en el que entré en mi casa.

En lugar de responderle, eché una mirada a la habitación principal, complacida al ver que había varias hogazas de pan fresco en el horno. Evidentemente mi madre había estado en la casa. De hecho, parecía que acababa de irse.

Tom estaba enroscado en su catre, durmiendo, como parecía hacerlo durante el día.

—¿Dónde están Jeanne y Sofia?

—Jugando en el campo de judías de las afueras de la aldea. Les recordé que no se acercaran a los árboles.

Tal recordatorio no debería haber sido necesario. Todos crecimos con la amenaza del bosque oscuro flotando sobre cada pensamiento. Cada acción. Pero ahora que sabía que el bosque tenía un atractivo especial para las futuras guardianas, me preocupaba que Sofia pudiera ceder a la oscura atracción de un destino que aún no podía comprender.

Fue la misma preocupación por mí la que condujo a mi padre a su muerte.

—Gracias. Grainger es... un cabezota. Traté de convencerlo de que vio un juego de luz y sombra, pero cree en sus ojos. Y no mentirá para salvarse mientras crea que eso pondría al resto de Oakvale en peligro. —Y el hecho era que, por más aterradora que fuera su insistencia, yo respetaba su devoción hacia la aldea y hacia su trabajo, especialmente considerando que lo había llevado a la cárcel—. Cree que el mal del bosque oscuro ha infectado a Romy Paget, y que ella, a su vez, infectará a todo Oakvale, a menos que sea quemada viva para purificar su alma. —Destellos de la ejecución de mi padre surgieron en la superficie de mi memoria, y sentí escalofríos.

Max suspiró, observándome con cuidado.

—¿Y tú qué crees?

—Sé que ella ha sido infectada, por supuesto. Pero no puedo creer que ninguno de los dos niños sea realmente malvado. No han tratado de herir a nadie.

—Todavía.

—¿No debería importar eso para algo?

Max suspiró. Me miró a los ojos como si los estuviera estudiando.

—¿Tiene esto algo que ver con tu padre?

—¿A qué te refieres?

—Si crees que Romy y Tom pueden ser salvados, que no son malvados, entonces lo mismo habría sido cierto para tu padre, ¿no? Sé que puede ser tentador creer que él nunca habría podido convertirse en un monstruo.

—¡Eso no es para nada tentador! —le espeté con suavidad—. Eso significaría que mi padre habría muerto por nada.

—Y si Tom y Romy mueren antes de que sepamos que son una amenaza, eso también podría ser verdad para ellos. ¿Eso es lo que estás pensando?

—Estoy pensando que todo lo que sabemos realmente hasta ahora es que son *loup garou*. Como yo.

—No son lo mismo que tú. Pero solo yo creeré eso.

—Lo sé. Grainger cree que tú y yo sabemos lo que es Romy, y que la única razón por la que mentiríamos sobre ella es porque también estamos corrompidos.

La mandíbula de Max se tensó, entornó los ojos bajo unas cejas arrugadas.

—Y el resto de Oakvale, ¿de qué lado se inclinará?

—Creen que ha perdido la cabeza. —Había dado un largo y lento paseo por el pueblo camino a casa para escuchar los chismorreos y hacerme una idea de la mentalidad del pueblo—. Su padre incluido.

—Por desgracia, probablemente es lo mejor. —Max movió la olla que estaba suspendida sobre el fuego y me sirvió un tazón de caldo.

—Ya ni siquiera sé qué significa «lo mejor» —dije, mientras me acomodaba a la mesa con mi tazón y un trozo de pan—. Grainger dijo la verdad y ahora va a ser castigado por ello. Romy y Tom no le han hecho daño a nadie, aún...

—No tienes que hacerlo sola, lo sabes. —Max se sentó en el taburete cerca de mí—. Estaré ahí contigo. Yo puedo...

—Gracias, pero no. Este es mi problema. —Suspiré y contemplé el fondo del tazón—. Tengo que arreglarlo yo.

18

Esa tarde, con mi cesta llena en el brazo, me abrí camino cuidadosamente entre la multitud que estaba reunida frente a la iglesia hasta que llegué al lado de Elena. Simon se encontraba al otro lado con dos de sus hermanos.

Max se había quedado en la panadería para mantener a Tom lejos de Jeanne y Sofia. Y para no recordar a un pueblo al borde de la paranoia que había una cara nueva en la aldea.

La multitud tardaría muy poco en decidir que Grainger tenía razón. Una luna de sangre. Un lote de cerveza en mal estado. Una gavilla mohosa de trigo. Tales desastres menores se atribuían regularmente a una influencia maligna, y con las acusaciones de Grainger tan recientes cualquiera de ellas podría ser suficiente para hacer cambiar de opinión a la mayoría de la aldea.

—¿Has escuchado algo? —murmuré.

Mi temor por Grainger me había impedido descansar. Podía ser llevado a la picota y azotado, o simplemente multado. O, si el tribunal creía que tenía intención de matar a Romy, podría enfrentarse a la ejecución. Probablemente un ahorcamiento.

Pero no llegaría a eso. Ni aunque el chismorreo de la aldea acusara a Grainger de intentar matar a la pobre niña.

—Nada aún —dijo Simon con el ceño fruncido—. No puedo entender cómo ha ocurrido todo esto. Grainger es un buen hombre, y no me hago a la idea de que inventara una historia así, sin motivo.

—Y, sin embargo, aquí estamos —suspiró Elena—. El tribunal lleva ahí cerca de una hora.

Me ajusté la cesta en el pliegue del codo, tratando de no ahogarme con mi propia culpa.

—¿La multitud ha esperado todo ese tiempo?

—Solo algunos de nosotros —murmuró ella, señalando con la cabeza a la madre de Grainger, que se retorcía las manos con tanta fuerza que tenía los dedos morados. No podía imaginar lo difícil que tenía que ser para ella que su esposo juzgara a su hijo—. No creo que algo así haya ocurrido en Oakvale desde... —La boca de Elena se cerró de golpe, pero yo sabía que había estado a punto de decir.

«Desde lo de tu padre».

Pero la situación de mi padre había sido muy diferente de esta. No se sospechaba que Grainger fuera un hombre lobo. No lo atarían al poste en el centro de la plaza ni apilarían leña a su alrededor.

Sin importar lo que decidiera el tribunal, no tendríamos que observar a Grainger arder.

Yo solo podía esperar que lo mismo fuera cierto para Tom y Romy.

—Esto tiene que ser tan difícil para ti —murmuró Elena, y yo asentí—. ¿Te han llamado para que prestes testimonio?

—No.

Y probablemente no lo harían. La culpa de Grainger sería determinada por completo por la sentencia del cura, del capitán de los vigilantes de la aldea y del administrador del señor local, en su representación. Ninguno de los cuales había estado presente durante el suceso. Ninguno de los cuales le había hablado a nadie sobre lo que había ocurrido, excepto Grainger, y posiblemente su madre, como testigo de descargo.

Encontraba agonizante saber que, a pesar de que yo lo había conducido a esto, no tenía forma de ayudarlo sin dañar a toda la familia Paget.

—Estoy segura de que estará bien —añadió Elena, pero su típico optimismo era desmentido por la arruga preocupada de su frente.

Simon debió de sentir esa misma preocupación en la voz de ella, porque se volvió y le ofreció una sonrisa tranquilizadora que me calentó el corazón a la vez que me provocó un profundo dolor en el pecho.

Grainger me veía de esa misma forma.

—Tengo que hacer repartos —le dije a Elena—. Volveré. —Aunque parecía que la mayoría de las personas a las que tenía que hacer algún reparto estaban reunidas en aquella asamblea.

—¿Estás bien? —murmuró, sin dejarse engañar por mi excusa.

—Estaré bien —mentí, aunque lo único que deseaba en el mundo era volver a los días en los que podía confiarle mis más íntimos y profundos secretos a ella. A un día en el que esos secretos no tuvieran nada que ver con el oscuro bosque.

Recorrí el pueblo lo más deprisa que pude, entregando los panes que había sacado del horno aquella tarde y recibiendo el pago de quienes estaban en casa en forma de carne ahumada y verduras de invierno, como nabos, coles y patatas. Dejé la cesta llena en la panadería con Max —mi madre había vuelto a casa de los Paget para ver cómo estaba Romy— y regresé a la reunión frente a la iglesia justo cuando abrían las puertas.

Elena me cogió de la mano cuando el cura salió y empezó a hablar:

—Nos hemos reunido hoy aquí para escuchar las pruebas contra Grainger Colbert sobre el cargo de intento de asesinato de una pequeña niña. *Monsieur* Colbert ha tenido la oportunidad de admitir su culpa y de rogar la misericordia de este tribunal, pero insiste en que su objetivo era cierto. Que la niña a la que le lanzó una flecha es en realidad un lobo, capaz de cambiar su apariencia en la de esa pequeña con el objeto de corromper a las buenas almas de Oakvale.

Monsieur Colbert y el representante del barón estaban a ambos lados del cura, y mientras el padre Jacque hablaba, el padre de Grainger miraba hacia el suelo con una mano en la empuñadura de su espada.

—Es nuestra opinión —continuó el cura—, ante la ausencia de cualquier testigo que apoye su versión, que *monsieur* Colbert está fingiendo locura con el objeto de justificar su descuido e ineptitud en el puesto de vigilante de la aldea. Fue nombrado y armado con el objeto de vigilar esta aldea, se le confiaron nuestras vidas, y él ha traicionado esa confianza hiriendo de gravedad a uno de nuestros ciudadanos más indefensos. Por tanto, exigimos la destitución de *monsieur* Colbert como vigilante de la aldea, además de la amputación de su mano derecha.

La multitud lanzó un grito ahogado.

—Oh, no —murmuré, mientras el miedo se apoderó con fuerza de mí—. No, no, no.

—Por lo menos no quieren su cabeza —masculló Elena en respuesta, apretándome la mano.

Pero eso no era ningún alivio, considerando la realidad.

Con una sola mano Grainger no podría trabajar en el aserradero. Tendría problemas para montar a caballo, arar un campo, o incluso blandir un hacha, lo que significaba que sería muy difícil para él mantenerse por sí mismo. Mantener su propia dignidad.

—La sentencia se llevará a cabo de inmediato —anunció el cura, haciendo que la multitud, decidida a no perderse ni una palabra, se quedara en silencio—. Por favor, reúnanse en la plaza de la aldea.

—No, no, no... —gemí.

—Adele —murmuró Elena, una advertencia para que me callara, mientras la multitud empezaba a rodearnos como la corriente de un río.

Me quedé boquiabierta y solo pude mirar cómo dos miembros de la guardia del pueblo sacaban a Grainger de la iglesia. Su padre se quedó mirándolo estoicamente, mientras su madre luchaba contra las lágrimas.

—¡No! —gritó Grainger, tirando de la cuerda que le ataba las muñecas—. ¡No cerréis los ojos ante el mal que está entre nosotros! ¡Romy Paget es un *loup garou*! ¡Será la perdición de toda la aldea! ¡Ella y su familia deben ir a la prueba del fuego!

La multitud se dividió por la mitad y yo me quedé mirando al suelo como una cobarde mientras arrastraban a Grainger hacia el enorme tronco en uno de los extremos de la plaza. Un hombre había sido decapitado allí una vez, antes de que yo naciera, pero no había visto bañar ese tronco de sangre en toda mi vida.

—¡Adele! —gritó Grainger y yo me sobresalté. Entonces me obligué a mirarlo a los ojos—. ¡Diles la verdad! ¡Diles lo que viste! ¡No traiciones a tus vecinos ante la amenaza de corrupción del bosque oscuro!

Las miradas se dirigieron hacia mí y las sentí como insectos que recorrían mi piel.

Elena deslizó su brazo por el mío y me mantuvo cerca de ella.

—No escuches —murmuró—. Solo está desesperado por salvar su mano, nada de esto es culpa tuya.

Pero todo era por mi culpa. La culpa era una bola de fuego que me ardía en las entrañas, abrasándome. Mi propia prueba de fuego.

Grainger siguió gritando mientras lo arrastraban hacia el tocón, donde ya se encontraba otro miembro de la guardia sosteniendo un hacha. El tribunal debió de alertarlo sobre el veredicto antes de que este se anunciara.

Desataron las muñecas de Grainger, después lo obligaron a arrodillarse y tiraron de su brazo derecho, de manera que su mano quedara sobre el tronco.

—¡No! —gritó Grainger, agitándose de tal manera que los vigilantes tuvieron que sujetarle los hombros para mantenerlo quieto—. ¡Idos todos al infierno!

No pude mirar. Pero tampoco me marché. No podía evitarme por completo el doloroso espectáculo porque era culpa mía. Porque lo menos que podía hacer era permanecer presente frente a la injusticia que había arrojado sobre un hombre con el cual esperaba casarme. Un hombre al que probablemente siempre amaría.

Supe que el hacha se había elevado por el grito ahogado de la multitud, un segundo más tarde escuché el espantoso golpe de la cuchilla sobre la madera.

Grainger gritó, un sonido agónico que nunca antes había escuchado. Las lágrimas llenaron mis ojos; cuando los abrí, vi a su madre envolviendo el muñón de su mano derecha en un paño.

Su mano yacía en el suelo, junto al tocón ensangrentado en el que aún estaba clavada el hacha.

—¡Que el diablo se os lleve a todos! —gritó Grainger, mientras su madre trataba de que se estuviera quieto para poder envolver su herida.

Su padre se dio la vuelta y se alejó.

—¿Adele? —Al acercarme a mi casa, Max estaba en la puerta de la panadería, con el rostro pálido y demacrado por la falta de sueño.

Tom estaba sentado a la mesa, haciendo rodar una pelota de una mano a otra. Parecía ansioso y miraba frecuentemente hacia la puerta abierta, como si la tensión en la aldea lo estuviera poniendo al límite.

Detrás de él, Jeanne y Sofia jugaban con muñecas, aparentemente ajenas al horripilante suceso que estaba ocurriendo al otro lado de la puerta.

—Ahora no. —Pasé junto a Max y entré en la cabaña, y en mi camino hacia la habitación de atrás me di cuenta de que mi hermana y su amiga estaban representando el anuncio de la sentencia del tribunal con sus muñecas, pues evidentemente habían escuchado el suceso a través de la ventana abierta.

El estómago se me revolvió e hice un esfuerzo por retener la comida.

—Parad —les espeté.

Sofia se giró hacia mí con los ojos abiertos y asustados, y me di cuenta de que las niñas no estaban representando lo que habían escuchado por diversión. Estaban tratando de entender.

—¿Tenía razón *madame* Gosse? —La barbilla le tembló—. ¿Grainger ha perdido la razón?

—No. —Me hundí en un taburete frente a las chicas, consciente de que Max estaba escuchando—. Solo está... confundido.

—¿Y ha perdido su mano porque le disparó a Romy?

—Es complicado, pero sí. —Miré a Jeanne y ella escuchaba con atención, con los labios apretados.

—¿Y ahora no te vas a casar con él? —preguntó Sofia—. ¿Porque ha perdido la mano?

—No es por eso... No es por eso por lo que no puedo casarme con él, *chère*. Es complicado. Por el momento las cosas están muy...

—¿Complicadas?

—Sí. —Me levanté con un suspiro y le aparté el pelo de la cara—. Te lo explicaré tan pronto como pueda. Por el momento, solo... manteneos alejadas del bosque. ¿De acuerdo?

Puso los ojos en blanco.

—Siempre me mantengo alejada del bosque.

—Muy bien. Te quiero.

—Lo sé. Yo también te quiero.

Luego cogió su muñeca y yo me dirigí a la habitación de atrás.

—Adele. —Max me siguió al otro lado de la cortina.

—Por favor, no, no puedo verte en este momento —le dije—. Sé que no es justo, que no es culpa tuya. Pero Grainger ha perdido su mano, lo ha perdido todo, y tú estás ahí de pie... entero.

—Yo... —Respiró lentamente—. Es cierto. Y lo siento.

—¿Que aún tienes dos manos?

—Que él no las tiene. Que mi llegada no fue la feliz ocasión que yo esperaba que sería.

Se le notaba triste. A pesar de que él no había hecho nada malo. También parecía exhausto. Suspiré mientras me dejaba caer en el borde del colchón que Sofia y yo compartíamos. Lo que le había ocurrido a Grainger no era culpa de Max. Era culpa mía.

—¿Has dormido? —inquirí—. Puedes dormir aquí un rato, si lo deseas. Yo vigilaré a los niños.

—Gracias, pero si no te importa debo ir con *monsieur* Girard. Estoy seguro de que entiende mi ausencia, considerando los sucesos del día, pero se supone que debo ayudarlo.

—Por supuesto. Ve. Y salúdalo de mi parte.

—Regresaré esta noche —dijo Max, y se puso su capa.

Cuando se marchó, volví a la habitación principal para empezar los encargos del día siguiente. Mientras trabajaba, observaba a Tom. Durante un rato jugó con una pelota, rodándola sobre el suelo hasta que chocaba con la pared y regresaba a él.

Una vez que acabé las hogazas de pan sin hornear y las dejé reposando, me senté junto al niño en el suelo, con la determinación de sacarle alguna información. Necesitaba saber cuánto entendía y si podía hablar. Tenía que saber cómo era crecer en el bosque oscuro, siendo mitad humano, mitad lobo, y si un cachorro de lobo blanco podía aprender a no matar a los humanos. Después de todo, aparte de morder a Romy por frustración, no había atacado a nadie en Oakvale.

—Hola —le dije, y aunque levantó la vista, no me reconoció—. ¿Tienes hambre? —le pregunté, pero solo parpadeó—. Te daré algo de comer si me dices que tienes hambre. O si por lo menos inclinas la cabeza.

Tom cogió la pelota y la rodó otra vez por el suelo.

—Por favor, di algo. Solo dime que me puedes entender.

¿Había dejado de hablar por el trauma de perder a su madre? ¿O los lobeznos blancos eran mudos?

A pesar de su transición, Romy aún podía hablar.

La puerta se abrió, dejando pasar una ráfaga de viento helado, y entró mi madre. Las bolsas bajo sus ojos se habían vuelto más oscuras e hinchadas por la falta de sueño.

—Sofia, abrígate y lleva a Jeanne a jugar fuera —dijo.

—¡Muy bien! —Mi hermana se puso de pie, olvidando su muñeca—. ¡Tom, ven a jugar con nosotros!

—No, Tom tiene que quedarse aquí —dijo mi madre.

—Pero...

—Ve, antes de que cambie de parecer y te mande tareas.

Sofia y Jeanne se pusieron sus capas y guantes y desaparecieron fuera.

—¿Cómo está Romy? —le pregunté mientras ella se sentaba en un taburete junto a la mesa.

—Se está recuperando bien. Muy bien.

—¿Qué significa eso? —Coloqué una jarra de cerveza frente a ella.

—Su herida está sanando muy rápido y no hay señales de fiebre. Creo que su madre aún no lo ha notado. Está tan ocupada rezando como cuidando la herida, y se inclina a pensar que sus oraciones han sido escuchadas. Pero me temo que hay otra razón.

—¿Los lobos blancos sanan pronto?

Mi madre se encogió de hombros al tiempo que levantaba la jarra.

—No conozco a nadie que haya estudiado jamás a un lobo blanco, más allá de su pelaje como adorno o forro para ropa. Pero el ritmo de curación de la niña no es natural. Sus padres lo notarán pronto. —Exhaló lentamente—. ¿Sigues decidida a encargarte tú misma?

Asentí.

—¿Estás segura? Tiene que hacerse esta noche.

—Estoy segura. Me iré con los cachorros tan pronto como esté segura de que el resto de la aldea duerme.

Levantó la ceja derecha y dijo:

—Con Max.

—Sí, con Max.

—Adele, sé que esto no es lo que querías...

—Esto no se trata de lo que yo quiero. Lo comprendo.

—Lo sé. Solo digo que... esto no va a ser fácil, y que una vez que estés allí dentro puedes sentirte tentada a solo... dejarlos.

Parpadeé, tratando de ocultar mi sorpresa. De ocultar mis intenciones. Mi madre le dio un sorbo a su jarra, luego la dejó y me cogió la mano.

—Sé que sería más fácil de soportar para ti creer que los habrías salvado, pero Max tiene razón. Si los dejas allí solo los estarás condenando a una lenta inanición en el mejor de los casos. Aunque eso sea más fácil para ti, no lo será para ellos. Y si de alguna manera sobrevivieran...

Cualquier consecuencia sobre mi decisión sería culpa mía. Y tendría que cargar con ella.

Eso era lo que estaba diciendo.

Bebió otro gran sorbo de cerveza y luego me miró con franqueza.

—*Chère*, necesito saber que si te envío allí harás lo correcto.

Me tragué mi culpa y mis dudas, y le ofrecí un firme asentimiento de cabeza.

—Mamá, eso es exactamente lo que intento hacer.

Max regresó para el almuerzo y Jeanne finalmente se fue a su casa, insistiendo en que ella podía ayudar a su madre a cuidar a Romy. No pudimos poner ninguna excusa para detenerla, así que mamá y yo la dejamos ir, con la esperanza de que Romy ya no tuviera tantos dolores como para arremeter contra Jeanne y morderla.

Max se nos unió en la mesa y compartimos el estofado elaborado con el último venado asado de la abuela, pero Tom no se movió de su catre, así que le llevé un tazón.

—¿Por qué no se acerca al fogón? —preguntó Sofia mientras arrancaba un pedazo de pan de la hogaza fresca que mi madre había colocado en la mesa—. ¿No tiene frío?

—A Tom no le gusta el fuego —le respondió mi madre—, parece que le da miedo.

Sofia se volvió hacia él con una mirada curiosa mientras masticaba un pedazo de pan de centeno.

—No debes temerle al fuego a no ser que metas las manos, tontorrón. O a no ser que se extienda a la ropa o a las paredes.

O a no ser que estés atado a una estaca en mitad de la plaza de la aldea. Sofia no tenía recuerdos de la muerte de nuestro padre.

Tom la miró y pestañeó. Luego se vertió el estofado directamente en la boca.

Comimos en silencio, y cuando levanté los ojos de mi plato me di cuenta de que tanto Max como mi madre miraban fijamente la mesa, evidentemente sumidos en la misma culpa y temor que me habían quitado el apetito a mí.

Después de esa noche nada sería igual. Ni para la aldea ni para mí. Y, sin duda, tampoco para los Paget, cuyo único error fue haberle dado cobijo al pequeño que yo había encontrado en el bosque.

Me obligué a acabarme la comida, limpié la mesa y me dirigí al fondo para descansar hasta que Sofia emitiera un feliz ruidito. Cuando me giré, vi que Max sacaba su cuaderno de dibujo del zurrón.

—Oooh, ¿vas a dibujar? ¿Puedo mirar? —preguntó Sofia, arrastrando su taburete más cerca de él.

—Puede que haga algo. Y sí, claro que puedes. —Le dedicó una sonrisa sombría que no llegó a tocar sus ojos, y me di cuenta de que buscaba una distracción. Le preocupaba tanto como a mí lo que íbamos a hacer en unas horas. Al menos, por lo que él creía que íbamos a hacer.

—¿Qué es eso? —preguntó Sofia, al tiempo que yo me acercaba para mirar por encima del hombro de Max.

—Es una ballesta. Hace unos meses vi a algunos soldados que las llevaban, y le pregunté a uno si podía dibujar su arma. Fue lo suficientemente amable como para permitírmelo.

La página que tenía delante contenía un boceto detallado de la ballesta que me había regalado, con las dimensiones y los materiales cuidadosamente rotulados, y mientras la miraba me di cuenta de que Max me había ocultado intencionadamente esta página cuando nos enseñó por primera vez su cuaderno de bocetos. Porque aún no me había dado el arma que había fabricado.

Dio la vuelta a la página y me encontré mirando otra vez la pequeña cabaña que había dibujado. La cabaña que supuestamente había construido para nosotros. Y de repente no pude apartar la vista.

La cabaña de Max parecía tan perfecta. Tan pacífica, cuando mi vida en Oakvale caía rápidamente en el caos y la violencia. La tentación de ir en pos de ese ideal era casi abrumadora.

Pero escapar a Ashborne con Max no dejaría esas cosas atrás. La violencia, mi destino, me seguirían adondequiera que fuera.

Max pasó otra página y los ojos de mi hermana se abrieron desmesuradamente al observar el siguiente dibujo, el último del cuaderno.

Estaba incompleto, pero yo reconocí la escena del bosque de inmediato.

—Oooh, ¿qué es eso? ¿Algún tipo de bestia? —Sofia frunció el ceño—. Parece una serpiente con espinas en la espalda.

—¿Ves a la mujer que está junto a ella? —Max se inclinó señalando la figura—. Está ahí para lograr la escala. Esa serpiente mide el doble que su altura. —Y aunque la serpiente no era más que una sombra hecha con varias líneas largas y tenues, la mujer estaba completamente detallada, incluida su capa con capucha y adornos de piel.

—¡Se parece a ti, Adele! —Sofia bizqueó frente al dibujo, y cuando trató de acercar una vela, detuve su brazo, temiendo que vertiera cera en el dibujo—. Parece como si estuvieras luchando contra la serpiente.

Miré a Max, y por primera vez desde que lo conocía parecía... avergonzado. Como si le pusiera nervioso que yo viera aquel dibujo.

—Todavía no está acabado —dijo—, no estoy seguro de cómo es realmente esa gigantesca serpiente. —Porque habíamos apagado el farol para que se nos acercara.

Pero sabía exactamente cómo era yo.

En el dibujo parecía feroz. Fuerte y confiada mientras me enfrentaba a una bestia erguida hasta mi propia altura y casi del doble de ancho, con su amplio y grueso cuello.

—Tal vez Adele pueda darte algunas ideas —dijo mi madre suavemente—. Respecto a cómo debería ser un basilisco.

Por un momento me quedé contemplando el dibujo. ¿Fue así como me vio? ¿Le parecía tan segura? ¿Tan preparada para desafiar el peligro? ¿No había visto mi miedo? ¿No había escuchado la velocidad de mis latidos con sus bien entrenados oídos?

La chica del dibujo podía con todo. Él lo creía y su convicción había quedado patente en el boceto. La chica que había dibujado podía caminar por el bosque oscuro y sacrificar a dos pequeños niños para salvar a toda una aldea, y podía salir de esa experiencia más fuerte. Más resistente. Más monstruosa, como debía ser una guardiana. Yo no me sentía como aquella chica.

—Supongo que las espinas deberían ser más largas —dije por fin—. Más largas que mis brazos. Y los colmillos deberían chorrear veneno.

—Gracias —dijo Max, sosteniéndome la mirada.

Sofia nos miraba a uno y a otro.

—¡Dibújame! —exigió, extendiendo los brazos—. ¡Quiero luchar contra un trol!

Cogí la vela antes de que la tirara.

—El papel es muy escaso y muy caro —le dije.

—Pero tú eres aún más valiosa —insistió Max—. En cuanto termine este, empezaré otro: «¡Sofia y el espantoso trol!».

Ella le sonrió con adoración mientras regresaba a su lugar en la mesa.

19

Después de un día horneando, la habitación del atrás era la única en la que resultaba cómodo estar, atrapada, como me encontraba, entre el calor del horno de la habitación delantera y el aire gélido que se filtraba por las grietas de las paredes ahora que el sol se había puesto.

Mi madre colocó a Tom en su catre sobre el suelo; luego, ella y Sofia se acurrucaron en su cama, y yo insistí en que Max durmiera en la cama que normalmente compartíamos Sofia y yo, de modo que pudiera estar suficientemente alerta como para ayudarme en nuestra labor nocturna.

Cuando todos estaban roncando suavemente, exhaustos por los acontecimientos de los dos días anteriores, encendí un farol y me abrigué; luego crucé la plaza de la aldea hacia la cabaña de los Colbert.

La madre de Grainger respondió a mi llamada en la puerta vistiendo una capa sobre su camisa de dormir.

—Adele —dijo a manera de saludo. Sus ojos estaban enrojecidos y se la veía muy despierta a pesar de la hora.

—*Bonsoir, madame* Colbert. Siento molestarla tan tarde. Solo quería saber cómo está Grainger.

—Es muy amable por tu parte, *chère*, pero por fin se ha dormido. Creo que está empezando a tener algo de fiebre así que prefiero no despertarlo.

—Por supuesto. Pero no le importaría... Es decir, ¿puede decirme cómo se encuentra? ¿Cómo está? ¿Sigue diciendo... esas cosas?

Madame Colbert miró por encima de su hombro hacia la cabaña cálidamente iluminada. Después salió conmigo y tiró de la puerta, apoyándose en la pared para bloquear el viento.

—No se ha desviado ni un ápice de su versión del incidente. Su padre y yo pensamos que, a causa de la fiebre, podría tener miedo de decir la verdad. O, al menos, que se sentiría incapaz de mantener la fantasía que ha tejido presa de la enfermedad. Pero se mantiene firme en su aseveración de que Romy Paget es un hombre lobo, y que es una corrupción que se extenderá por toda la aldea como una plaga si nadie lo escucha.

Suspiré lentamente.

—Bueno, eso es muy... desafortunado.

—Debo admitir que no puedo descartar por completo sus afirmaciones —murmuró ella—. Después de todo, el gran impostor es conocido por trabajar de esa manera. ¿Y qué mejor para que el diablo se insinúe en una aldea como la nuestra que apuntar a un inocente? Un niño. Estuviste allí, ¿no? ¿Hay alguna posibilidad de que estés equivocada en lo que viste? ¿Puedes pensar en algo que le haya provocado a Grainger tal certeza en un suceso tan aterrador?

—No, siento decirlo. —Me dolía mentirle a su madre tanto como mentirle a Grainger—. La única manera de explicar su insistencia en este asunto es que realmente cree lo que dice, aunque esté equivocado.

—¿Y estás segura de que está equivocado? ¿Que no tenemos razón para sospechar de los Paget?

—Estoy absolutamente segura de que son inocentes. —Decir eso era un riesgo. Si Romy mordía a alguien o se exponía a sí misma de alguna otra manera, *madame* Colbert podría acusarme de encubrir su corrupción. Pero me debía a los Paget tanto como a Grainger. Tal vez más, considerando que estaban a punto de perder a su hija—. Por favor, salude de mi parte a Grainger cuando se despierte. Y dígale que lamento no haber sido de más ayuda.

Cuando volví a cruzar la plaza, pude sentir la mirada de *madame* Colbert sobre mí.

En mi cabaña estuve sentada a la mesa durante mucho tiempo, viendo el libro de dibujos de Max a la luz de la vela mientras escuchaba a mi hermana roncar, tratando de matar el tiempo hasta estar segura de que el resto de la aldea dormía. Intentando distraerme de una plaga de culpa que me consumía.

Un mes antes, a pesar de mi miedo al bosque oscuro y a los monstruos que lo habitaban, me había sentido eufórica con la idea de mi recién descubierto destino. Mi pulso se aceleraba cada vez que pisaba el bosque, y cada bestia que derribaba lo sentía como un logro. Como un servicio a mi aldea y como un triunfo personal.

Nunca en mi vida me había sentido tan necesitada, tan intrépida, como cuando salí del bosque con Tom, convencida de que lo había salvado. De que había encontrado mi verdadero propósito.

Pero ahora...

Había pensado que proteger a Oakvale podría ser gratificante, a pesar de que nunca pudiera atribuirme el mérito de mis esfuerzos. Esperaba sentirme noble y valiente, satisfecha con mis moretones y mi agotamiento porque sabía que estaba cambiando las cosas.

No esperaba la culpa. No había entendido, cuando mi madre me habló sobre lo difícil que podía ser mi papel, que no estaba refiriéndose a la caza. Estaba hablando de los secretos. Las mentiras. Las elecciones imposibles.

El sacrificio de una vida por otra.

Eso era lo que nos hacía monstruos. No eran el pelaje o las garras o los dientes. No eran la velocidad ni la fuerza ni la agudeza visual. Eran las elecciones. Decisiones brutales que con frecuencia tenían que tomarse al calor del momento.

Decisiones con las que tendría que vivir el resto de mi vida.

Cuando la luna se encontraba en lo alto del cielo, apagué la vela y saqué la cabeza por la puerta principal. El pueblo estaba tranquilo. Nada se movía y no se veía ni una sola vela encendida en ninguna ventana.

Se suponía que tenía que despertar a mi madre, despedirme de ella y escuchar el consejo de última hora. Se suponía que debía despertar a Max y llevarlo conmigo. En lugar de eso les dije un adiós silencioso mientras ambos dormían. Después me incliné sobre el niño que dormía en su catre entre las camas.

—¡Tom! —susurré, moviéndole una pierna con suavidad.

Sus párpados se agitaron, pero una vez abiertos enfocó mi cara casi al instante. Era evidente que al niño no le costaba ver con poca luz.

—Despierta, mon cher. Vamos a ir a dar un paseo.

Tom se sentó, los ojos le brillaban y estaban alertas a pesar de la hora tan tardía. Cuando le pasé el viejo par de zapatos que le habían dado los Paget se los puso sin titubear, sin que le incomodara estar vestido solo con la camisa de dormir prestada que le llegaba a las rodillas.

Me puse la capa roja, me colgué la correa de la ballesta al hombro y coloqué tres pernos en el carcaj. Después, conduje a Tom fuera sin molestarme en coger un farol, porque sin la compañía de Max no lo necesitaríamos.

—Vamos a por Romy —murmuré, y a pesar de que no dijo ni una palabra, puedo jurar que sus ojos brillaron más con la mención del nombre de su amiga.

Tom me siguió por el camino hasta llegar junto a la cabaña de los Paget.

—Quédate aquí —musité en cuclillas para ponerme al nivel de los ojos del niño—. Y no vayas a por sus gallinas, ¿entendido?

Pero cuando me miró y parpadeó, como era habitual, caí en la cuenta de que tenía que arriesgarme a que no me comprendiera. Y a que no tuviera hambre.

Volví sigilosamente a la parte delantera de la cabaña y abrí la puerta en silencio. Habían apagado el fuego por la noche, pero podía ver lo suficientemente bien en la oscuridad como para saber que madame Paget yacía en el suelo junto a Romy en un improvisado catre, frente a un recipiente con agua y una bolsa de paño llena de hierbas, que probablemente se utilizaban como cataplasmas. Sin duda, era más fácil atender a un niño herido en la habitación principal, frente al fuego, que en el desván, donde podía oír a su hermana roncar suavemente.

Durante un momento me quedé en silencio mirando a madre e hija dormir, deliberando sobre la mejor manera de sacar a Romy sin despertar a *madame* Paget. ¿Debía intentar levantarla y confiar en que no se despertara gritando? ¿O sacudirla suavemente y confiar en que no se despertara gritando?

Finalmente me arrodillé al lado de la niña y le moví el hombro ligeramente, esperando que *madame* Paget estuviera lo suficientemente exhausta como para seguir durmiendo a pesar de mi interrupción.

Romy abrió los ojos y la hice callar con un dedo sobre los labios. Luego cogí el pequeño par de zapatos que se estaban secando en el suelo y le hice un gesto para que me siguiera por la puerta de la entrada.

Fue estremecedoramente fácil sacarla de su cabaña.

—¿Adónde vamos? —murmuró mientras la llevaba a un lado de su casa. Pero en el momento en que vio a Tom me abandonó y corrió para echarle los brazos encima.

No se dijeron ni una palabra entre ellos, pero se abrazaron durante varios segundos, y la escena fue tan tierna que odié arruinarla, a pesar de la urgencia de mi misión.

—Ten. Ponte tus zapatos —dije por fin, y Romy se deshizo del abrazo de Tom e hizo lo que le pedía.

No había ni un atisbo de desconfianza en su mirada cuando volvió a ponerse de pie y me miró. Romy me conocía de toda la vida y haría cualquier cosa que le pidiera.

Y parecía que Tom la seguiría al fin del mundo.

—¿Adónde vamos? —volvió a preguntar Romy, al tiempo que la cogía de la mano y conducía a los niños por el camino de tierra del centro de la aldea.

—Vamos a dar un paseo. —Esperaba que se opusiera por lo avanzado de la hora, por la oscuridad o por el frío, hasta que recordé que ya había salido de noche al menos dos veces la semana anterior para cazar a las gallinas del pueblo.

La hora y la oscuridad tampoco me molestaban a mí, pero el frío era otra historia.

Cuando atisbamos un farol más adelante en el camino, empujé a los dos niños hacia el granero de los Rousseau, tratando de no recordar el día en que me refugié en él con Grainger, ambos empapados por la lluvia. Nos acurrucamos en la parte trasera del pequeño edificio sobre un montón de heno casi limpio, mientras el caballo del padre de Elena nos miraba con inquietud.

—¿Por qué estamos aquí? —preguntó Romy, y cuando la mandé callar, repitió la pregunta en un murmullo.

—Porque no queremos que nos vea el vigilante de la aldea.

—¿Por qué no?

—Porque... nos harían regresar a casa. —La verdad era mucho más complicada que eso, por supuesto. Nos preguntarían. Y nada bueno podría salir de aquello.

—¿No se supone que no deberíamos estar fuera?

—No del todo.

—¿Por qué estamos...?

—Romy —murmuré, decidida a poner término a sus preguntas haciéndole unas cuantas de mi parte—. ¿Cómo está tu hombro?

—Me duele un poco —me dijo sin mucha seguridad.

—¿Puedo verlo?

La niña se bajó el cuello de la camisa de dormir y me quedé boquiabierta al ver lo que vi. Donde la noche anterior había una herida sangrienta, un espantoso agujero en la carne, ahora solo quedaba un brillante parche rojo de tejido cicatricial. La zona seguía hinchada, pero la herida estaba completamente cerrada.

Desde mi ascensión había observado que los moretones desaparecían rápidamente, pero nunca había visto nada como aquello.

—¿Tu madre ha visto...? Quiero decir, ¿qué opina tu madre de la herida?

—Dice que es un milagro. Y también que debo mantenerla cubierta con una cataplasma. Para evitar el aire en la herida.

—No está cubierta ahora —observé, y Romy frunció el ceño.

—Había una cataplasma en la herida cuando me dormí. Debe de haberse caído mientras caminábamos.

Y si la encontraban, habría pruebas de que la niña había vagado durante la noche, una costumbre que Romy había establecido por su cuenta. Sin embargo, mi parte en esto pesaría mucho sobre mí, incluso aunque nadie sospechara de mí.

Todo lo que podía hacer era consolarme sabiendo que les estaba dando todas las oportunidades posibles.

—Romy, ¿recuerdas qué pasó anoche?

Movió la cabeza.

—Jeanne dice que Grainger Colbert me disparó, pero no lo recuerdo.

—¿Recuerdas haber salido al anochecer?

La niña asintió lentamente, como si estuviera pensando mucho.

—Tom tenía hambre, así que fuimos a conseguir algo... de carne.

—¿Tom tenía hambre? ¿Estaba contigo anoche?

—Sí. Nosotros... Bueno, salimos, pero no puedo recordar qué ocurrió después de eso.

—¿Cómo sabías que Tom tenía hambre? ¿Te lo dijo? ¿Te habla?

—No usa palabras. Pero yo sé lo que necesita. —La voz de Romy tenía una nota de orgullo mientras contemplaba al niño que estaba en silencio a su lado—. Hace sonidos y yo los entiendo. Simplemente... tienen sentido.

¿Podría entenderlo yo si escuchara los sonidos? ¿Podría un lobo rojo comprender el... lenguaje de un lobo blanco?

—Romy, ¿entiendes qué te ocurrió? —le pregunté arrodillándome frente a los niños.

Su mano se dirigió a su hombro.

—¿Te refieres a la flecha?

—No. Me refiero a lo que te ocurrió desde que Tom te mordió. ¿Recuerdas algo de las noches en las que te has escabullido con él?

Por primera vez desde que la desperté a mitad de la noche se la veía preocupada.

—Se supone que no debo hablar de eso.

—¿Que no debes...? ¿Quién te ha dicho eso? ¿Fue mi madre? —le pregunté al verla titubear.

Romy negó con la cabeza. Pero ¿quién más podría haber sabido lo que estaba ocurriendo, y sin embargo preocuparse por Romy lo suficiente como para guardar su secreto? ¿Como para enseñarle a guardar su propio secreto?

—Romy, ¿fue tu madre?

Lentamente, la niña asintió.

Respiré larga y pausadamente, tratando de ordenar mis pensamientos. *Madame* Paget lo sabía y no había entregado a su hija al tribunal. Ni le había dicho nada a nadie.

—¿Tu madre te dijo que contaras que no recordabas escabullirte? —le pregunté, y el labio inferior de Romy empezó a temblar—. No se lo diré a nadie, te lo prometo. Puedes decirme la verdad.

Finalmente, asintió otra vez.

—¿Pero sí lo recuerdas?

Otro asentimiento.

—¿Cómo se enteró tu madre?

—Nos vio en el patio. Cuando nos estábamos... —Romy se encogió de hombros.

—¿Cuando os estabais transformando?

Los ojos de la niña se abrieron al mirarme.

—¿Tú lo sabes?

—Sí, lo sé. Y nunca lo contaré.

—Nunca pretendí hacerlo. Cambiar... —Sus ojos se llenaron de lágrimas y el labio inferior le tembló—. Pero no lo pude evitar.

Se me rompió el corazón.

—Está bien. Voy a llevaros a un lugar donde podréis transformaros.

Su ceño se frunció.

—¿Al bosque oscuro? Ahí es adonde Tom quiere ir, pero le da miedo ir solo.

No podía culparlo.

—¿Sabes por qué quiere ir allí? —le pregunté, y Romy me hizo otro gesto con los ojos muy abiertos y agitando la cabeza—. Porque él viene de allí. Es adonde pertenece. Perdió a su madre, pero tal vez tenga otra familia allí dentro.

—¿Su familia es como él? ¿Son como... yo?

—Sí. Sí, *chère*, lo son.

—¿Me cuidarán? —preguntó, y me asombró darme cuenta de que ella entendía más sobre lo que estaba ocurriendo de lo que yo esperaba.

—Eso espero. —«De verdad, de verdad que lo espero».

—¿Puedo..., puedo volver si no me gusta estar allí?

—No, *chère*. Lo siento, pero ya no es seguro para ti vivir aquí.

Su frente se arrugó, preocupada.

—¿Pero es seguro vivir en el bosque oscuro? ¿Con los monstruos?

—Eso espero. —No me atrevía a mentirle.

Aunque tampoco podía decirle toda la verdad. Que Tom podría no tener familia. Que incluso si la tenía, podría no ser capaz de encontrarla. Que incluso si la encontraba, tal vez no querrían añadir un nuevo cachorro a su manada.

Que yo prácticamente estaba abandonando a ambos niños a su suerte en un bosque lleno de monstruos y en el que la luz del día era impenetrable. Porque la alternativa era su muerte inmediata.

—No quiero dejar a mis padres. —La barbilla de Romy volvió a temblar—. Ni a Jeanne.

—Lo sé, *chère*. Y ellos no quieren que te vayas. Pero tampoco quieren que estés en peligro en la aldea. Así que tenemos que irnos. ¿Estás lista?

Romy se volvió hacia Tom y le cogió de la mano. Después me hizo un pequeño y valiente movimiento con la cabeza.

—Estoy lista.

—Muy bien, vamos.

Cogí la otra mano de Romy y guie a los niños a la entrada del granero, por donde me asomé atenta al brillo de un farol o al sonido de unos pasos. Cuando vi que no había nada de eso, los conduje fuera, pero esta vez evitamos el camino de tierra y nos escabullimos por los campos baldíos, andando de sombra en sombra.

Continuamos por los pastizales de las afueras de la aldea, luego por el camino de tierra que rodeaba Oakvale. Más allá había una pequeña extensión de pasto, muerto y congelado durante el invierno, después el anillo de antorchas y los límites del bosque oscuro.

Cuando traté de cruzar el sendero, Romy titubeó y se aferró a mi brazo.

—No pasa nada —le susurré, confiando desesperadamente en estar en lo cierto.

Con lo pequeña que era, difícilmente la imaginaba creciendo para convertirse en la rugiente y despiadada bestia contra la que había luchado durante mi prueba, pero la posibilidad de que pudiera infectar a alguien en la aldea era real e inmediata, suficiente como para evitar que me diera la vuelta, cuando todo lo que quería hacer en realidad era devolver a los dos niños a una cama cálida y segura.

Aunque mi madre no les permitiera quedarse allí mucho tiempo.

Así que respiré hondo y entré en el bosque oscuro.

No tenía un farol, no teníamos un destino en mente, por lo cual no había razón para quedarnos en el sendero. Sin embargo, me resultaba extraño adentrarme en el bosque, incluso con el hacha en la mano y la ballesta colgada a la espalda.

Romy se aferró a mi mano mientras pasábamos por encima de raíces al aire y esquivábamos ramas bajas. Los niños parecían ver tan bien como yo en la oscuridad, pero mientras Tom parecía feliz, ¿aliviado?, Romy estaba aterrada, al borde del pánico.

—No pasa nada —le susurré—. Mira a Tom. ¿Lo ves? No está asustado.

—Eso es porque estamos aquí con él.

—Y él y yo estamos contigo —le dije.

—Sí, pero... —Romy giró la cabeza hacia la izquierda, con los ojos puestos en la oscuridad—. ¿Qué ha sido eso?

Yo no había escuchado otra cosa que los sonidos nocturnos y el constante deslizarse de las enredaderas por el bosque. Pero Tom miraba en la misma dirección, con todo su cuerpo en tensión y alerta.

¿Sus oídos eran mejores que los míos?

—¿Qué oyes? —murmuré.

—No sé —dijo Romy—. Pero a Tom no le gusta.

Probablemente, entonces, no era un miembro de la familia.

Un segundo más tarde oí el sonido. Al principio fueron una serie de golpes sordos, acompañados de una cascada de suaves crujidos. Pero con cada segundo que pasaba los sonidos se hacían más fuertes hasta que los pasos se volvieron estruendosos y el crujido se volvió menos el crujido de ramas bajo el pie de alguien y más la rotura de árboles enteros.

Romy empezó a jadear y a respirar cada vez más deprisa, y su mano apretó la mía hasta que amenazó con romperme los huesos. Tom empezó a retroceder, arrastrándola con él, hasta que tiró también de mi brazo. Intenté soltarla mientras volvía a meter el hacha en la presilla del cinturón, pero ella se aferró a mí y tuve que despegarle los dedos de mi brazo para poder coger la ballesta.

—Colocaos detrás de mí —murmuré, mientras delante de nosotros la mitad de la copa de un árbol se rompía y se estrellaba contra el suelo del bosque provocando un temblor bajo nuestros pies. Y por fin, lo vi.

Un trol. Nunca antes había visto uno, pero esta bestia se parecía tanto a la imagen que mi madre había descrito que la reconocí de inmediato.

Era dos veces más alto que yo, su piel tenía un tono indeterminado de gris con una extraña textura lisa, casi brillante, que parecía reflejar la luz de la luna que mis ojos de lobo rojo eran capaces de ver. Su cabeza era enorme y sus rasgos faciales estaban marcados por unos extraños bultos de piel nudosos.

—¡Permaneced detrás! —le susurré a Romy, mientras ella y Tom se escurrían detrás de mí, abrazándose y con los ojos muy abiertos.

Apoyé la ballesta en el suelo, tiré de la pesada palanca de hierro para tensar la cuerda y coloqué mi primer perno en la ranura de la culata.

El trol se abalanzó hacia nosotros, resoplando con cada expansión de sus enormes pulmones. La baba le escurría por la barbilla porque sus inmensos dientes puntiagudos parecían impedir que sus labios se cerraran por completo. La bestia rugió cuando se echó sobre mí, y el estómago se me revolvió por el olor a carne podrida, pues los restos de su última comida todavía estaban pegados a esos descomunales dientes.

Solo tendría tiempo para un disparo antes de que nos alcanzara, y si ese disparo no fuera fatal...

Inspiré profundamente y apunté a lo alto. Después, apreté el gatillo.

20

El perno voló recto. Perforó el ojo izquierdo del trol con un espantoso sonido húmedo que fue casi de inmediato devorado por un rugido de dolor.

La bestia se detuvo tambaleándose, haciendo temblar el suelo a cada paso, y se sacó el proyectil del ojo, lo que dejó que las vísceras le bajaran por la cara mientras el perno caía al suelo, perdiéndose entre la maleza.

—¡Manteneos detrás! —volví a susurrar a los niños mientras tiraba de la palanca de la ballesta para cargar otro perno.

Pero el trol ya se había puesto en marcha y se dirigía hacia nosotros. Se inclinó y su brazo salió disparado, y con sus gruesos dedos trató de aferrar mi cintura, en cambio yo me aparté de un salto.

La bestia rugió, frustrada, y trató de asirme otra vez.

En esa ocasión, el dorso de su mano, la mitad del tamaño de mi torso, me rozó, derribándome. La ballesta cayó al suelo, y yo rodé a la izquierda, tratando de mantenerme fuera del alcance del trol, mientras alejaba su atención de los niños.

Me escabullí entre la maleza, con el pulso acelerado, raspándome las palmas de las manos con ramas y raíces mientras buscaba mi ballesta. Sin suerte. Pero justo cuando la enorme mano del trol me rodeaba la cintura, mis dedos rozaron algo largo y duro. Cogí un perno que se había salido de mi carcaj al tiempo que la bestia me elevaba por los aires.

Su mano me apretó al levantarme y grité, pues sentía que me había roto una costilla. Era como una muñeca de trapo en las garras del trol y mi cabeza se movía de un lado a otro mientras me sacudía.

Los niños gritaban, y cuando la bestia volvió a agitarme, mis dientes se cerraron con fuerza contra la punta de mi lengua. La sangre me inundó la boca y escupí al trol, apuntando a su ojo bueno.

Resopló, soltando saliva, sorprendido por un momento, y yo aspiré profunda y dolorosamente, decidida a aprovechar la oportunidad. Giré el perno con la mano derecha, gruñendo por el esfuerzo, y se lo clavé en el ojo que le quedaba tan fuerte y rápido como pude. Tan profundamente como pude.

La mano del trol se abrió. Aterricé en una cama de hojas muertas, y un segundo más tarde la bestia cayó al suelo junto a mí. Inmóvil.

Durante un largo rato me quedé sentada sobre la maleza, sujetándome la costilla rota, mientras inhalaba una y otra vez.

—¿Adele? —murmuró Romy. Miré a mi alrededor y encontré a los niños acurrucados juntos al pie de un árbol, abrazados. Temblaban mientras me miraban—. ¿Se ha acabado?

Me levanté sobre unas piernas inseguras y miré al trol.

—Sí —musité—. Se acabó. —De momento.

Apoyé el pie en la frente de la bestia, le saqué el perno del ojo y con el dobladillo de la falda le limpié las vísceras y la materia gris.

—Ten. —Romy me dio el perno que el trol se había sacado de su otro ojo—. Encontré esto entre las hojas.

—Gracias, *chère*. —Una búsqueda rápida en el área cercana me reveló que mi ballesta había caído en un arbusto espinoso, y liberarlo me supuso una serie de rasguños en los brazos a través de las mangas de mi vestido.

—Tom tiene hambre —dijo Romy mientras me colocaba la correa de la ballesta sobre un hombro—. ¿Adónde vamos? ¿Has traído comida?

—Yo... —No había llevado comida. No era mi intención llegar tan lejos en el bosque con ellos, pero no podía dejarlos allí, solos y hambrientos. Y con frío.

Aunque en realidad ninguno de los niños parecía tener frío de momento. De hecho, nunca había visto a Tom temblando, y desde que la fiebre de Romy había desaparecido, ni una sola vez se había quejado de la temperatura.

Un quejido suave y agudo llamó mi atención, me giré con una mano en la costilla dolorida, y encontré a Tom mirando fijamente a lo lejos. Tenía los orificios nasales dilatados y los ojos atentamente enfocados.

—Está escuchando algo —me tradujo Romy, pero yo ya me había dado cuenta. Y estaba bastante segura de que Tom podía oler lo que estaba escuchando.

—¿Puedes oírlo tú? —le pregunté.

Romy siguió su mirada, y su propia nariz empezó a brillar. Asintió lentamente.

—Es comida. Pero no es una gallina. Puedo escuchar su latido. —Sonaba extrañamente tranquila. Evidentemente cautivada por lo que escuchaba—. Puedo escuchar su... sangre.

Otro sonido alejó mi atención de ella, y vi a Tom retorciéndose en el suelo sobre su costado, en medio de la transición que lo convertiría en un cachorro de lobo.

—Vamos a comer —dijo Romy, y se quitó la camisa de dormir por la cabeza y la arrojó al suelo. Luego se acuclilló en la tierra junto a él e inició su propia transformación.

—¡Romy! ¡No! —murmuré. Pero los niños ignoraron mi ruego, y mientras los observaba caí en la cuenta de que estaban a segundos de despegar hacia la oscuridad por su cuenta.

Debía dejarlos ir. Esa era la razón por la cual los había sacado a escondidas de la aldea. Pero después mi mirada se posó en el cadáver del trol que casi nos había comido, y no pude hacerlo. No podía abandonarlos. Así que, mientras Tom estaba sobre sus cuatro patas peludas y cortas, colgué la ballesta de una rama y la capa junto a ella. Luego me arrodillé en el suelo y obligué a mi cuerpo a pasar por la misma transformación.

Débilmente, mientras respiraba a través del dolor familiar de las articulaciones desconectadas y los músculos sobrecargados, exacerbado esta vez por mi costilla rota, me di cuenta de que Tom y Romy se habían marchado. Que podía escuchar el suave golpeteo de sus patas por delante de mí en el bosque.

Su transformación fue mucho más rápida que la mía, a pesar

de que yo había cazado a cuatro patas muchas veces desde mi ascensión. Había soportado la incomodidad de mi transformación mientras Max me daba la espalda para ofrecerme intimidad, aunque no podía verme sin el farol.

Tan pronto se me pasó el dolor, me levanté y me quité la ropa, sorprendida al comprobar que el dolor de las costillas se había reducido durante la transición a una molestia sorda.

Partí por el bosque, siguiendo el sonido de las respiraciones suaves y las patas corriendo, aliviada de que el bosque pareciera nuevo y claro como el cristal.

El viento susurraba *BIENVENIDA A CASA* mientras corría, la suave brisa ondulaba sobre mi pelaje, dirigiéndose a mí como a una amiga perdida hacía mucho tiempo. Asombrada, me di cuenta de que era la misma voz que me había saludado después de mi prueba, la primera vez que adopté la forma de lobo, y que no la había oído ni una sola vez cuando estaba en forma humana.

Las palabras parecían proceder de mi propia cabeza y las sentía como la propia voz del bosque oscuro. Como una caricia de mi mente. Una intromisión muy íntima.

Me deshice del seductor saludo y corrí tras los cachorros.

No me llevó mucho alcanzarlos, y en algún lugar del camino, mientras mis patas presionaban la fragante tierra y mis garras se clavaban en ella, caí en la cuenta de que podía oler el aroma que estaban siguiendo, y lo reconocí.

Un conejo.

Igual que la exuberante vegetación que crecía en el oscuro bosque, la fauna y la flora no parecían perturbadas por la oscuridad antinatural. Venados, conejos y otras presas evidentemente veían tan bien en la oscuridad como los loboznos. Como yo. Tal vez mejor. Pero puesto que los aldeanos no podían ver para cazar, nadie más que mi abuela y los monstruos originarios del bosque oscuro tenían acceso a los animales silvestres que poblaban el bosque.

Armada con patas más largas me adelanté a los loboznos, con la nariz prácticamente pegada al suelo mientras olfateaba a nuestra presa. El pulso se me aceleró, mi corazón latía con una excitación que nunca antes había experimentado.

El mes anterior había matado a varios tipos de monstruos durante mis incursiones al bosque con Max y con mi madre; sin embargo, nunca los había cazado verdaderamente. Yo solo... dejaba que ellos me encontraran. Pero esto era diferente. A pesar de que el conejo no representaba ningún peligro para mí, esto era cazar, y mi naturaleza lupina anhelaba esta actividad. Ese esfuerzo de todo el cuerpo que me quemaba los pulmones y que hacía que los músculos me dolieran.

Estaba hecha para esto, y la satisfacción del momento en el que descubrí ese hoyo en el suelo, el instante mismo en el que pegué mi hocico a la madriguera y encontré a una familia completa de conejos esperando a ser devorados fue algo que nunca antes había experimentado.

Mi satisfacción —mi hambre— era tan grande que no se me ocurrió sentir asco ante el pensamiento de comer carne cruda, hasta que saqué al conejo más cercano de la madriguera. Hasta que lo sacudí vigorosamente para romperle el cuello. Hasta que los cachorros se lanzaron detrás de mí, gruñendo y mordisqueándose por el derecho a ser el siguiente.

De hecho, ya había devorado la mitad del conejo —piel, huesos pequeños y todo— antes de que se me ocurriera que estaba comiendo carne cruda. E incluso una vez que me percaté de ello, comprendí que no había repugnancia. Porque el conejo estaba delicioso.

Mi cuerpo, en esta forma, no deseaba carne asada o un estofado burbujeante. No quería caldo ni pan. Mi cuerpo quería carne. Fresca y tierna. Jugosa. Y tan pronto como acabé con un conejo, me zambullí en la madriguera a por el siguiente bocado tembloroso. Después de que los cachorros se hartaron, Tom se enroscó en el suelo, ocultó su nariz bajo su cola y cerró los ojos.

«Debería volver a casa».

Debería haber vuelto a por mi ropa, haber cambiado a mi forma humana y haberme dirigido a la aldea, dejando a los cachorros en el bosque al que pertenecían. En cambio no pude. Me dije que aún estábamos muy cerca de la aldea. Que si Romy se asustaba encontraría el camino de regreso y que Oakvale podría no recuperarse de ello.

¿Y si mordía a alguien?

¿Y si alguien, además de Grainger, la veía convertirse en lobo?

¿Y si le decía a alguien que yo podía hacer lo mismo?

Tendría que llevarlos más adentro del bosque, alejándolos de la cabaña de mi abuela. Del camino que llevaba desde la aldea al otro lado del bosque, hacia el oeste. Pero no había razón para volver a cambiar a la forma humana para eso. Los cachorros viajaban más rápido y más fácilmente sobre cuatro patas, y a pesar de que parecía que no sentían el frío de ninguna forma, yo estaba sin duda más abrigada con una capa de pelaje entre mi piel y el helado viento de invierno.

Gruñí y empujé a Tom con el hocico. «No es hora de dormir, cachorro».

Se quejó de mi intrusión, pero insistí y finalmente se levantó. Romy frotó su hocico con el de él como un afectuoso saludo que entendí instintivamente, aunque nunca había visto un gesto así. En esta forma, yo simplemente... sabía cosas.

Cómo rastrear a una presa, evidentemente. Cómo interpretar los gimoteos y gruñidos de Tom, y cómo comunicarme con él sin palabras. Sabía cómo seguir a un conejo y comérmelo sin manos.

Estos nuevos instintos y habilidades eran emocionantes. Liberadores. Me abrían todo un mundo nuevo, un mundo que difícilmente había vislumbrado durante el tiempo que pasé como guardiana de Oakvale sobre cuatro patas. Porque eso era todo lo que había estado haciendo: cuidando. Nunca me había tomado el tiempo de conocer de verdad mi forma lupina, porque, en el fondo, temía que cuanto más a gusto estuviera como lobo, menos humana me sentiría. Y más monstruosa me volvería.

Pero esto no parecía monstruoso. Parecía natural. Libre.

Gruñí a los cachorros una vez más y nos adentramos en el bosque. Para mi alivio, me siguieron.

Era extraño moverme por el bosque oscuro como un lobo. Los monstruos aún estaban ahí y aún eran una amenaza. Pero en esta forma mis oídos y mis ojos funcionaban tan bien que podía escuchar cualquier señal de una bestia aproximándose mucho antes de que llegara a nosotros. Con el tiempo suficiente para escapar. ¡Y éramos mucho más rápidos a cuatro patas!

A pesar de su cansancio, correr por el bosque evidentemente para los cachorros era como un juego. Como los chicos de la aldea corriendo en la plaza o en los campos.

Para mí no era un juego, estaba demasiado ocupada escuchando amenazas; sin embargo, había algo innegablemente emocionante en moverse a aquella velocidad. Y el sentimiento de triunfo, de poder, que acompañaba a esa sensación resultaba muy seductor.

Aun así, los cachorros pronto se cansaron, y yo tuve que admitir que podía venirme bien un descanso. Así que cuando se empezaron a retrasar, me detuve y, sin estar completamente segura de qué estaba buscando, empecé a buscar...

Refugio.

... algún lugar para quedarnos. Algún lugar seguro para dormir. En el bosque oscuro, en la forma de lobo, ese lugar no podría ser una cabaña o un establo. Ni siquiera un cobertizo. Tenía que ser...

Una guarida.

... un agujero pequeño y seguro. Algo como la madriguera de los conejos, solo que más grande. Lo suficientemente grande como para que los tres pudiéramos enroscarnos, pero lo suficientemente pequeño como para que cualquier arbusto que pudiera arrastrar lo cubriera.

No me había dado cuenta de que había descubierto un lugar adecuado hasta que me encontré cavando bajo un matorral espinoso. La tierra olía a plantas muertas. A moho y musgo.

En pocos minutos construí la pequeña madriguera perfecta: un espacio hueco excavado en la tierra, lo suficientemente grande para los dos cachorros y para mí. Gruñí llamándolos y los empujé dentro del hueco. Después me metí, apreté los dientes sobre un matorral y lo arrastré por encima de nosotros.

El plan era quedarme con los lobeznos solo un rato. Descansar antes de mi viaje de regreso a Oakvale. Después..., escabullirme. Irme a casa dejándolos en el lugar más seguro que pude encontrar para ellos, un lugar que yo había construido para ellos, oculto a cualquier eventual observador, ya fuera hombre o bestia.

Habría sido más piadoso decírselo, por supuesto. Advertirles de que tenían que cuidarse por sí solos de ahora en adelante. Pero si lo hacía, el miedo los podría poner histéricos. Tal vez llorarían y atraerían a los depredadores, o podrían intentar seguirme. Una separación limpia parecía ser la apuesta más segura; si se despertaban solos no tendrían otra elección más que aprender a defenderse a sí mismos. A depender el uno del otro.

Sin embargo, en cuanto empecé a salir lentamente de la madriguera, me di cuenta de que había pasado por alto una posibilidad muy preocupante. Si los cachorros se despertaban y veían que me había ido, lo más probable era que rastrearan mi olor, como rastrearon a los conejos, lo que los conduciría de vuelta a la aldea. Tendría que serpentear y encontrar la manera de disfrazar mi olor.

Desgraciadamente, mientras sopesaba esa nueva dificultad..., me dormí. Y no me desperté hasta que los lobeznos empezaron a arrastrarse por encima de mí para salir de la madriguera.

No tenía ni idea de cuánto habíamos dormido. Incapaz de ver ni las estrellas ni el sol dentro del bosque oscuro, no tenía ni idea de qué hora del día era o cuánto hacía que había salido de Oakvale.

¿Había amanecido? ¿Mi madre y Max se habían despertado y habían descubierto que Tom y yo no estábamos? ¿*Madame* Paget había anunciado la desaparición de Romy? ¿Alguien habría encontrado la cataplasma que había estado en su hombro?

Tenía que volver a casa. Terminar con los miedos de mi madre y asegurarle que yo estaba bien. Y así lo haría, después de un poco más de...

«Comida», el gemido de Romy me lo exigía mientras me empujaba con su hocico. «Comida».

Gruñí y le mordisqueé una oreja. No lo suficientemente fuerte como para sacarle sangre. Pero sí para advertirle que me dejara dormir.

Me devolvió el gruñido con un gracioso intento propio. Después me resopló en la oreja y se arrastró sobre mí. Tom la siguió, hundiendo su pata en mi vejiga al salir de la guarida.

«¡Juego!», anunció su gruñido, y durante varios minutos, con los ojos aún cerrados, los escuché corretear por la maleza. Me permití unos minutos más de semisueño antes de tener que...

«Peligro».

El pensamiento me atravesó como una vela encendida en una habitación oscura, cambiando todo en un instante. Reformulando los alrededores familiares con una nueva perspectiva. Levanté la cabeza y olfateé el aire, tratando de enfocar la amenaza. ¿Había olido algo? ¿Había oído algo? ¿Había sentido algo?

Los cachorros aún estaban jugando. Retozando en la tierra. Fuera lo que fuese, aún no lo habían notado. Así que me arrastré fuera de nuestra guarida y me estiré, intentando no alertarlos mientras mis orejas giraban sobre mi cabeza, escuchando... cualquier cosa. Todo. Catalogando gruñidos, aullidos y suaves sonidos de deslizamiento que habían sido el telón de fondo de nuestra existencia desde que habíamos llegado al oscuro bosque.

Una ramita crujió a lo lejos, seguida de un suave sollozo, y de pronto recordé. Eso era lo que había oído. Lo que solo había procesado a medias mientras dormitaba. Había visto una docena de tipos de monstruos desde que empecé a entrenar en el bosque oscuro. Había luchado con al menos la mitad de ellos. Pero ninguno había hecho nunca aquel sonido. Solo había un tipo de bestia que sollozaba.

Humanos.

«Peligro».

Mi gruñido bajo y suave alertó a los cachorros de la amenaza y vinieron hacia mí, tal y como les había enseñado la noche anterior. Las orejas giradas hacia los lados para captar los sonidos de todas partes. Y para asegurarme de que estaban escuchando.

El sollozo volvió a resonar en el bosque. Venía del camino occidental de Oakvale. Y mientras escuchaba, oí el crujido de otra ramita. Luego otra. Luego dos a la vez.

«No».

Cuanto más escuchaba, más pasos oía. No se trataba de un solo humano que se dirigía por el camino, solo y asustado, sino de una procesión de humanos. Era... una manada.

No. Los humanos no forman manadas. Esta era una partida. ¿La caravana de un comerciante?

Podría ser. No escuchaba el traqueteo de las ruedas de una carreta. Ningún eje crujiendo. Solo había pasos, muchos pasos, y voces suaves.

Esta era una partida de búsqueda.

21

Los cachorros estaban como a kilómetro y medio del sendero, y a pesar de que podíamos escuchar pasos y el murmullo ocasional de una palabra de ánimo o de valor, no había forma de que los humanos que seguían el rastro nos escucharan.

Pero si nosotros podíamos oírlos, también podía hacerlo todo lo que deambulaba por el oscuro bosque.

«Protégelos».

Era mi propia voz. Mi conciencia humana, que me llamaba a cumplir con mi deber. Complicándolo... todo.

Yo estaba obligada por el honor a proteger a las personas que caminaban por el bosque oscuro, y mi obligación era doble, considerando que por mi culpa estaban todos aquí. Pero no podía proteger a los humanos de las sombras mientras tuviera a los cachorros conmigo. Y no podía abandonar a los cachorros. Aún no. No cuando podían seguir al grupo de búsqueda hasta su casa. O simplemente exponerse a sus amigos humanos y familia, aquí en el bosque.

Y si había una partida de búsqueda en el bosque oscuro, era muy posible que mi madre estuviera por allí en algún lado, vigilándola. O incluso mi abuela. Y si me acercaba, una de ellas podría escucharme. U olerme.

CORRE.

El bosque oscuro me acarició con el pensamiento y me reconfortó con la posibilidad. No tenía que irme a casa solo porque ellos hubieran venido a por mí. Podría quedarme en el bosque con los cachorros. Podía simplemente... quedarme. Después de todo, yo era tan lobo como ellos.

No, eso era ridículo. Resoplé mientras sacudía la cabeza, intentando librarme de la tentación. No podía vivir en el bosque oscuro. Pero podía terminar el trabajo que había venido a hacer aquí. Podría encontrarles un lugar seguro, lejos de la aldea.

Aullé suavemente para llamar a los lobeznos. Les dije que me siguieran más adentro en el bosque, lejos del sendero. Los dos se giraron y obedecieron. Pero entonces ese sollozo volvió a resonar hacia nosotros y Romy se detuvo. Se volvió hacia el sonido, inclinando la cabeza mientras olfateaba el aire.

Su postura cambió al instante. La tensión y el miedo se fundieron en su cuerpo. Rotó sus orejas, centrándose en esa única dirección, excluyendo el resto del bosque oscuro, un error que podría costarle la vida. ¿Y para qué?

Olfateé el aire, tratando de entender qué podía hacerla no obedecer mi orden. Me obligué a separar mentalmente los olores. Era como desenredar una trenza, separándola en distintos mechones hasta que pudiera distinguir olores individuales pertenecientes a personas individuales.

Aunque nunca antes había notado ninguna diferencia en el olor de uno de mis vecinos respecto a otro, en la forma de lobo era capaz de reconocer cada uno de ellos. *Monsieur* Gosse, el alfarero. Simon Laurent y su padre. *Monsieur* Girard, el carpintero. *Monsieur* Martel, el herrero, quien probablemente creía que se ganaría el favor de mi madre si encontraba a su hija con vida.

Romy gimió y Tom la observó, sentado sobre sus ancas, mientras su cola agitaba un montón de hojas secas angustiado. Como reacción a la angustia de ella.

Volví a olfatear el aire y por fin capté los olores que la habían alterado.

Madame y *monsieur* Paget. Sus padres habían venido al bosque para buscarla. Y de repente, antes de que pudiera imaginar cómo calmarla, Romy salió en dirección de los pasos y las suaves voces, siguiendo el olor de sus padres hacia el único hogar que había conocido.

Un hogar que ya no existía para ella.

Con un aullido como reprimenda salí detrás, corriendo por el bosque con el pequeño Tom pisándome los talones. Esperaba que se cansara, pero su energía parecía inagotable, y cuando varios puntos de luz, farolillos, me llamaron la atención, pues revelaban una hilera de personas que seguían lenta y cuidadosamente el sendero, me forcé a correr más rápido a pesar de mis patas cansadas, y finalmente la alcancé.

En respuesta a mi suave gruñido, se limitó a gemir, mirando por encima de mi cabeza los faroles y las formas iluminadas a contraluz que los sostenían. Cuando no la dejé ir más lejos, se sentó sobre sus ancas, echó la cabeza hacia atrás y soltó el aullido de angustia más doloroso que yo había escuchado.

Uno de los faroles dejó de balancearse.

—¿Romy? —dijo *madame* Paget, y me estremecí ante su volumen.

Cualquier bestia que no hubiera oído ya la procesión humana lo habría escuchado. Igual que mi madre y mi abuela, aunque no veía rastro de ellas.

—Ese es un lobo, Alice —dijo *monsieur* Paget—. No dejes que las murmuraciones de Grainger Colbert te afecten.

Su mujer no discutió, pero cuando me volví pude verla mirando hacia el bosque en nuestra dirección, con el farol en alto y los ojos entrecerrados en un vano intento de ver en la oscuridad. Junto a ella, atrapado en el resplandor de su farol, estaba...

Max.

Mi corazón latió demasiado rápido dentro de la jaula de mis costillas. Había venido a buscarme. Probablemente también venía para ayudar a proteger a la partida de búsqueda, pero había tristeza en sus ojos. Una determinación en su actitud que decía que había salido a buscarme.

Inhalé profundamente, y su olor se alojó en mis pulmones con un extraño peso, haciendo que mi pulso se acelerara. De pronto yo no quería nada más que correr por el bosque hacia él. Para disculparme por desaparecer sin una palabra y decirle todo lo que había aprendido en el bosque oscuro. Viviendo como un lobo durante... el tiempo que fuera que había desaparecido.

Quería irme a casa. Ver a mi madre y a mi hermana, asegurarles que no había enloquecido. Abrazar a mi abuela y charlar con ella frente a su hoguera. Sentarme junto a Max y describirle monstruos mientras él los dibujaba.

Pero mientras contemplaba la fila de vecinos y amigos y una ola de nostalgia que estaba extrañamente en desacuerdo con el instinto lupino, que me decía que corriera a lo profundo del bosque, me invadía, una realidad devastadora me atravesó como una espada el corazón. Incluso volviendo a casa, incluso si tuviera un lugar seguro para dejar a los cachorros, las cosas nunca serían igual para mí en Oakvale. Si me encontraran viva e ilesa, la gente querría saber cómo había sido posible. Por qué había desaparecido en el bosque el mismo día que Tom y Romy, y sin embargo había salido sin ellos. Habría más rumores. Y ya no tendría a Grainger a mi lado para defenderme. Para equilibrar el chismorreo con su respetado estatus y su obvio afecto hacia mí.

Había dañado mi posición en Oakvale para siempre cuando desaparecí con los cachorros en el bosque; sin embargo, allí estaba Max, buscando fijamente en la oscuridad, con la mirada desenfocada. Porque él estaba escuchando. Había reconocido que el aullido de Romy pertenecía a un cachorro de lobo blanco y sabía que, si los niños aún estaban aquí, también estaría yo.

Los otros podían haber venido esperando encontrar tres cuerpos, pero Max sabía más. Sabía que yo estaba viva. Y me quería de vuelta.

Ese dolor familiar creció dentro de mí, la atracción conflictiva del hogar y el bosque oscuro me amenazaba con hacerme perder el equilibrio. Me sentí atrapada entre dos mundos, sin sentirme totalmente en mi hogar en ninguno y...

—Ella está ahí —murmuró la madre de Romy, llevando mi atención otra vez hacia los cachorros que estaban sentados junto a mí, a ambos lados, con sus pequeños cuerpos temblando por la situación—. Fuera ella o no, Romy está ahí dentro. Ella necesita...

Romy gimoteó y comenzó a moverse hacia su madre. Presa del pánico, me lancé tras ella y le mordí con cuidado el pescuezo; luego la llevé conmigo, con Tom pisándome los talones. Cuando empezó a forcejear, me detuve y la dejé en el suelo, gruñendo una suave advertencia. Luego la empujé hacia delante, adentrándome más en el bosque, porque, aunque yo podía volver a Oakvale si quería, aunque bajo una nube de sospechas, los cachorros no podían, bajo ninguna circunstancia, regresar a casa.

Y todavía no estaba lista para dejarlos.

Mientras nos adentrábamos más en el bosque, me giré para mirar otra vez a Max.

Una sonrisa se dibujó en la comisura de sus labios, que pronunciaron mi nombre en silencio, mientras miraba fijamente en la oscuridad.

QUÉDATE CON ELLOS, me susurraba la brisa, mientras los esqueléticos troncos de los árboles vibraban sobre mi cabeza.

Sí, solo llevaría a los cachorros un poco más lejos. Encontraría un lugar más seguro. No había muchas alternativas puesto que no quería abandonarlos, pero tenía que admitir, al tiempo que corría a través del bosque con mis pequeñas cargas, que ellos no eran la única razón por la que yo estaba todavía en el bosque oscuro. Era mucho más sencillo pensar en proteger y ayudar a los cachorros que reflexionar sobre cómo sería mi vida cuando abandonara el bosque.

Mi casa no sería la misma que cuando la dejé, pero Oakvale no era mi única alternativa. Un borrón y cuenta nueva me esperaba en Ashborne, junto con los Bernard, y sin duda había llegado a interesarme por Max. Sin embargo, a pesar de la sospecha que se ceriniría sobre mí en mi propia aldea, no tenía ningún deseo de abandonar a mis vecinos. Dejar el único hogar que había conocido.

En mi intento por ayudarlos los había puesto en riesgo. Le había costado a un hombre su mano y a una familia su hija. ¿No les debía seguridad y protección ahora más que nunca?

Romy volvió a gemir. Estaba disgustada por haber vuelto a perder a sus padres, y cuando Romy estaba disgustada, Tom también lo estaba. Así que los distraje jugando a rastrear olores dejados por varios monstruos. Nos acercábamos lo suficiente como para identificar a la bestia que habíamos rastreado, pero no tanto como para alertarla de nuestra presencia. Una vez utilicé una técnica parecida para convencer a Sofia de que siguiera batiendo mantequilla, a pesar del dolor que sentía en los hombros.

Para cuando los lobeznos necesitaron otra siesta, capté un olor familiar.

«Comida».

El día anterior no había comido suficiente, y mi estómago sentía un enorme y doloroso vacío. Así que cacé.

«Sueño».

Otra vez, la necesidad no se podía resistir. La orden no podía ser ignorada.

«Caza».

«Defiende».

Las horas empezaron a difuminarse. Las demandas de mi forma lupina empezaron a mezclarse unas con otras, conformando una existencia a la que nunca me había querido entregar. Se convirtieron en una vida que no me había dado cuenta de que era capaz de vivir hasta que maté para los cachorros. Hasta que los alimenté y jugué con ellos. Hasta que los defendí y les busqué abrigo, tanto despierta como dormida.

Hasta que los días pasaron y empecé a olvidar que había tenido otra vida. Otra forma. Otra... alternativa.

TÚ PERTENECES AQUÍ, me susurraba la brisa en ciertos momentos de quietud. Y lentamente empecé a creerlo.

Y así un día —¿o una noche? En el bosque oscuro eran iguales— los cachorros, cansados, empezaron a pelearse entre ellos por un conejo que habían encontrado. Preocupada por los chasquidos y gruñidos de sus mandíbulas, cogí el conejo y les di la señal de que se sentaran y esperaran. Luego me acosté de lado en un lecho de musgo y recuperé mi forma bípeda.

Humana otra vez, me senté, temblando violentamente con el aire helado. Sin ropa podría permanecer en esa forma solo unos minutos. Con suerte eso sería suficiente para impartirles una lección que necesitaban recordar en cualquiera que fuera la forma que adoptaran.

—Venid aquí los dos —les hice la seña de que se acercaran, y se sentaron en mi regazo, arañando mi estómago desnudo con sus garras al acurrucarse.

Habíamos dormido acurrucados durante tanto tiempo que apenas podía recordar el sueño sin dos pequeños manojos de pelo retorciéndose apretados contra mi costado y extendidos sobre mi estómago. No podía soportar la idea de abandonarlos, ni en el bosque oscuro ni a sus propios instintos monstruosos.

—Los dos sabéis que no debéis pelearos, ¿verdad?

Romy me hizo un gesto vacilante con el hocico. De Tom realmente no esperaba una respuesta. Rara vez obtenía una que no fuera una negativa o la aceptación de mis instrucciones. Pero para mi sorpresa su pequeño hocico se movió de arriba abajo.

—Bien. Romy es tu hermana ahora. Cada uno ha perdido a su familia, pero os habéis encontrado el uno al otro, y quiero que me prometáis que permaneceréis juntos. Sin importar lo que pase, ¿de acuerdo?

En esta ocasión ambos cachorros asintieron, y Romy aulló suavemente, con un sonido de culpa que siempre hacía cuando yo la regañaba.

—Bueno. Ambos vais a estar bien si os mantenéis juntos. Si os protegéis el uno al otro. ¿Entendéis?

Tom asintió. Romy me acarició con su nariz húmeda y fría.

Una rama se partió detrás de mí y me puse de pie de inmediato, apartando a los cachorros de mi regazo; me encontré entonces con un farol que se inclinaba hacia nosotros con cada paso que daba su portador, acompañado del ruido de una espada. Durante un segundo, la inesperada luz me cegó. Luego mis ojos se ajustaron tanto a la luz como al ambiente de oscuridad que mis ojos humanos no podían manejar como mis ojos de lobo.

La cara del portador se perfiló, y yo ahogué un grito.

Era *monsieur* Colbert. El padre de Grainger. ¿Qué hacía en el bosque oscuro?

Confundida, miré más allá y vi el borde de un estrecho sendero de tierra. Yo había llevado a los cachorros a lo profundo del bosque, lejos de Oakvale, pero había varios senderos que atravesaban el bosque en diferentes direcciones y que conducían a las aldeas vecinas.

¿*Monsieur* Colbert había venido a buscarnos? Tal vez formaba parte de otra partida de búsqueda y se había desviado por una bifurcación menos transitada del sendero para ampliar el rastreo. O tal vez había venido solo, convencido de que el capitán de los vigilantes de la aldea obtendría mejores resultados que con un grupo de aterrados aldeanos.

De cualquier manera, claramente nos había escuchado y se había aventurado por el sendero, un movimiento audaz, incluso para el capitán de los vigilantes.

—¿Quién está ahí? —preguntó *monsieur* Colbert, y me di cuenta de que su débil burbuja de luz no nos había encontrado aún—. ¿Adele, eres tú? Escuché tu voz, *chère*. ¿Eres...? ¿Eres realmente tú, o el bosque me está jugando bromas?

El pulso se me aceleró, los dientes me castañeteaban por el frío sin los peludos cachorros que me ayudaban a calentarme. Di un paso atrás y una ramita se rompió al pisarla con mis pies desnudos.

«Corre». Podía huir de él, pero no llegaría muy lejos, desnuda y en forma humana. Y correr no haría que él dejara de oír mi voz. Si contara lo que había escuchado, ¿alguien le creería? ¿Redoblarían sus esfuerzos para encontrarme o asumirían que el bosque oscuro había robado mi voz de su memoria?

Si le creían, ¿sabrían que solo había una manera de que yo hubiera podido sobrevivir tanto tiempo sola?

Romy aulló y se escondió detrás de mi pantorrilla izquierda, y *monsieur* Colbert se puso rígido, levantando aún más su farol, y entrecerrando los ojos en la oscuridad más allá de la frágil caída de su luz.

—¿Adele? ¿Hay algo contigo ahí? Por favor, da un paso adelante. Déjame ayudarte.

Una cuerda de oscuridad se movió por el suelo cerca de su pie y él saltó asustado cuando una enredadera se deslizó por su bota. La pisoteó y su farol se balanceó, proyectando sombras oscilantes que probablemente no podía ver lo suficientemente bien como para darse cuenta.

Di otro paso hacia atrás, indicando a los cachorros que se mantuvieran detrás de mí con el gesto de mi mano. Después me giré, resignada a correr, hasta que una enredadera enganchó mi tobillo y tiró de mí.

Aterricé con mi cara sobre las hojas. El impacto con el suelo me sacó el aire de los pulmones, atontándome por un segundo. Y mientras me incorporaba, tirando de la enredadera, intentando cortarla con mis ineficaces uñas humanas, *monsieur* Colbert se precipitó hacia delante y su burbuja de luz cayó sobre mí.

El padre de Grainger soltó un grito ahogado; su mirada recorrió rápidamente mi figura desnuda y luego volvió a mirarme a la cara.

—Adele. ¿Qué ha pasado? ¿Dónde está tu ropa? ¿Te encuentras bien? ¿Eres...? ¿Eres real?

—Yo... ¿Qué está haciendo aquí?

—La herida de Grainger está infectándose. Voy camino a Oldefort para traer un médico. —Su ceño se ahondó—. ¿Qué estás haciendo aquí tú sola? Toma, coge mi capa. —Empezó a quitarse la capa y yo retrocedí.

MÁTALO. La orden vino del bosque oscuro mismo, traída por una ráfaga de frío feroz que de algún modo avivó las llamas de un fuego voraz que ardía en mis entrañas. El bosque nunca antes me había hablado directamente en mi forma humana, y su orden acrecentó un impulso que mi cuerpo ya sentía: un dolor en los huesos que me obligaba a reasumir mi forma de lobo. Hundir mis garras en su piel y mis dientes en su garganta.

Probar su sangre. Devorar su piel.

«No».

Monsieur Colbert me había visto con los cachorros. Me había visto indemne en el bosque oscuro. Finalmente comprendería lo que estaba viendo, y cuando eso ocurriera, representaría una amenaza para mí, y por extensión para mi familia. Lo que lo haría una amenaza para toda la aldea. Pero esa amenaza no tenía nada que ver con el oscuro impulso que ardía en mí mientras liberaba mi tobillo de la enredadera.

MÁTALO. ALIMENTA EL SUELO CON SU SANGRE. SACIA TU HAMBRE CON CARNE.

El bosque oscuro se burlaba de mí con indescriptibles posibilidades. Placeres violentos. Caprichos horrorosos. Y yo quería todo lo que me ofrecía.

Que Dios me perdonara, los quería todos.

Tom brincó delante de mí, gruñendo ferozmente para un cachorro, y Romy estaba justo detrás de él, mordiendo las espinillas del intruso. Habían decidido que yo era vulnerable. Que ese hombre era una amenaza. Y los pequeños monstruos estaban decididos a protegerme.

Sobresaltado, *monsieur* Colbert dio una patada, haciendo oscilar de nuevo el farol, y su bota se estrelló contra el costado izquierdo de Tom. El cachorro gimoteó mientras caía al suelo a un metro de distancia, y yo me puse de pie al instante, gruñendo al vigilante, con los labios curvados hacia atrás por los dientes humanos y la saliva saliendo de mi boca.

—No... lo toques —gruñí.

Los ojos de *monsieur* Colbert se abrieron de par en par al contemplar mi desvergonzada desnudez. Al oír la calidad gutural de mi orden, mi defensa de un cachorro de lobo. Entonces dio un paso atrás y se llevó la mano a la empuñadura de su espada.

—Es verdad... —Empezó a sacar su arma, y Romy avanzó hacia él, gruñendo valientemente.

MÁTALO.

Apreté los puños en un esfuerzo por resistir la orden.

—¿Ese es... Tom? —La atención del vigilante aterrizó sobre el pequeño y feroz cachorro mientras se ponía de pie, a su izquierda. Después su mirada se deslizó sobre el otro cachorro—. ¿Y esta es la pequeña Romy? —Su voz se quebró con el descubrimiento—. Grainger tenía razón. Que el diablo os lleve a todos, él tenía razón y tú mentiste. Dejaste que ellos...

Un destello de culpabilidad me atravesó y el dolor trajo consigo un momento de desorientación. Una duda brutal. ¿Qué estaba haciendo? ¿Cuánto tiempo había estado en el bosque?

Después dio otro paso atrás y empezó a sacar su espada, y la alarma se disparó en mis venas.

Romy me miró, quejándose, pidiendo permiso para obedecer la orden del bosque. De eliminar la amenaza.

MÁTALO.

—Haré que todos ardáis en la plaza de la aldea y que sus cenizas se dispersen en suelo no consagrado —juró, llevando su burbuja de luz con él en su lenta retirada—. Toda tu familia, y los Paget.

Los gemidos de Romy alcanzaron un tono frenético mientras mi pulso empezaba a rugir en mis oídos. Tom gruñó, sus pequeñas garras se clavaron en la tierra. Ambos me miraron justo cuando monsieur Colbert se daba la vuelta y empezaba a correr por el sendero.

Si lograba llegar a la aldea, toda mi familia moriría. Igual que la de Romy.

Asentí, con la mandíbula apretada y abriendo y cerrando los puños a los costados. Y los cachorros corrieron tras él.

Lo atraparon en segundos, y yo cerré los ojos mientras ellos se abalanzaban, arrojándolo al suelo.

MATA. MATA. MATA.

Monsieur Colbert gritó y ambos cachorros aullaron. Escuché el rasgado de las ropas y el estruendo de una espada aún en su vaina. Entonces los gritos cesaron.

Abrí los ojos y al principio no entendía lo que veía. La sangre desparramada en troncos y raíces. Goteando de las ramas. Los hocicos de los dos cachorros estaban manchados con ella. De repente, todo el bosque apestaba a sangre.

COME, ordenó el bosque oscuro. COMPLACE A LOS JÓVENES EN SU VICTORIA, UNA COSTUMBRE TAN ANTIGUA COMO EL TIEMPO.

Los lobeznos contemplaron su matanza con las cabezas ladeadas, como si no pudieran entender lo que había ocurrido. Entonces Romy se abalanzó sobre el cuerpo de *monsieur* Colbert y le arrancó un pedazo de carne del cuello.

—¡No! —grité. Los dientes me castañeteaban y esta vez mi escalofrío tenía que ver con lo que acababa de contemplar, con lo que les había dejado hacer, así como con el frío—. ¡No, escupe eso!

Romy se volvió hacia mí con otra curiosa inclinación de su cabeza, pero casi se había tragado el pedazo. Acababa de comerse una parte de *monsieur* Colbert. Del hombre a cuya familia esperaba unirme. Cuyos nietos pensé que llevaría en mi vientre.

«¿Qué había hecho?».

El dolor se abatió sobre mí. La vergüenza me quemaba las entrañas.

—¡Deteneos! Alejaos de él. —Llamé a los cachorros hacia mí, temblando aún, y a regañadientes vinieron—. Nosotros no comemos gente, nunca —les susurré—. Conejos, venados. Pero gente no. ¿Entendéis?

Romy asintió, pero Tom solo me miró confundido.

—No somos solo lobos. No somos solo monstruos —les dije—. También somos personas, y las personas no comen personas.

Tom volvió a mirar el cuerpo que aún goteaba sangre en el suelo, el bosque oscuro parecía saciado con eso, y pude escuchar la pregunta que él no podía formular.

«¿Podemos matar gente, pero no podemos comérnosla?».

—No —le dije en respuesta a su pregunta muda—. No debí dejaros hacer eso.

Había que detener a *monsieur* Colbert. En ese momento él representaba un peligro para mi familia —y para toda la aldea— tanto como lo era el bosque oscuro. Pero ¿cómo podía explicarles eso a dos niños? A dos jóvenes cachorros de lobo blanco que luchaban no solo con la inmadurez y la inexperiencia, sino con los monstruosos impulsos lupinos que yo estaba empezando a comprender, después de haberlos experimentado yo misma.

«¿Por qué ahora?». Había estado en el bosque varias veces desde mi prueba y nunca antes había sentido la urgencia de matar a un humano. Ciertamente, el bosque me había alentado a matar monstruos, pero ese era mi destino. Mi responsabilidad.

Sin embargo, ahora estaba claro que al bosque oscuro no le importaba lo que mataba, solo que matara. Que alimentara su suelo con sangre —ya fuera humana o de monstruo— ante la ausencia de la nutritiva luz del sol.

«Llevo demasiado tiempo aquí». No había otra explicación. Vivir en el bosque había erosionado mi resistencia a sus espantosas urgencias homicidas. Vivir en el bosque oscuro había inclinado la balanza, la báscula de mi alma, que medía cuánto de mí seguía siendo humano y cuánto se había convertido en monstruo. A favor de la bestia.

Con una repentina claridad aterradora caí en la cuenta de que, si me quedaba en el bosque demasiado tiempo, en la compañía de monstruos y de dos cachorros que, con el transcurrir de los días demostraban cada vez menos compasión humana, me convertiría en una de las mismas bestias de las que tenía que proteger a Oakvale. Que bajo la influencia del bosque oscuro la diferencia entre un lobo rojo y un lobo blanco podría en realidad reducirse al color del pelaje.

Pero ¿cómo podía ser eso posible, si mi madre tenía razón? ¿Yo era una humana que también tenía la forma de lobo, mientras que los cachorros eran lobos que también tenían forma humana?

Hasta ahora los niños habían obedecido mis órdenes. Habían aprendido de mí cuándo era aceptable cazar y qué era aceptable comer. Pero si los dejaba, si sobrevivían solo para ser criados por el mismo bosque oscuro, algún día tendría que matarlos para proteger a Oakvale.

«Tiene que haber otra forma». Tenía que haber algún lugar donde pudieran vivir sin verse amenazados por la aldea. Donde pudieran crecer sin convertirse en una amenaza para la aldea.

—Dadme un minuto para cambiar —les susurré con la mente acelerada, mientras trataba de no ver al hombre que habían matado. La pérdida que acababa de asestar a Oakvale. A Grainger y a su familia—. Después, seguidme de cerca. ¿Entendéis?

Ambos cachorros asintieron. Así que me arrodillé en una cama de hojas y dejé que mi cuerpo reasumiera la forma que se había vuelto aterradoramente cómoda. Luego me levanté y me dirigí al único santuario que conocía donde podrían aceptar a tres lobos perdidos.

22

La puerta de la abuela se abrió al segundo de haber entrado al calvero, como si nos hubiera estado esperando. O tal vez nos había oído llegar.

—¡Adele! —Parpadeó sorprendida por un momento cuando dos cachorros de lobo blanco me siguieron fuera del bosque. Pero nos hizo una seña a los tres con la mano—. Entra, niña... Niños —corrigió, abriéndonos la puerta de la cabaña.

Los cachorros entraron y, aunque parecía que les agradaba el calor, Tom rehuyó el rugiente fuego de la chimenea de mi abuela. Romy le gruñó, pero cuando se negó a unirse a ella junto al hogar, a regañadientes ella se reunió con él en el otro lado de la cama, con la cabeza colgando, decepcionada.

La abuela arrancó un gran hueso de venado del estofado que estaba cocinando y los cachorros lo dejaron limpio. Y para cuando ellos empezaron a roer el tuétano, yo ya había cambiado a mi forma humana otra vez.

—Oh, Adele... —Pero en lugar de hacer las preguntas que yo podía ver detrás de sus ojos, mi abuela me dio un paño limpio y un cubo de agua para que me lavara junto al fuego—. La semana pasada tu madre salió a buscarte todas las noches. Desde que la partida de búsqueda regresó sin ti. Y sin cuerpos.

Una semana, llevaba fuera una semana. De alguna manera sentía que el tiempo que había pasado en el bosque era muchísimo menos; sin embargo, era mucho, mucho más.

Humedecí el paño en el cubo y después lo escurrí.

—Max estaba con la partida de búsqueda. —Mi voz sonaba ronca, ya fuera por falta de uso o por el frío.

—Sí, le dijo a tu madre que pensaba que estabas allí dentro. Con los cachorros. —Seguí su mirada para ver que los niños se habían dormido en el rincón. Bajo la pata izquierda de Tom había un extremo del hueso—. Él dijo que regresarías. Nunca lo puso en duda.

Mi mano se detuvo y dejé el paño sobre la mancha que había estado limpiando en mi brazo. ¿Era posible que me conociera tan bien? A veces ni yo misma estaba segura de que volvería.

La mirada de la abuela se centró en los cachorros otra vez mientras me bañaba.

—¿La niña es la pequeña Romy Paget?

—Sí, y el otro es Tom. El niño que encontré en el bosque.

Suspiró.

—Muy bien. Termina de asearte, luego hablaremos.

Me llevó un tiempo lavar toda la suciedad del bosque, y para cuando terminé el agua estaba marrón. La abuela abrió su baúl y me dio un montón de ropa. La sacudí mientras ella tiraba el cubo y sacaba agua fresca del pozo, y me quedé de piedra al darme cuenta de que sostenía mi propio vestido. El mismo que me había puesto una semana antes.

Abrigada, limpia y vestida, empecé por fin a procesar mi entorno, y me sorprendió encontrar mi capa roja brillante colgada de un gancho en la pared del fondo. El brazo arqueado de mi ballesta estaba en el suelo, asomando bajo el dobladillo de la capa.

—¿Cómo tienes mis cosas? —le pregunté cuando mi abuela regresó con un cubo de agua limpia.

—Me las encontré —dijo Max entrando en la cabaña detrás de ella.

Crucé la habitación en varios pasos y lo rodeé con los brazos, entonces sentí que se me hacía un nudo en la garganta por el esfuerzo de contener las lágrimas.

—¿Qué haces aquí? —Hundí la cabeza en su cuello, respirándolo, y sus brazos me rodearon, estrechándome.

—Buscándote —susurró en mi cabello—. Y así fue como encontré una hermosa capa roja colgando de la rama de un árbol, y debajo esa exquisita ballesta hecha a mano. ¿Por qué alguien dejaría esas cosas tan bellas abandonadas en el bosque oscuro?

—Lo siento. No sabía qué más hacer. No podía abandonar a los cachorros y estábamos mucho más seguros como lobos.

—Nunca ibas a dejarlos ir, ¿verdad? —preguntó.

Moví de lado a lado la cabeza.

—No podía. Y no podía permitir que mi madre lo hiciera tampoco. No es justo. No es culpa suya.

Max se zafó de mi abrazo y me miró con el ceño fruncido.

—¿Por eso te fuiste sin mí? ¿Pensaste que no te permitiría dejarlos con vida?

Asentí, pero la verdad era mucho más complicada que eso. Una parte de mí sabía desde el principio que no podría dejar a los niños allí dentro. Pero Max no podría haber sobrevivido en el bosque oscuro atrapado en su forma humana y casi ciego, con su farol llamando la atención adondequiera que fuéramos.

Lo había dejado porque muy dentro de mí sabía que había una posibilidad de que yo no regresara.

Max suspiró y dejó pasar la pregunta, como si pudiera ver la respuesta en mis ojos.

—No debiste salir a buscarme —murmuré—. Incluso con tu experiencia, el bosque oscuro no es seguro para ti.

—Tu madre estaba conmigo esa noche. Cuando encontré tus cosas. —Me apartó el pelo enmarañado de la cara y me dio un beso en la frente—. Y cuando no lo está, me quedo en el sendero.

—¿Esto se ha convertido en un hábito? —pregunté mirando a mi abuela.

Se encogió de hombros y cogió dos tazones de madera del estante.

—Bueno, alguien tiene que hacer compañía a una anciana dama.

Reí. Y de pronto empecé a llorar.

—Siéntate, niña. —La abuela me ofreció uno de los tazones y me señaló la olla suspendida de estofado—. Come algo.

Intenté serenarme mientras servía estofado en mi tazón.

—Lo siento mucho. No quería desaparecer. Simplemente no podía dejarlos. Ahora, por mi culpa, la gente se ha aventurado en el bosque oscuro y...

—No —insistió Max, cogiendo el tazón que le ofrecía—. La partida de búsqueda no es culpa tuya. *Madame* Paget habría salido por su cuenta. Encontraron la cataplasma de Romy en el camino que conduce al bosque e insistió en que los niños habían andado por allí. Y que tú seguramente habías salido en su búsqueda.

Me hundí en mi silla.

—Ella sabe lo de Romy.

La abuela acercó una silla junto al fuego para Max.

—¿Estás segura?

Asentí mientras tomaba un bocado humeante de carne de venado.

—Romy me lo contó. Su madre le dijo que lo mantuviera en secreto. No creo que se lo cuente a nadie.

—¿Sabe lo tuyo? —preguntó la abuela, arrimando un taburete para ella más cerca del fuego.

—No. Y no es que importe. Todo el mundo probablemente piensa que estoy muerta.

—No lo piensan —respondió Max—. Tu madre le dijo a todo el mundo que te estarías quedando aquí durante un tiempo ayudando a tu abuela dada su avanzada edad.

La abuela resopló de buen humor.

Max sonrió.

—Tu madre estaba tan convencida como yo de que regresarías.

Durante varios minutos comimos en silencio mientras yo procesaba todo lo que escuchaba. Entonces, por fin, mi abuela se volvió a mí con una expresión cuidadosamente... inescrutable.

—¿Qué estás haciendo, *chère*? Se suponía que te ibas a encargar de los cachorros por el bien de toda la aldea.

—Lo sé. Pero no puedo. No puedo matarlos y tampoco puedo dejarlos.

—Adele...

—No lo haré. Y no creo que dejarlos allí dentro ayude tampoco realmente a Oakvale. —Me volví hacia Max, rogándole que entendiera—. El bosque oscuro... me habla. A los tres, creo. No me refiero a la criatura que nos hace oír las voces de nuestros recuerdos, sino al bosque en sí. ¿Lo has oído alguna vez?

—No. —Frunció el ceño, acunando su tazón medio lleno.

—He sentido que me llama desde que tengo memoria. Pero antes era una especie de vaga atracción. Un sentimiento de que en el fondo podría pertenecer a él. Después, cuando empecé el entrenamiento, ese sentimiento se hizo... más definido. Como si el mismo bosque oscuro fuera una presencia dentro de mí. Una parte de mí. O por lo menos, como si me conociera. Pensé que era una mentira. Un truco para asustarme. Para hacerme descuidada. Pero ahora...

Él me miró atentamente.

—¿Ahora qué?

—Cuando empecé a pasar todo el tiempo en la forma de lobo fue como si la voz del bosque oscuro se hiciera evidente. Fue entonces cuando empezó a hablarme en serio.

La abuela exhaló lentamente.

—¿Qué dice?

—Me dice que haga cosas. Que me quede en mi forma de lobo y que... mate cosas. Eso realmente no importa cuando lo único que hay que matar son monstruos. Pero entonces la gente nos empezó a buscar. Y el bosque oscuro quería que matara a mi propio vecino.

—He escuchado la voz —dijo la abuela muy suave, como nunca la había escuchado hablar—. Cuando el bosque oscuro empieza a hablarme, sé que he estado dentro mucho tiempo. Que he sido lobo demasiado tiempo. Debí haberte contado eso. Debí haberte advertido.

—No tenías manera de saber que desaparecería en el bosque.

Exhaló, y por primera vez vi lágrimas reales nadando en sus ojos.

—El bosque oscuro quiere retenernos, y cuando no aparecías después de un par de días me preocupé de que el bosque te hubiera atrapado.

—Casi lo hizo. Estuve allí mucho tiempo, y me perdí a mí misma. Yo... dejé que algo malo ocurriera. —Nuevas lágrimas se formaron en mis ojos y la cabaña nadó en ellas—. El padre de Grainger está muerto.

—*Mon dieu*—gimió la abuela.

Max dejó el tazón y arqueó las cejas.

—¿Tú...?

—No, fueron los cachorros. *Monsieur* Colbert se dirigía a Oldefort a buscar un médico y me oyó hablar. Se salió del sendero, me vio con los cachorros y se dio cuenta de todo. Amenazaba con quemar viva a toda nuestra familia en la plaza de la aldea. Junto con los Paget. No podía dejarlo hacer eso, y el bosque oscuro me prometía que, si lo mataba, todo iría bien. Yo no lo hice, pero... Dejé a los cachorros. Creo que el bosque también les hablaba, y yo tan solo... los dejé. —La voz se me entrecortó y un sollozo me obstruyó la garganta—. Entonces intentaron comérselo y me di cuenta de lo que había hecho. Dejé que un hombre inocente se convirtiera en una amenaza, luego dejé que los niños se deshicieran de esa amenaza. Porque yo soy una cobarde. Y ahora Romy ha probado la carne humana. ¿Y si ella no puede dejar de hacerlo? ¿Y si dejé que el bosque oscuro convirtiera en unos monstruos a estos niños?

La abuela movió la cabeza lentamente.

—*Chère*, ellos ya...

—No, no lo son —insistí, apretando mi cuchara tan fuerte que me dolieron los dedos—. Ellos me escuchan. Cazaban cuando les decía que lo hicieran y se detenían cuando les pedía que se detuvieran. Ellos no atacaron a *monsieur* Colbert hasta que yo les di permiso para hacerlo. Pero entonces el bosque oscuro les dijo que se lo comieran. —Por lo menos era lo que yo imaginaba que escuchaban—. Y ahoa me temo que los he perdido.

—Adele. —Max se sentó más erguido, mirándome directamente a los ojos—. Tal vez no sea tan sencillo. Tal vez la carne humana no es una manzana envenenada, y no están condenados por un solo mordisco. Tom casi con certeza cazaba humanos antes de que lo encontraras. No obstante, te obedeció allí dentro, ¿no?, como si fuera parte de tu... manada.

No había pensado en eso. Tom había nacido como lobo blanco, en el bosque oscuro. Con seguridad Max estaba en lo cierto respecto a su existencia anterior a Oakvale. Sin embargo...

—Sí, me obedecía. Y ambos cachorros se retiraban de su presa muerta tan pronto como yo se lo ordenaba. Entonces... —Me puse de pie, pues el poder de mi conclusión me hizo levantarme y olvidar mi comida—. Tal vez no sea verdad —dije, desplazando mi mirada de mi abuela a Max—. Tal vez los lobos blancos no son más monstruosos de lo que somos nosotros. Tal vez han estado en el bosque oscuro tanto tiempo que este ha socavado su humanidad. Ha inclinado su equilibrio interior a favor de la bestia.

La abuela frunció el ceño.

—No creo que eso sea posible...

—Sí es posible. Lo sé porque me estaba ocurriendo a mí. Cuanto más tiempo pasaba allí dentro, menos deseos sentía de volver a casa. Deseaba cazar más. Derramar sangre. Pienso... Quiero decir, sí, hay diferencias entre los lobos blancos y los lobos rojos, pero creo que la única diferencia importante es dónde escoges vivir.

—¿Crees que Tom y Romy pueden ser redimidos? —preguntó Max.

Asentí con firmeza.

—Realmente lo creo. Creo que se les puede enseñar a cazar monstruos y no aldeanos. A comer venado y no gente. Creo que pueden ser guardianes, abuela. —Me volví hacia ella capturando su mirada y sosteniéndola—. Creo que, por lo menos, les debemos una oportunidad. Porque la alternativa solo conducirá a más muerte. Más destrucción. Si los abandonamos en el bosque oscuro algún día nos enfrentaremos de nuevo, cuando se conviertan en una amenaza para la aldea. Cuando sea demasiado tarde para salvarlos. Y si los matamos ahora, nunca sabremos si hubieran podido ser reclutados en la defensa de Oakvale. Si hubieran podido salvar vidas.

—Muy bien —dijo, claramente reflexionando sobre lo que acababa de decir—. Sin duda merece la pena intentarlo. Pero ¿qué harás con ellos? No puedes llevártelos de vuelta a la aldea. Parece que han aceptado tu autoridad, pero ¿y si Romy regresa con su familia...? ¿Y si Tom termina viviendo en otro hogar...?

—Lo sé. —Me encogí y miré a los cachorros que dormían—. Esperaba poder dejarlos aquí. A salvo lejos de la aldea, pero no en el bosque oscuro.

—Adele, soy demasiado vieja para criar cachorros —dijo mi abuela.

Y a pesar de que tenía mis dudas, asentí.

—Yo los criaré. Pensé que... tal vez podría quedarme aquí con ellos. Puedo proteger la aldea desde aquí, igual que tú lo haces. Y puedo enseñar a los cachorros a hacer lo mismo.

—Bueno, evidentemente has reflexionado sobre ello. —La abuela se puso de pie y colocó una mano en mi hombro—. Tengo que cortar algo de madera y hay algunos arbolitos por desbrozar. ¿Por qué no me permites pensarlo mientras hago mis labores?

—Por supuesto. —Sin duda le había soltado todo el asunto a ella.

Mi abuela cogió su mazo y salió fuera, dejándonos a Max y a mí a solas con los cachorros que dormían. Durante un largo momento contemplé mis manos y él siguió comiendo su estofado, mientras tratábamos de imaginar qué decirnos.

—Pensé que nunca te volvería a ver —soltó por fin, y el dolor en su voz provocó una pena que resonó en lo más profundo de mi ser—. Me preocupaba que hubieras elegido el bosque oscuro.

—Pensé que estabas seguro de que yo regresaría —me burlé con suavidad.

—Lo estaba. Y sin embargo me preocupaba que tú no lo estuvieras.

—Nunca escogería el bosque oscuro —le aseguré—. Pero no es tan sencillo. No creo que nadie conscientemente tome esa decisión, ni siquiera los lobos blancos. Porque no es una decisión, realmente. El bosque oscuro toma un poco más de ti cada día que estás allí dentro, hasta que cosas que parecían impensables una semana antes de pronto parecen aceptables. O por lo menos inevitables. No creo que el bosque oscuro sea un hogar para los monstruos, Max. Creo que es la fuente de los monstruos. Y me preocupa que me haya convertido en uno.

Dejó otra vez su tazón y me cogió las manos.

—No, Adele, no. Sé que no fue fácil lo que le ocurrió a *monsieur* Colbert. Y sé que piensas que debiste tomar otra decisión. Pero no la había. Lo que el bosque oscuro quería que hicieras es irrelevante. Habrías tenido que tomar la misma decisión si os hubiera encontrado a ti y a los cachorros aquí en el calvero. O en la aldea. Habrías tenido que cumplir con tu deber, sin tener en cuenta lo que el bosque oscuro murmuraba en tus oídos. Porque la pérdida de toda una familia de guardianas habría sido más perjudicial para Oakvale que la muerte de un vigilante. Por más cruel que suene.

Tenía razón, pero lo debía haber hecho yo misma, en lugar de dejar que los cachorros tomaran una vida humana.

Entonces entró la abuela, cargada con un montón de leña para la chimenea, y Max se levantó de un salto para ayudarla.

—Adele —dijo mientras apilaba la leña—. Necesito patrullar el camino a Oakvale. ¿Vienes conmigo?

Titubeé un segundo. Había pasado tanto tiempo en forma de lobo últimamente, había perdido tanto de mí misma, que no estaba ansiosa por abandonar mi forma humana. O la habilidad de hablar. Pero no estaba acostumbrada a decirle que no a la abuela.

—Claro —dije por fin—. Max, ¿te quedas con los cachorros?

—Por supuesto.

—Si se despiertan, diles que se cambien y dales un tazón de estofado. Hace ya tiempo que no han comido nada salvo carne cruda.

Asintió.

—Adele, ¿por qué no te cambias y nos vemos fuera? —dijo la abuela mientras salía.

—Cuando tú y tu abuela regreséis, iré a Oakvale para decirle a tu madre que has vuelto. Estoy seguro de que ella y Sofia querrán verte.

—Sofia. Vamos a tener que decirle algo. Si me quedo aquí con los cachorros, no tendremos la opción de esperar a que cumpla dieciséis años. Por lo menos habrá que hablarle sobre su compromiso. —Seguramente mamá y la abuela se encargarían de ello.

—Estoy de acuerdo. Y tal vez con tanto tiempo para acostumbrarse a la idea no le afectará tanto, o tan sorpresivamente, como a ti.

—Eso espero. ¿Por qué no te acabas tu estofado? Me cambiaré y regresaré tan pronto como pueda.

Max volvió a su tazón, girándose, como siempre, para darme privacidad mientras me despojaba de mis ropas y recuperaba mi forma cuadrúpeda. Pero antes de que la transición fuera completa, cuando aún estaba a la mitad de esta, incapaz incluso de levantarme del suelo, escuché un gruñido lupino afuera.

Max se levantó y levantó la persiana de madera para mirar hacia el calvero.

—Adele —musitó cerrando la persiana—. Date prisa. Tenemos compañía.

23

Max salió fuera, dejando la puerta entreabierta para que pudiera seguirlo.

—*Monsieur* Laurent —dijo con voz calmada, pero lo suficientemente alta como para ser escuchado con facilidad—. No haga ningún movimiento brusco, o asustará al lobo. Lentamente baje su hacha y póngala en el suelo.

«Oh, no».

Traté de revertir mi transformación para poder ayudar a Max a razonar con nuestro huésped inesperado, pero la tensión en el gruñido de mi abuela dejó claro que no había tiempo para eso. Así que pasé por el dolor habitual y unos segundos más tarde estaba a cuatro patas.

Espié a través de la abertura entre la puerta y la pared, esperando ver al padre de Simon. En su lugar, encontré a Simon, el novio de mi mejor amiga, dándome la espalda. Sostenía un hacha frente a mi abuela, quien le gruñía en su forma de lobo.

¿Qué estaba haciendo aquí?

—¿Maxime? —Simon estaba claramente sorprendido de verlo. Su cuerpo estaba tenso, con el hacha levantada y lista para lanzarla—. ¿Dónde está tu arco?

—Lo tengo aquí. —Max acarició lentamente mi ballesta que colgaba de su hombro—. Pero no voy a necesitarla, como tú no vas a necesitar el hacha. Aquí los lobos son comunes y algunas veces deambulan por el calvero. Ese parece bien alimentado. Si le demuestro que no eres una amenaza, seguirá su camino. Así que por favor baja el hacha lentamente y todo irá bien.

Y habría ido bien si hubiera dejado que la abuela se retirara al bosque para esconderse mientras él se iba. Pero el firme agarre del hacha por parte de Simon hablaba por sí solo.

Estaba aterrado. Y no iba a bajar el arma.

Abrí con la nariz la puerta lentamente para que no crujiera. A pesar de que Max y mi abuela me vieron salir de la cabaña, Simon seguía dándome la espalda y no escuchó que me acercaba.

—No es una loba cualquiera —insistió, y el corazón se me cayó al estómago—. Yo estaba en el sendero, dentro del bosque, cuando la vi: es la abuela de Adele. Salió de la cabaña y el lobo simplemente... la consumió.

Max frunció el ceño.

—¿Ese lobo? —Señaló a mi abuela, que conservaba su postura defensiva, gruñendo suavemente—. ¿Estás diciendo que ese lobo se comió a *madame* Chastain?

—No, consumió su forma. —Simon hablaba tan deprisa que sus palabras se confundían unas con otras, pero su agarre del hacha no se aflojó en ningún momento. Nunca dejó de ver a mi abuela—. Ella se convirtió en ese lobo. Ella es un *loup garou*. Grainger tenía razón. —Simon sacudió la cabeza; el miedo y el asombro parecían abrumarlo—. Oakvale ha sido corrompido por el mal del bosque oscuro, evidencia de la influencia del diablo en este mundo, y la infección se ha extendido más allá de la pequeña Romy Paget. Tenemos que contenerla. —Levantó el hacha, como si fuera a lanzarla, y los gruñidos de la abuela se hicieron más agudos. Más fuertes.

Mi pulso se aceleró tanto que el mundo empezó a perder color.

Max arrugó la frente.

—Simon, seguramente estás equivocado.

—No lo estoy. Grainger trató de alertarnos, pero nosotros no lo escuchamos; sin embargo, no podemos seguir ciegos ante la verdad. Saca tu arma. Debemos salvar a Oakvale de esta bruja. Y a su familia... Adele se está quedando aquí, ¿no es así? Elena estaba preocupada, así que me pidió que viniera a ver cómo se encontraba, pero probablemente también está infectada. —La pena se reflejó en su rostro—. Esto va a devastar a Elena.

El miedo y la ira se enfrentaron en mi interior mientras me dirigía hacia él, caminando en silencio sobre la tierra.

—Lo has malinterpretado —insistió Max.

—¡Saca tu arco! —le ordenó Simon mientras el terror se apoderaba de mí.

Como Grainger, era un hombre inocente que trataba de hacer lo correcto. No merecía morir. Pero también, como Grainger, era una amenaza para mi familia, y por extensión para todo el pueblo.

Lentamente, Max levantó su arma, tirando hacia atrás de la palanca con un perno en el cerrojo. Pero en lugar de apuntar al lobo, apuntó directamente al pecho de Simon.

—Baja el hacha. No entiendes lo que has visto.

«Por favor, por favor, créele...». Tal vez si Simon retrocediera podría salvarse. Tal vez podría hacérsele entrar en razón. Tal vez él y Elena aún pudieran...

Las cejas de Simon se arrugaron. Un grito desesperado salió de su garganta y lanzó su brazo hacia atrás.

—¡No! —gritó Max cuando Simon lanzó su hacha hacia mi abuela.

Mi abuela saltó sobre él mientras yo corría por el claro hacia ellos, viendo con horror cómo el hacha volaba de punta a punta.

Golpeó el centro del torso de mi abuela, quien cayó al suelo con un gemido, sin moverse, y el terror se apoderó de mí como fuego fluyendo por mis venas.

Me abalancé sobre Simon, arrojándolo al suelo, donde gritó y se retorció, tratando de librarse de mí. Rogando por su vida, incluso cuando prometió ver a mi familia arder.

De pronto, el caos que asediaba mi mente se aplacó. Silencio. Y todo se aclaró. No tenía alternativa. Así que me abalancé sobre él y hundí mis dientes en su cuello. Después agité mi cabeza y le arranqué la garganta. La sangre me salpicó. Simon jadeó y empezó a ahogarse. Un segundo después sus ojos azules se apagaron y sus manos cayeron al suelo.

Entumecida, me aparté de él y me senté sobre mis ancas,

esperando a que la culpa me invadiera. A que comprendiera el horror de lo que acababa de hacer.

Lo que llegó enseguida fue el dolor. Un complejo sentimiento de luto, no solo por el hombre, por el amigo que había matado, sino por la chica que había sido. La chica que no tuvo que elegir entre su familia y sus vecinos. Sacrificar a unos pocos por el bien de muchos.

—¡Adele! —gritó Max, y al volverme lo vi inclinado sobre mi abuela. Ella yacía en forma humana, el dolor la había hecho cambiar, igual que la flecha en el hombro de Romy. El hacha aún estaba enterrada en su estómago—. ¡Adele! —volvió a llamar—. ¡Ven a ayudarme!

Pero no podía hacer nada por ella sin manos, así que volví a cambiar a la forma humana, tan rápidamente como pude. Y cuando por fin me puse en pie sobre dos piernas, me dejé caer de rodillas a su lado, mirando fijamente a los ojos de mi abuela mientras ella me miraba parpadeando, respirando entrecortadamente, llena de dolor.

—Adele —susurró—. Cuídalos. —No estaba segura de si se refería a los cachorros o a los aldeanos, pero no importaba.

Las lágrimas anegaron mis ojos mientras le cogía la mano.

—Lo haré, te lo prometo.

Su mirada se dirigió a Max.

—Y tú, cuídala a ella.

—Nunca la volveré a dejar fuera de mi vista —juró.

Y mientras me arrodillaba en el frío suelo, llorando y sosteniendo la mano de mi abuela, exhaló su último aliento.

Un sollozo salió de mi garganta cuando Max me puso en pie y me rodeó con sus brazos. Por encima de su hombro vi a Simon, aún tendido donde lo había matado.

Me zafé del abrazo de Max.

—¿Sigues sin pensar que soy un monstruo? Maté a un hombre inocente. El novio de mi mejor amiga.

Me cogió la barbilla y me levantó la cara hasta que miré sus ojos color miel, en lugar de la masacre.

—Creo que se necesita un monstruo para responder a tu llamada, Adele. No hay forma de evitarlo. Tu destino está hecho de decisiones brutales. Pero por mucho que el bosque oscuro intente hacerte olvidar tu humanidad, hacer que la abandones, yo intentaré con la misma fuerza ayudarte a aferrarte a ella.

»Una vez me preguntaste qué aportaba yo a esta unión, y en aquel momento tenía respuestas para ti. Y siguen siendo ciertas. Pero creo que lo más importante que puedo hacer por ti es recordarte tal y como eres ahora, por mucho que el bosque oscuro intente cambiarte. Te recordaré quién eres cuando lo empieces a olvidar. Si es que me aceptas.

Llorando de nuevo lo atraje hacia mí con otro abrazo.

—Lo haré —murmuré en su oído—. Por supuesto que te aceptaré.

Su suspiro parecía llevar el peso del mundo.

—Pero no puedo ir a Ashborne, Max. Me necesitan aquí. Con los cachorros. —Especialmente ahora que la abuela había... Alejé de mi cabeza ese pensamiento pues no estaba lista para enfrentarme a la realidad de mi pérdida—. ¿Te quedarás aquí conmigo? ¿Me ayudarás a criarlos y a proteger Oakvale?

—Lo haré —dijo sin titubear. Me había elegido en lugar de su propia aldea—. Pero primero tengo que regresar a Ashborne a explicárselo a mi familia. Le diré a mi hermano que nos venga a visitar cuando sea mayor para que conozca a Sofia. Para ver si son compatibles y si le gustaría conocer Ashborne algún día.

—Ella siempre ha querido viajar —le dije, aspirando más lágrimas.

—¿Adele? —dijo Romy. Sorprendida, alejé a Max y me la encontré mirándome. Detrás de ella, Tom, también en forma humana, estaba de pie en la puerta de la cabaña—. Estás temblando. —Me tendió un montón de ropa familiar y cogí mi vestido, después me lo metí por la cabeza.

Un segundo más tarde Tom tiró de la punta de mi falda y cuando bajé la mirada lo vi sosteniendo un montón de tela de un rojo especial.

—Gracias, Tom —le dije, mientras me colocaba la capa sobre mis hombros—. Debéis de estar congelándoos. Id adentro e iré a bañaros y a buscaros algo que poneros.

Pero, sobre todo, no quería que vieran a la abuela y a Simon. Ya habían visto demasiadas muertes. Ya habían escuchado suficiente al bosque oscuro.

Los niños se dirigieron obedientemente a la cabaña, y Max se arrodilló a mi lado para ayudarme con la abuela, pero, antes de que pudiéramos levantarla, una rama se rompió en el bosque, y levanté la cabeza de golpe al escuchar el sonido. Mi vista se posó sobre una forma en las sombras, era un hombre, ¿alguien que había acompañado a Simon y que cogía el sendero en dirección a Oakvale para decirles lo que había visto?

Para decirles lo que éramos.

—Adele —dijo Max dándome la ballesta con la frente fruncida—. Se necesita un monstruo.

Asentí mientras aceptaba el arma.

Después, me quité la capucha roja y apunté entre las sombras a la forma que iba huyendo por el camino. Y tiré del gatillo.

Agradecimientos

Este libro ha sido un desafío especial para mí, a pesar del retorno a mis raíces cambiaformas. ¡Pero me divertí con cada una de las palabras! Sin embargo, como siempre, se necesita a toda una aldea para convertir una historia en un libro, y son necesarios algunos agradecimientos especiales.

Gracias a Maria Baro, la editora original de esta historia, cuyo entusiasmo por mi idea de un «pequeño ejército de caperucitas rojas» puso la maquinaria en marcha. Y a mi agente, Ginger Clark, que hace que las cosas sucedan.

Gracias especialmente a Catherine Wallace, cuya visión hizo de *Lobo rojo* el libro que es ahora. Tu guía ha sido inestimable, y no podría estar más encantada de la oportunidad de trabajar contigo.

Un inmenso agradecimiento al departamento de arte de HarperCollins, por una de las más hermosas portadas que han llevado mi nombre. Me encanta el diseño. En serio. Es genial. Portada y contraportada.

Vaya también mi gratitud a los departamentos editorial y de producción de HarperCollins, por su increíble ojo para el detalle. Por detectar todas mis meteduras de pata.

Y, lo más importante, un enorme agradecimiento a todos los que han leído este libro y han encontrado un lugar en sus corazones para Adele y sus pequeños monstruos. Que ella os mantenga a salvo en vuestros sueños.

**Otros títulos de nuestra colección Harper+
por si quieres seguir leyendo**

OXFORD, 1960.
Un asesino anda suelto y dos héroes insólitos
están dispuestos a resolver el caso.

Layla Devlin decide dejar atrás su pasado y cumplir sus sueños en el pequeño pueblo de las Highlands escocesas donde nació.

Una deliciosa casa de campo en la Provenza, una boda a punto de celebrarse, un asesinato y una detective novata dispuesta a resolver su primer caso. Miss Ashford ha llegado para quedarse.

www.ingramcontent.com/pod-product-compliance
Lightning Source LLC
LaVergne TN
LVHW091626070526
838199LV00044B/960